羽場楽人 ill. イコモチ

「飲茶カフェ！
衣装はチャイナドレスでいける。
コンセプトもまとまってるし、
目新しさもあると思わないか!?」

「いいぞ、瀬名！
チャイナドレスは
ナイスだ！」

CONTENTS

著／羽場楽人　イラスト／イコモチ　デザイン／たにごめかぶと（ムシカゴグラフィクス）

わたし以外とのラブコメは許さないんだからね 5

羽場楽人
ill. イコモチ

characters
登場人物

七村竜
Ryu Nanamura
宮内ひなか
Hinaka Miyauchi
叶ミメイ
Mimei Kanou
花菱清虎
Kiyotora Hanabishi
有坂アリア
Aria Arisaka
神崎紫鶴
Shizuru Kanzaki

第一話　俺のがんばる理由

「もぉーむりぃ！　耐《た》えられないッ！　わたし、人前で演奏なんてできないよ！」

美術準備室に帰ってきた途端《とたん》、俺の恋人《こいびと》の有坂《ありさか》ヨルカは盛大《せいだい》に弱音を吐《は》いた。

「そう悲観するなって。俺よりヨルカの方が上手《うま》く演奏できてたぞ」

俺は、ついさっきの出来事を嘆《なげ》くヨルカをなだめようと頭を撫《な》でる。ヨルカはそれを大人しく受け入れながらも客観的な意見を求めてきた。

「じゃあ夏休みに家《うち》で聞かせたピアノより綺麗《きれい》な音色だった？」

ヨルカは涙目《なみだめ》になりながら俺を見る。

先ほどまで、俺達のバンド・リンクスははじめて人前で演奏をした。

文化祭メインステージの出演バンドを決める軽音楽部内のオーディションに参加していた。

その出来栄《できば》えに、ヨルカはここまで落ちこんでいるのだ。

「オーディションでの演奏、あれはあれで味のある感じで俺は好きだよ」

「あんなの、本番でお客さんに聞かせられないよぉ」

キーボード担当のヨルカは、緊張《きんちょう》のあまり一音目から外してしまいミスタッチをするたびに必要以上に慌《あわ》てて、さらにミスを繰《く》り返《かえ》すという悪循環《あくじゅんかん》にハマってしまった。

「大丈夫《だいじょうぶ》だって。ヨルカはピアノ上手《うま》いんだから、慣れればいつも通りにできるさ」

俺は夏休みに有坂家《ありさかけ》にお泊《と》まりした時の一幕を思い返す。

姉のアリアさんのリクエストにより、ヨルカは俺にピアノの腕前《うでまえ》を披露《ひろう》してくれた。

鍵盤《けんばん》を滑《すべ》る美しい指の動き、流麗《りゅうれい》なメロディーを奏《かな》でる余裕《よゆう》のある佇《たたず》まい、聞く者の心に染《し》み入《い》るような上品な演奏に、俺はいたく感動した。

それと比べると正確さや繊細《せんさい》さという点では、今日は本来の実力を発揮できていなかった。

とはいえ、本人が気に病《や》むほど悪い出来ではない。

ただヨルカにしてはミスタッチがちょっと多かっただけだ。周りの音はしっかり聞けているから、一音ズレたところでその後のメロディーやリズムはすぐに持ち直した。

ミスからそのまま総崩《そうくず》れ、みたいなことではない。

「けど、あんなに大勢に見られるといつも通りには弾《ひ》けないの！」

ここまで凹《へこ》んでいるヨルカも珍《めずら》しい。

すっかりネガティブな思考に囚《とら》われている。

「高校生の文化祭だぜ。ピアノコンテストじゃないんだから、楽しんだ者勝ちだよ。そこまで気張ることでもないって。リンクスも、きちんと合格したじゃないか」

俺はあえて軽い調子で言った。重たく受け止めすぎているヨルカの心を軽くしたかった。

出演希望の全バンドが演奏した末、部員達の投票により出場する三バンドが決まる。

「リンクスが合格できたのは叶《かのう》さんのおかげでしょう。少なくともわたし自身はダメダメだった」

ヨルカさん、意外と自分に厳しい。

得意なことだからこそ自分のイメージ通りに弾《ひ》けないのが悔《くや》しかったのだろう。

残暑が続く九月の夕陽《ゆうひ》を浴びながら、ヨルカは椅子《いす》の背もたれに額をつけ、うなだれている。

ちらりと見えた白いうなじは、夏祭りの浴衣姿《ゆかたすがた》を思い出させた。

和風な装《よそお》いもヨルカにはよく似合っていた。

というか、俺の彼女はどんな服を着ても素敵《すてき》だ。

長く美しい髪《かみ》、白雪を思わせる肌《はだ》。長く濃《こ》いまつ毛が縁取《ふちど》る大きな目は宝石のように魅力《みりょく》的《てき》だ。鼻筋の通った整った顔は小さい。薄桃色《うすももいろ》の唇《くちびる》は艶《つや》めく。そのスタイルも同級生とは一線を画すほど女性的な曲線を誇《ほこ》る。豊かな胸元《むなもと》と細い腰回《こしまわ》り、大きなお尻《しり》に長く引《ひ》き締《し》まった脚《あし》は芸術品と言えよう。

この美術準備室に並んだ石膏《せっこう》の女神像《めがみぞう》にも引けをとらない。

もうすぐ制服の夏服も見納めになると思うと、少しだけ悲しい。

「……恋人《こいびと》のわたしがこんなに悩《なや》んでいるのに、希墨《きすみ》はよからぬことを考えていない？」

他人の視線に超敏感《ちょうびんかん》であることは弱点でありながら、武器でもある。

人に見られて緊張《きんちょう》してしまいがちな一方、俺の視線の位置にもすぐに気づく。

柳眉《りゅうび》をわずかにひそめて、俺を下から睨《にら》んでいた。

「いやいや、ヨルカは美人だなって見惚《みほ》れてただけだよ」

「付き合って半年でしょう。いい加減見慣れるものじゃないの？」

「まさか。一生見飽《みあ》きないと思うぞ」

「え、一生ってちょっと長くない？」

ヨルカは身体《からだ》を起こす。

「本気だって。いまだにこんな綺麗《きれい》な女の子と恋人《こいびと》になったのは夢なんじゃないかと時々疑いたくなるよ」

「どうやって確かめるの？」

「え、こう見つめながら感慨《かんがい》に耽《ふけ》るというか」

「眺《なが》めるだけで確かめられるなんてお手軽な愛情確認《かくにん》ね。誰《だれ》でもできるじゃない」

「──、俺にしかできないことをしてもいいの？」

「今はふたりきりだけど」

ヨルカは挑発《ちょうはつ》するように、こちらを見た。

俺はゆっくりとヨルカの隣《となり》の椅子《いす》に座る。

「キーボードを演奏して疲《つか》れたから、マッサージをしてもらいたいのかな」

「それもありがたいけどハズレ」

「じゃあ、甘いものでも食べたいとか？」

「甘いお菓子は買ってこないと、今はここにないわ」

「難しいな。俺の恋人《こいびと》はなにをご所望《しょもう》なのかな」

「口をつかうってところまでは正解」

膝《ひざ》と膝《ひざ》が触《ふ》れ合《あ》う。

「口笛で一曲吹《ふ》く？」

「音楽はさっき散々聞いたから」

「あぁ、わかった。喉《のど》が渇《かわ》いたんだろう」

「……、そうね。喉《のど》は渇《かわ》いたかも。だから飲ませて」

「え⁉」

ヨルカの意図するところを察して、俺はわずかに戸惑《とまど》う。マジで？

「そこにペットボトルの水あるから飲ませて。――ただし、手はつかわないで」

「最後の条件必要？」

「慰《なぐさ》めてほしいの」

「わかった」

俺は冷たい水を口に含《ふく》むと、そのままヨルカと唇《くちびる》を重ねた。

唇《くちびる》と唇《くちびる》をぴったりと合わせていく。しばらく唇《くちびる》のやわらかさを確かめた後、ゆっくりとほんの少しだけ口を開いた。わずかな隙間《すきま》から流れ出す水をヨルカは上手に受け止める。こくりと喉《のど》を鳴らしながら、俺の中にあったものをすべて飲み干した。

無意識のうちに膝《ひざ》の上で指と指を絡《から》め合《あ》う。

空っぽになってからも俺達は離《はな》れない。

ずっとくっついたままお互《たが》いの存在を感じ合う。

ようやく顔を離《はな》すと、ヨルカはとろんとした表情になっていた。

うっすらと開いた口元から水の雫《しずく》がこぼれて、顎《あご》に伝わる。

俺はヨルカの濡《ぬ》れた口元を指で拭《ぬぐ》う。

彼女はそれを大人しく受け入れる。

「ただの水分補給なのに、すごくエッチな気がする」

「あぁ、すげぇ刺激的《しげきてき》」

「お水、温《ぬる》かった」

「俺の体温のせいかな」

「なんか、ポカポカしてきちゃった」

「耳まで赤いぞ」

「希墨《きすみ》こそ」

「仕方ないだろう。こんなこと、はじめてなんだから」

「またひとつ、希墨《きすみ》のはじめてをもらえた」

ヨルカは無邪気《むじゃき》に喜ぶ。

この無防備な笑顔《えがお》は破壊力《はかいりょく》が抜群《ばつぐん》なんだよ。

今が真夏の炎天下《えんてんか》だったら、俺の理性はとっくに蒸発していたことだろう。

この夏を経て、ヨルカの求め方はかなり大胆《だいたん》になってきていた。

最近では今のような危《あや》ういおねだりも珍《めずら》しくない。

休日もバンドの練習や文化祭の準備などでヨルカとデートできていないので、ふたりきりの時間が単純に減っているというのも一因なのだろう。

一緒《いっしょ》にいる時間が限られているからこそ、ただのじゃれ合いでは物足りないとばかりに、恋《こい》人同士《びとどうし》の触《ふ》れ合《あ》いはエスカレートしていく。

俺も生殺しにされている気分で、これ以上はいよいよ歯止めが利《き》かなくなりそうだ。

「希墨《きすみ》、硬《かた》くなってる」

ヨルカは視線を下に落としながら、俺のある変化に気づく。

俺は恋人《こいびと》の顔を直視できなくなり、思わず壁《かべ》の方に視線を逃《に》がした。

ヨルカの指が俺の手をマッサージするように表面を撫《な》で回《まわ》す。そのじれったい感触《かんしょく》に心拍数《しんぱくすう》がさらに上がっていく。

「どこが？」

俺は意を決して問う。

潤《うるお》したばかりの喉《のど》がやたらと渇《かわ》くのは気のせいではない。冷房《れいぼう》が効いているはずなのに体温は高くなる一方だ。じんわりと汗《あせ》が浮《う》かぶ。

もう流れに身を任せるのだ。

恐《おそ》れるな、瀬名希墨《せなきすみ》。女の子に恥《はじ》をかかせてはならない。

いっそいけるところまでいってしまえッ！

「希墨《きすみ》の指先、前よりすごく硬《かた》くなってる」

「え、指？」

俺は視線を下げる。

ヨルカが見ていたのは、俺の太ももの上に置いていた左手だった。指先の状態を丁寧《ていねい》に確かめていた。

「ギター、すごく練習してるんだから当然か。最初の頃《ころ》よりかなり上達したよね」

ヨルカは俺の成長を我が事のように喜んでくれた。

初心者の俺が本格的にギターの練習をはじめて、そろそろ一カ月。

その間、一日も欠かさずギターに触《ふ》れていた。ふにゃふにゃだった左手の指先は最初硬《かた》い弦《げん》を押さえるとすぐに痛くなっていたが、言われてみれば今は以前ほどのつらさは感じない。

「ヨルカはよく気づくな」

「そりゃ希墨《きすみ》の変化には誰《だれ》よりも敏感《びんかん》でいないとね」

「頼《たの》もしい恋人《こいびと》だな」

「努力の成果が出て羨《うらや》ましいわ」

「俺は初心者だから、のびしろしかないだろう。もともとピアノが弾《ひ》けるヨルカとはスタート地点が違《ちが》うわけだし」

「けど軽音楽部の人達の前でさえ、あれだけミスしちゃったんだよ。早くなんとかしないと」

俺達のバンド・リンクスは文化祭のために組まれた、いわば期間限定の即席《そくせき》バンドである。

リーダーの叶《かのう》ミメイを除くメンバー四人は、軽音楽部に所属していない。

結成に至るまでの経緯《けいい》を知る軽音楽部の面々は好意的な態度で聞いてくれたし、あまつさえ文化祭メインステージの出演枠《しゅつえんわく》を、大半が部員でもない俺達にあたえてくれた。

彼らの信頼《しんらい》に応えるためにも、本番はなんとしても成功させなければという意識がリンクスのメンバーの間でしっかり共有されつつある。

「心配しなくても一番足を引っ張る可能性が高いのは俺なんだから、ヨルカは自信をもって演奏すればいい」

「……自信ってさ、他人から簡単にもらえればいいのにね」

ヨルカは弱音を吐《は》きながら、俺の胸元《むなもと》に頭を預けた。

鼻先をヨルカの甘い香りがくすぐる。

どうして素敵《すてき》な女の子というものはいい匂《にお》いがするのだろう。

こうも無警戒《むけいかい》に密着されてしまうと、せっかく鎮《しず》まりかけていた熱がまた猛《たけ》り出《だ》しそうになる。身体《からだ》を寄せるヨルカは手慰《てなぐさ》みとばかりに、俺の手をふにふにと触《さわ》り続《つづ》けていた。

ごめんなさい、辛抱《しんぼう》たまりません。

「なぁヨルカ、場所を変えないか？　小腹も空《す》いたし」

「賛成。わたしも、なんか甘いもの食べたい」

「なんでもいいよ。ヨルカに合わせる」

別のことに意識をとられていたせいで、俺はつい返事がおざなりになってしまった。

「ねぇ、わたしって希墨《きすみ》を困らせてる？」

ヨルカはそこを敏感《びんかん》に察した。

「そんなわけないだろう」

「けど、今ちょっと上の空だったし」

「言わないとダメ？」

「希墨《きすみ》のことはなんでも知りたい」

俺は正直に答える。

「ヨルカがかわいすぎて、しかもボディータッチも多めになってきたせいで、その、興奮する。

ここは密室でふたりきりだろう。危《あや》うく襲《おそ》いかねない」

「〜〜〜ッ」

ヨルカはハッとした顔になり、自分が全身を密着させて甘えていたことに気づく。

どうやら無自覚だったらしい。

「わたし、磁石でも仕込まれた？　いつの間にあんなにくっついてたの？」

「愛情という名の磁石じゃない？」

しゃらくさいことを適当に言いながらも俺はにやけるのを堪《こら》えきれない。

「二学期に入ってから土日にデートできてないから、スキンシップが足りてないのよ！」

「そうだな。俺も早くヨルカとふたりだけで遊びに行きたい」

俺も本心からそう感じている。

「希墨《きすみ》。甘いものといえばケーキもいいけど、たまにはドーナツ食べたい！　駅前のミスドに行こうよ！」

ヨルカは顔を真っ赤にしながらも、何事もなかったように提案する。

もちろん、ヨルカの誘《さそ》いを俺が断るはずもない。

昇降口《しょうこうぐち》まで下りると、ちょうど下駄箱《げたばこ》のところに朝姫《あさき》さんがいた。

「げっ⁉」

クラスメイトの支倉朝姫《はせくらあさき》の存在に気づいた途端《とたん》、ヨルカは露骨《ろこつ》に顔をしかめた。

「ふたりとも今帰り？　遅《おそ》くまでご苦労様。バンドの練習は順調？」

朝姫《あさき》さんはヨルカの渋《しぶ》い顔を華麗《かれい》にスルーして、気さくに話しかけてくる。

ほんのり明るい茶髪《ちゃぱつ》は肩《かた》まで伸《の》び、人好きのする華《はな》のある顔立ちは今すぐにでも芸能界で通用しそうだ。女の子らしさを少しだけ強調するさり気ないお化粧《けしょう》やオシャレな雰囲気《ふんいき》で、みんなから愛されている学年の人気者。明るい性格で、誰《だれ》に対しても分《わ》け隔《へだ》てなく親しみのある距《きょ》離《り》感《かん》で接するので友達も多い。

俺とはふたりで、二年A組のクラス委員を務めている。

「俺はまだまだ先が険しそう。朝姫《あさき》さんは茶道部《さどうぶ》？」

「うん。部活が終わって、神崎《かんざき》先生と文化祭の話をしてたら遅《おそ》くなってね」

「次期部長は大変だね」

「希墨《きすみ》くんこそ、……相変わらず有坂《ありさか》さんにべったりされている感じね」

朝姫《あさき》さんは様子を窺《うかが》うように黙《だま》っているヨルカへ視線を向ける。

「付き合ってるんだから当然でしょう！」

「私は見たままの感想を言っているだけよ」

「文句みたいに聞こえるけど」

「それは有坂《ありさか》さんになにか心配事でもあるからじゃない？」

「一番の原因はあなたでしょう」

「私はただ希墨《きすみ》くんに片想《かたおも》いしてるだけなのに」

ヨルカが今にも爆発《ばくはつ》しそうなのに対して、朝姫《あさき》さんは淡々《たんたん》と言葉を返す。

「希墨《きすみ》の恋人《こいびと》のわたしの前で堂々と片想《かたおも》いを口にするのが気に入らないの！」

夏休み、俺達は仲のいい友達グループで海へ旅行に出かけた。

そこで朝姫《あさき》さんは俺とヨルカの前で、瀬名希墨《せなきすみ》への恋愛継続宣言《れんあいけいぞくせんげん》をしたのであった。

もちろん、朝姫《あさき》さんは俺達が両想《りょうおも》いの恋人《こいびと》であることは知っている。

だけど自分の恋心《こいごころ》が冷めるまで好きでいさせて、と彼女は言った。

「私はあくまで自分の気持ちの話をしただけよ。露骨《ろこつ》に奪《うば》う気なら、偶然《ぐうぜん》会ったこのチャンスを活《い》かしてふたりで遊びに行こうって誘《さそ》うってば」

「わたしが絶対に許すわけないでしょう！」

「怒《おこ》るのは実際に誘《さそ》った時にしてよ」

「うぅ～～」

悔《くや》しそうに唸《うな》るヨルカは、威嚇《いかく》する猫《ねこ》みたいだ。

かたや朝姫《あさき》さんは落ち着いた口振《くちぶ》りで、ヨルカの怒《いか》りをひらりはらりと躱《かわ》していく。

「じゃあ、私は先に帰るから。またね」

朝姫《あさき》さんは手を振《ふ》り、あっさり先に下校していった。

「ヨルカ。クラスメイトなんだから、朝姫《あさき》さんにもう少し穏便《おんびん》な態度をとれないかな？　必要以上に反応するのも疲《つか》れるだろう？」

反論される覚悟《かくご》で、俺はやんわりと諭《さと》そうとする。あんまり敵視すると、ヨルカの不機嫌《ふきげん》が周囲にまで伝播《でんぱ》して空気が悪くなってしまう。

ところがヨルカから返ってきたのは意外な反応だった。

「……張り合いがなさすぎる。変だわ」

ヨルカは拍子《ひょうし》抜《ぬ》けした様子でいまいち歯切れが悪い。

「変って？」

「覇気《はき》に欠けてる」

「あれだけ口喧嘩《くちげんか》してたのに？」

ヨルカと朝姫《あさき》さんの忌憚《きたん》なき言葉の応酬《おうしゅう》に、俺は内心かなりヒヤヒヤしてたぞ。

「言葉に、いつもみたいな勢いがないの」

「よくわかるな」

言われてみれば、ここ最近の朝姫《あさき》さんは物思いに耽《ふけ》っているような時があったかもしれない。

話しかければ、いつも通り明るく快活な声で返してくれる。それでも会議中など、ふとした瞬《しゅん》間《かん》、心はどこか別のところへ飛んでいるような印象だった。

「今もっとも警戒《けいかい》すべき相手だからこそ些細《ささい》な違《ちが》いに気づくものよ」

ヨルカは油断できないとばかりに気を緩《ゆる》めない。

相手を意識しているという意味では、好きも嫌《きら》いも同じなのだろう。

敵意という名の関心は常に相手へ向けられている。

「その繊細《せんさい》さをどうして歩み寄りの方に活用できないんだよ」

「自分で気持ちを自由にコントロールできたら、オーディションだってノーミスで演奏してたわよ」

ごもっともで。

俺もいまだにギターをノーミスで弾《ひ》けた例《ためし》がない。果たして本番までに間に合うのか。

「無事にライブを成功させたいな」

「うん。だから成功させるために、これから作戦会議よ！」

◇◇◇

学校を出た俺達は駅前のミスタードーナツに入った。

ギターケースとカバンで座席取りをしてからふたりでレジに並ぶ。

それぞれ食べたいドーナツを選び、飲み物はふたりともコーヒーを注文してお会計へ。

四人掛けのテーブルで向かい合って座りながらドーナツを食べつつ、文化祭のライブについて話す。

「ヨルカの課題は、いかに大勢に見られても緊張《きんちょう》せずに演奏できるようになるかだよな」

俺と違《ちが》って、楽譜《がくふ》通《どお》りに演奏すること自体はヨルカには造作もない。

ヨルカにとってロックは普段《ふだん》あまり聞かないジャンルだそうだ。しかし何度も練習するうちにコツをすぐに摑《つか》んでいった。

「希墨《きすみ》、なにかいいアイディアない？」

「うーん。結論は慣れろの一言に尽《つ》きるんだよなぁ」

「それができたら明日が本番でも余裕《よゆう》よ」

ヨルカは食べかけのポンデリングを一気に口に頰張《ほおば》った。

無理を言うな、とやけ食いで表明しているようだ。

「いや、明日が本番なんて俺が無理だから」

「わたしにとってはそれと同じくらいハードルの高い要求なの」

得手不得手は人それぞれである。

「シンプルに人前で練習する回数を増やすとか」

「それはそうだけどさぁ〜〜」

ヨルカが乗り気になれない気持ちは俺もよくわかる。

苦手なことに取り組むのは通常の何倍も気力を要するし、できるだけ楽であるに越《こ》したことはない。

「ヨルカはこれまで何度も緊張《きんちょう》を乗《の》り越《こ》えてきたじゃないか」

「たとえば？」

「春先の球技大会。でっかい声で応援《おうえん》してくれたし、捻挫《ねんざ》した俺に、みんなに見られてるのに保健室まで肩《かた》を貸してくれた」

「あれは、希墨《きすみ》が怪我《けが》したから」

「次に瀬名会《せなかい》ではじめて行ったカラオケ。アリアさんとの姉妹喧嘩《きょうだいげんか》。夏休みにみんなで行ったお泊《と》まり旅行。俺と付き合う前のヨルカなら絶対ありえないことばかりじゃないか」

「……支倉《はせくら》さんに告白された時のことは意図的にスルーしたわね」

ヨルカの目つきが鋭《するど》くなる。

「思い出させたら機嫌《きげん》を悪くするだろう」

「もう遅《おそ》いってば」

ヨルカの嫉妬《しっと》が嬉《うれ》しいような、恐《こわ》いような。

俺は仕切り直そうとコーヒーを一口飲む。

「どうして緊張《きんちょう》するのか、具体的に考えてみよう。ヨルカは他人の視線が気になって集中できない。だからミスをしてしまう」

「うん」

「逆に気が散らなかった時は、どんな風だった？」

「球技大会の時は希墨《きすみ》が心配だったから」

「嬉《うれ》しかったよ。じゃあカラオケの時は？」

「最初は支倉《はせくら》さんがいることに警戒《けいかい》してたけど、歌ってお喋《しゃべ》りしているうちに段々楽しくなってた」

「アリアさんと姉妹喧嘩《きょうだいげんか》した時はどうだった？　俺は直接見てないからさ」

「……ここで逃《に》げたら、きっと一生後悔《こうかい》する。そういう強い決意があったおかげ」

ヨルカはその時のことを思い出したようで、なぜか苦笑《くしょう》した。

「俺から言わせれば、あのアリアさんに物申す方がライブよりよっぽど緊張《きんちょう》しそうだけど」

「姉妹《しまい》だからこその譲《ゆず》れないこともあったのよ。希墨《きすみ》は気づいてないだろうけど」

目を細めながら言うヨルカの声には、若干《じゃっかん》の険があった。

「気づいてないって、なにに？」

「姉妹《しまい》だけの秘密。絶対言わない」

どうも掘《ほ》り下《さ》げると藪蛇《やぶへび》になりそうだ。君子危《あや》うきに近寄らず。

「そうか。じゃあ、夏の旅行は？」

「もちろん楽しかったから。──支倉《はせくら》さんと希墨《きすみ》の混浴には頭に来たけど」

「あれは偶然《ぐうぜん》の事故で、純粋《じゅんすい》な救護活動だからッ！」

俺は反射的にテーブルに額をこすりつけていた。

「じゃあ頭下げないでよ。周りのお客さんが見てるから」

「ヨルカとの別れは世界の終わりに等しいんだよ！　ここは許してもらうまで誠心誠意ッ！」

「一応は許してるから！　とにかく、わたしも世界は終わらせたくないから、引き続き浮気《うわき》はしないでね」

「神様仏様ヨルカ様に誓《ちか》って」

「おお、わたしが神格化されてる」

両想《りょうおも》いの恋人《こいびと》は機嫌《きげん》を直しつつ、目で俺に話の続きを促《うなが》す。

「ヨルカが緊張《きんちょう》しないのって、喜怒哀楽《きどあいらく》を問わず自分の感情が最優先されてる時なんだよ」

「あ、確かにそうかも！」

ヨルカは目から鱗《うろこ》とばかりに頷《うなず》いた。

「そういう時は周りを気にする余裕《よゆう》もないし、自分自身にだけ意識が向いてるから結果的に深い集中に入れてるんだ」

「深い集中……」

俺はチョコファッションを手に取り、一口齧《かじ》る。

「まぁ要するに、ワガママになれってことだな」

ヨルカの目下の課題に対する俺なりの答えを告げる。

「ワガママって女王様にでもなればいいの？」

ヨルカが大真面目な顔でそんなことを訊《き》くから、俺は思わず女王様姿のヨルカを想像してしまった。

ドS度マックス、ワガママ放題の女王様ヨルカ。

それならそれでまた愛《いと》おしいと感じてしまうあたり、俺もだいぶヨルカにメロメロだ。

「ねー希墨《きすみ》、妄想《もうそう》の世界に浸《ひた》らないで〜〜」

「すまん、恋人《こいびと》への愛情を再確認《さいかくにん》してた」

「そういうのは妄想《もうそう》じゃなくて現実でしていいから」

「人前でも？」

「それはダメ。恥《は》ずかしいから」

ヨルカくらい美人だと嫌《いや》でも周りの視線を集めてしまうのだから大変だ。

「アリアさんから視線に慣れるコツを教えてもらえばいいじゃん。あの人ほど堂々とした振《ふ》る舞《ま》いをしてる人なんて見たことないぜ」

有坂《ありさか》姉妹《しまい》の差など、本人達が思っているよりずっと些細《ささい》なものだ。

「……希墨《きすみ》ってなんだかんだいってもお姉ちゃんに絶大な信頼《しんらい》を寄せてるよね」

「アリアさんがいなければ永聖《えいせい》に合格できてないし、ヨルカとも付き合えなかっただろうしな。

恩人だし、あの人の優秀《ゆうしゆう》さには俺も正直憧《あこが》れる」

「姉の影響力《えいきようりよく》がわたしの恋人《こいびと》に大きすぎる！」

「心配しなくても、俺が恋愛《れんあい》対象として好きなのはヨルカだけだよ」

俺がさらりと返すと、返事の代わりに手が口元に伸《の》びてきた。

「チョコレート、口についてる」

ヨルカは俺の口元を指先で拭《ぬぐ》うと、そのままチョコのついた指をペロリと舐《な》めた。

「わたしも、こんなことするのは希墨《きすみ》だけよ。特別だから」

なんだかその仕草がえも言えぬ色気を帯びているように見えて、妙《みよう》に悩《なや》ましかった。

俺の彼女はかわいいぞぉ――ッ、と大声で叫《さけ》びたい気持ちを抑《おさ》えこむために、マグカップのコーヒーを呷《あお》ってにやける口元を隠《かく》した。

そうやってヨルカの視線克服《こくふく》という課題について話しながら、時間は過ぎていった。

「もうアイディアは出なさそう？」

「いや、最後に一個だけ」

「あるなら聞かせてよ」

間違《まちが》いなくヨルカが嫌《いや》がりそうな提案だが、俺は言うだけ言ってみることにした。

「文化祭ではクラスでも出し物をやるよな。そのクラス代表に立候補してみれば？」

「え、そんなの無理！」

予想通りの反応だった。

「やってみれば案外楽しいかもしれないぞ」

「クラスをまとめたり、指示したりするんでしょう。わたしには向いてないよ」

「女王様になる練習だと思えばいいじゃないか。わたしの命令は絶対よ、みたいな」

「ワガママで人をつかうのと、リーダーとして人をつかうのは違《ちが》うでしょう」

ヨルカは冷静に反論する。

「俺も指名されてクラス委員になった。そのまま気づいたら文化祭実行委員もやらされてたんだよ。自分の意志じゃない」

「その割に希墨《きすみ》はきちんとこなしてると思うよ」

「単に後で怒《おこ》られるってわかっているのにサボるのが苦手なんだよ。そういう意味なら小心者なんだ、俺って」

「まさか。希墨《きすみ》は案外男気があるよ。やると決めた以上、しっかり役目を果たそうとするじゃない。手を抜《ぬ》かずにがんばるのは立派だよ」

「――――」

恋人《こいびと》の何気ない一言に、俺はいたく励《はげ》まされた。

自分の知らなかった一面を見つけてくれた驚《おどろ》きと、そんな風に細かく俺を見てくれていたやさしさが嬉《うれ》しくてたまらない。

「と、とにかく、気の進まなかった経験が後で案外役立つもんさ。ひとりでやるのが嫌《いや》なら、俺も一緒《いっしょ》にやるよ。どうせ、クラスの手伝いだってするわけだし」

どんな風に学生時代を過ごしても個人の自由だ。

学校行事をノリノリで満喫《まんきつ》しようとする人達もいれば、我関せずでマイペースに学校生活を送る人達もいる。

思いっきり青春を謳歌《おうか》しようとか、リア充《じゅう》な学生生活に強い憧《あこが》れがあるわけでもない。

俺だって恋人《こいびと》のヨルカがバンドに入らなければ、ステージでギターを弾《ひ》くなんて考えもしなかった。

──何事も巡《めぐ》り合《あ》わせに乗るか、乗らないか。

俺の場合、とりあえずやってみる。瀬名希墨《せなきすみ》の積極性なんてその程度のものだ。

現在、有坂《ありさか》ヨルカにとって一世一代の挑戦《ちょうせん》の真っ最中。

成功させるために打てる手は打っておくべきだろう。

「そんなのダメよ！」

ヨルカはムキになって反対する。

「希墨《きすみ》には文化祭実行委員としての仕事があるじゃない！　バンドの練習もしてるのに。その上、クラスの出し物までリーダーをやるなんて、気楽に仕事を引き受けすぎ！　そんなの身体《からだ》がいくつあっても足りないでしょう！」

生徒の自主性を重んじる我が校では、学校行事での生徒の裁量が大きい。計画遂行能力《けいかくすいこうのうりょく》を養うために、クラス委員をしている者は文化祭実行委員会に自動的に組みこまれる。そのため、クラスの出し物については別に代表を立てるのが一般的だ。

「じゃあ分裂《ぶんれつ》でもするから」

「できるもんなら今すぐしてみなさいよ」

「愛の力があれば奇跡《きせき》も起こせるかもしれない」

「ふーん。そんな魔法《まほう》みたいなものを見られるなら、ぜひ拝んでみたいわね」

ヨルカの大きな目が絶対無理でしょうと呆《あき》れている。

「俺が言いたいのは、いつだってヨルカの力になりたいと思ってるってことで」

「そこは信じてる。だけど、希墨《きすみ》は過保護すぎるよ。これ以上、自分の負担を増やさないで」

ヨルカの言う通り、俺がすでにオーバーワーク気味なのは誰《だれ》の目にも明らかだ。

文化祭までの自分のスケジュールを考えると気が重い。

それでもヨルカのためなら苦ではなかった。

大好きな女の子があがり症を克服できるのなら、喜んで協力しよう。

「強くなるための次の一歩には、いいんじゃないかな」

朝姫《あさき》さんの恋愛継続宣言《れんあいけいぞくせんげん》を聞いて、ヨルカは早朝の海で『強くなりたい』と願った。

バンドへの参加も決めたのも、自分を変えるための第一歩だ。

本番での演奏を成功させるには、視線に慣れておくのは必須《ひっす》条件。

毎日同じ空間ですごすクラスメイト達が相手なら、ヨルカのハードルも多少は下がるだろう。

「……もし立候補して決まったら、ますます希墨《きすみ》と会う時間が減るよね？」

ヨルカは気乗りしない様子で呟《つぶや》く。

「バンドの練習でも会えるし、たとえ準備でもヨルカと一緒《いっしょ》にいる時間はぜんぶ楽しいよ」

クラスに恋人《こいびと》がいるってそういうことだ。

同じ教室で、授業中も休み時間も一緒《いっしょ》にすごせる。

「──、そういう言い方はズルいよ」

手にとったオールドファッションの穴から俺のことを覗《のぞ》くヨルカ。

かわいい顔は隠《かく》せても、その綺麗《きれい》な瞳《ひとみ》だけは丸見えだ。

「その分、終わったらいっぱいデートしようぜ」

「うん」

ヨルカは視線を落とし、マグカップを見つめる。

「クラス代表の件、ちょっと考えてみるね」

そんな風に先を見据《みす》えながら、高校二年の二学期がはじまった。

季節は夏から秋に移り変わっていく。

◇◇◇

夏休みボケがようやく抜《ぬ》けた頃《ころ》には九月が終わり、体育祭を迎《むか》えた。

ハイライトはなんと言っても男女混合クラス対抗《たいこう》リレーだ。

各クラスから男女三人ずつが選ばれ、ひとりトラック一周の六周で勝負が決まる。

二年A組の出場選手はいつも通り、朝姫《あさき》さん調査による五十メートル走のタイム順に選出される。女子では運動部に交じって、ヨルカも選ばれていた。

最初はいつものように断ろうとしていたが、周りからの説得と俺の「これも文化祭に向けたトレーニングになるんじゃないの」という一言が決め手となったようだ。

体育祭の本番ではヨルカにバトンが渡《わた》った時点ではかなり下の順位。

そこからヨルカによる怒濤《どとう》の追い上げで、次々に他のクラスの選手を抜《ぬ》き去《さ》った。

有坂《ありさか》ヨルカという美少女がポニーテールを競走馬の尾《お》のごとく靡《なび》かせながら後方から一気にごぼう抜《ぬ》きする劇的な光景に、グラウンドは大いに沸《わ》いた。

順位を一気に繰《く》り上《あ》げ、さらにアンカーの七村《ななむら》が一位でゴールテープを切る。

ドラマチックな大逆転を演じた立役者は、クラスメイト達から口々に称《たた》えられていた。

慣れない人の輪の中心に置かれて、ヨルカは居心地《いごこち》が悪そうだった。

喜んでいるみんなを邪険《じゃけん》にもできず、困った顔で俺に助けを求めてきた。

俺はタイミングを見計らって、ヨルカを輪の外に連れ出す。

ふたりきりになって、珍《めずら》しく全力疾走《ぜんりょくしっそう》をした理由を訊《たず》ねれば、あまりにも彼女らしい答えが返ってきた。

『みんなに見られるのを一秒でも早く終わらせたくて全力で走った』

勝つためではなく、ギャラリーの視線から逃《に》げるために一生懸命《いっしょうけんめい》走っていたというわけだ。

俺は大笑いしながらも、求められた結果をきっちり出すのはさすがだと感心した。

やっぱり有坂《ありさか》ヨルカはすごい。

体育祭が終わると季節もようやく秋らしくなり、制服が冬服になった。

十一月の文化祭まであと一月あまりだ。

その日のホームルームでは文化祭での二年A組の出し物を決めることになった。

最初に、文化祭のクラス代表の男女二名を選ぶ。

ここまではクラス委員である俺と朝姫《あさき》さんがいつものように議事進行を務める。

夏休み前から文化祭実行委員会という全体の運営側へ回っている俺達に代わって、クラスの出し物に関しては別で代表者を立てる。

「じゃあ、やりたい人は挙手をお願いします」

教卓《きょうたく》の前に立つ朝姫《あさき》さんの仕切りでホームルームは進行する。

ひとりの女子が無言で名乗りを上げた。
クラスメイト全員が同じ驚《おどろ》きを共有する。
もちろん、彼女の背中を押したのは他ならぬ俺だ。
だが、まさかほんとうに立候補するとは思わなかった。
手を挙げていたのは、俺の恋人《こいびと》の有坂《ありさか》ヨルカだった。

第二話　セクシー!!　ハニー!!　バニー!!

有坂《ありさか》ヨルカの立候補に、二年A組のみんなは驚《おどろ》いていた。

彼女をよく知る瀬名会《せなかい》の面々でさえ目を丸くし、いつも静かに見守るのが常の神崎《かんざき》先生もにわかには信じられないという顔をしている。

ヨルカは周囲から浴びせられる視線に怯《ひる》んでいる様子を見せながらも、真《ま》っ直《す》ぐに挙手したままだ。

「えっと、女子で文化祭のクラス代表をやりたいって人は他にいませんか？」

クラス委員である朝姫《あさき》さんの問いかけに反応はない。

「では他に立候補者はいないので、有坂《ありさか》さんに文化祭のクラス代表をお願いしていいですか？」

「はい」

朝姫《あさき》さんの最終確認《さいしゅうかくにん》に、ヨルカは迷わず承諾《しょうだく》した。

「じゃあ、女子は有坂《ありさか》さんで決定です」

教室が拍手《はくしゅ》に包まれる中、静かな表情を保つヨルカ。

そんな彼女を興味深く見つめていた俺の視線に気づいたヨルカは、「(見るな)」と口パクで言ってくる。

いざ現実になってみても、ちょっと信じられない。俺から提案しておいてなんだが、あの有《あり》坂《さか》ヨルカが自らの意志で学校行事に参加するなど驚天動地《きょうてんどうち》である。

教室のざわめきが収まったところで、朝姫《あさき》さんは引き続き議事を進行する。

「次。男子でやりたい人はいませんか?」

こうなると、ビビってしまうのが男子である。

学校一の美少女・有坂《ありさか》ヨルカの相方としてクラスの出し物を仕切るのは、色んな意味で緊張《きんちょう》するのは想像に難《かた》くない。

普段《ふだん》からヨルカは俺以外の男子とほとんど話すこともない。ゼロから仲良くなって、準備を進めるのはさぞや大変だろう。

誰《だれ》も立候補しなかったら、やはり俺がクラス代表も引き受けるしかない。

そう思った矢先、数少ない例外である男子が名乗りを上げた。

「ったく仕方ねえな。俺がやるわ」

長い手を挙げたのは、俺の親友・七村竜《ななむらりゅう》だった。

バスケットボール部のエースにして、女好きなワイルド系イケメン。俺を幹事に据《す》えて瀬名《せな》会《かい》という仲良し友人グループを発足《ほっそく》させた張本人。身長百九十センチ近いビッグマンは、その鍛《きた》え上《あ》げられた筋肉質の腕《うで》を伸《の》ばしただけで存在感がすごい。

「助かるけど、バスケ部の方は大丈夫《だいじょうぶ》なのか？」と俺は思わず確認《かくにん》する。

「交流試合があるから、文化祭初日の午後はごっそり抜《ぬ》けるな。それ以外は問題ねえぞ」

「じゃあ、バスケ部では出し物はしないんだな」

各クラスや有志のグループ以外にも、部活動の出し物がある。文化系の部活が主だが、運動部でも招待試合の他にも模擬店《もぎてん》などを出す場合もあった。

俺の質問に七村《ななむら》は真一文字に口を結んだ。

「なんだ、その不服そうな顔」

「ナンパに精を出しそうだからと顧問《こもん》に止められた」

「だろうなー」と俺は海での七村《ななむら》の所業を思い返す。

夏休みの旅行では七村《ななむら》のナンパに俺も巻きこまれた。しかも年上のお姉さま方相手にまんまと成功しそうだった。神崎《かんざき》先生が止めに入ってこなければ一体どうなっていたことやら。

「安心しろ。文化祭に浮《う》かれる女子達を、きっちり楽しませるから期待しておけ」

そこが不安なんだよ。

「おまえのせいで永聖《えいせい》に悪評が立ったら、来年以降の文化祭ができなくなるだろう」

バスケ部顧問《こもん》の英断を、俺は強く支持する。

とはいえ、押しが強くヨルカともそこそこ親しい七村《ななむら》が引き受けてくれるなら、俺にとってもクラスにとっても願ったり叶《かな》ったりだ。

他の立候補者も現れず、男子のクラス代表はもちろん七村竜《ななむらりゅう》となった。

「じゃあ、ふたりとも前に出て。一言ずつ挨拶《あいさつ》してください」

朝姫《あさき》さんの呼びかけに従い、ヨルカと七村《ななむら》も黒板の前に並ぶ。

先に教卓《きょうたく》の前に立ったのは、なんとヨルカだった。

「七村《ななむら》くんの好き放題にはさせません。ぜんぶ阻止《そし》します」

ヨルカはピシャリと告げる。

その宣言に一同はポカンとした。

遅《おく》れて、女子からわぁーっと賛同の声が上がる。

「ちょいちょい有坂《ありさか》ちゃんッ！　せっかくの文化祭だぜ。厳しいこと言うのはなしっしょ」

よもや初手からヨルカに牽制《けんせい》されるとは思ってなかったらしく、七村《ななむら》は慌《あわ》てて口を挟《はさ》む。

対外的には大人しいイメージのヨルカが先手を打っていくのは痛快だ。

俺はペースを崩《くず》された七村《ななむら》を大笑いしながら眺《なが》める。

本来のヨルカの実務能力は俺を遥《はる》かに上回る。この程度の主導権を握《にぎ》るくらいは朝飯前だろう。これまでは周りと交流する気がなかったから力が発揮されることもなかっただけなのだ。

なんたって、あの伝説の生徒会長・有坂《ありさか》アリアの妹である。

教室の窓の側《そば》でホームルームを見守っていた神崎《かんざき》先生も、不思議そうな面持《おもも》ちをしていた。

「常識の問題だから」

ヨルカは澄《す》ました顔で七村《ななむら》の抗議《こうぎ》に聞く耳をもたない。

「無礼講なんだから堅《かた》いことはなしでいこうぜ」

「楽しむことは大事よ。だけどハメを外しすぎないで」

七村《ケダモノ》を野放しにしたら二年A組の出し物は男子の私欲を満たすものになりかねない。クラスの女子はそのあたりを敏感《びんかん》に察していたらしく、ヨルカの所信表明に異を唱える者は少なそうだ。適度にはしゃぐのはアリだが、やりすぎには付き合えないということだろう。

男子も本音では七村《ななむら》のノリと勢いに便乗したい連中も多いはずだ。が、ここまで女子が団結した状況《じょうきょう》では七村擁護《ななむらようご》の声は上げづらい。迂闊《うかつ》なことを口走れば自分のクラスでの立場が危《あや》うくなるかもという打算が働き、大人しく沈黙《ちんもく》を守るしかない。

「瀬名《せな》の影響力《えいきょうりょく》は絶大だな。有坂《ありさか》ちゃんもすっかり言うようになったねぇ」

七村《ななむら》が含《ふく》みのある笑《え》みを浮《う》かべて、俺とヨルカを交互《こうご》に見た。

「そ、そりゃ、わたしと希墨《きすみ》は恋人《こいびと》だもの。影響《えいきょう》くらい受けて当然よ」

みんなの前で、ヨルカは自ら認めた。

その発言に、おぉ、と感嘆《かんたん》の声が上がる。

四月に、俺が恋人宣言《こいびとせんげん》をした時のヨルカの慌《あわ》てようをクラスメイトはみんな目撃《もくげき》している。

その頃《ころ》と比べると有坂《ありさか》ヨルカの堂々たる惚気《のろけ》っぷりには目を見張るものがあった。

「え、なに？　今のどういう反応？　わたし、なんか変なこと言った？　ねぇ希墨《きすみ》」

「ヨルカは俺の影響《えいきょう》をそんなに受けてるんだな。感動だわ」

横で俺は感慨《かんがい》深《ぶか》くうなずく。

「希墨《きすみ》は、違《ちが》うの？」

いつもの俺なら、ここで素直《すなお》に影響《えいきょう》を受けてると認めるところだろう。

「……内緒《ないしょ》」

なんとなく、そう答えた。

「希墨《きすみ》？」

「ほれ、惚気《のろけ》はその辺にしておけ。それともまだ見せつけたいのか」と七村《ななむら》が冷やかす。

「と、とにかく文化祭のクラス代表をやる以上、精一杯《せいいっぱい》がんばります。皆《みな》さんもどうか協力してください！」

ヨルカは最後にそうつけ加えて、挨拶を終えた。

俺は正直安心した。

思っていた以上にヨルカはしっかりと意思表示ができている。

七村《ななむら》が相方であるおかげもあり、瀬名《せな》会《かい》の時の感じでやりとりができるのも大きい。

次に、七村《ななむら》が前に立つ。

「俺の挨拶《あいさつ》は省略だ。さっさと出し物を決めよう。なぜなら俺から最高の提案がある」

七村《ななむら》がいきなり本題に入ったので、俺と朝姫《あさき》さんは自分の席に戻《もど》るタイミングを見失ってしまった。

嫌《いや》な予感がする。

「いきなりおっぱじめるな。なんだよ、最高の提案って」

「これを聞いたら瀬名《せな》も首を縦に振《ふ》るしかなくなるぞ」

「甘いな、七村《ななむら》」

俺は余裕《よゆう》の笑《え》みを浮《う》かべた。

夏休みに恋人《こいびと》の水着姿まで拝んだ男である。ちょっとやそっとの提案で、俺が靡《なび》くと思ったら大間違《おおまちが》いだ。非常識なものなら彼氏《かれし》の立場的に全力で阻止《そし》する。

七村《ななむら》は俺をじっと見てから、教室の男子たちに向けて囁《ささや》くように告げる。

「——バニーガールだ」

「バニーガールだと?」

即座《そくざ》に心が揺《ゆ》らいでしまう自分がいた。

「あぁ、男のロマンだ」

七村《ななむら》のアプローチは極《きわ》めてストレートなものだった。

ちょっとやそっとの提案ではない。

セクシーすぎる。

同時に、抗《あらが》いがたい魅力《みりょく》に溢《あふ》れていた。

この男がクラス代表になった真の目的はこれだ。立場を利用して、声高《こわだか》に我欲《がよく》を押し通す気満々なのだ。欲深い男に権力を持たせると暴走する典型である。

「だが、バニーガールなんて斬新《ざんしん》すぎるぞ」

俺は慎重《しんちょう》に言葉を選びながら、理性ある態度を保とうとする。

「メイドとか他愛もないコスプレで、他と被《かぶ》ってもしゃーないだろ！」

「バニーガールなら他より目立つとでも？」

「セクシー&かわいいで客が殺到《さっとう》だ」

そりゃ確かにJKがバニーガールの衣装《いしょう》を着ていたら、とてつもなく人気になるだろう。

「バニーガールで具体的になにをするんだ？」

「バニーガールといえばカジノだ。カジノ・カフェをコンセプトに、ゲームで遊んでもらう」

「文化祭でギャンブルはマズイだろう」

「金は賭《か》けない。ドリンク一杯《いっぱい》につきワンゲームのサービス」

「……何杯《なんばい》も注文する人が出てくるのでは？」

「よっぽど喉《のど》が渇《かわ》いているんだろうなぁ。ま、お客の喉《のど》を潤《うるお》すのがカフェだろう」

七村《ななむら》はすごく悪い顔をしていた。

どう考えても違《ちが》う目的のためにドリンクを何杯《なんばい》も注文させる気だ。

「それに瀬名《せな》よ、自分の本心に問いかけてみろ。おまえだって、有坂《ありさか》ちゃんのバニーガール姿を見てみたくないのか？」

悪魔《あくま》の囁《ささや》きに、俺は頭の中でヨルカのバニーガール姿を想像してしまう。

長いウサギ耳のヘアバンド、蝶《ちょう》ネクタイ付きの付《つ》け襟《えり》、肩《かた》出しのレオタードは光沢《こうたく》で艶《つや》めき、手首の白カフス、お尻《しり》にはかわいらしいボンボン尻尾《しっぽ》、黒の網《あみ》タイツにハイヒール。

それらを身につけたヨルカの恥《は》じらう姿。完璧《かんぺき》だった。

見たい！

心の底から見たい！

あまりにも似合いすぎているぞ。

想像しただけでもセクシーでかわいすぎるのだから、実物を見た日には俺はどうなってしまうのだろうか。まともな精神状態を保てる自信がない。

ヨルカの甘え方が大胆《だいたん》になっている現在、そんなセクシーな衣装《いしょう》で迫《せま》られたら俺はもう我慢《がまん》できない。

「さぁ、瀬名《せな》。おまえもバニーガール支持者にならないか。俺と一緒《いっしょ》に説得に協力しろ。そしてゴリ押しで突破《とっぱ》するぞ」

俺は頭を抱《かか》える。

このままダークサイドに落ちていいのか。

ヨルカの注意程度で諦《あきら》める七村《ななむら》ではなかった。

むしろ俺を引きこむことで、自分の意見を実現しようとしているのだ。

ヨルカにとってのアキレス腱《けん》である俺を利用するとは、なんと卑怯《ひきょう》な男であろうか。

いつの間にか俺と七村《ななむら》のサシでのやりとりになっていた。

「なにをバカみたいに大真面目な顔で悩《なや》んでるのよ」と呆《あき》れるヨルカ。

「水を得た魚のように活《い》き活《い》きしてるわね、あのふたり」と冷ややかな朝姫《あさき》さん。

「スミスミとななむーは相変わらず仲良しだね〜」と聞き流していそうなみやちー。

他の女子達もおおむね似た反応だが、男子には俺達に希望を見出《みいだ》した顔つきのやつも多い。

「じゃあ、女子の意見も聞こうぜ。支倉《はせくら》ちゃんはどうよ？　少なくとも客はいっぱい入るぞ」

七村《ななむら》は無謀《むぼう》にも朝姫《あさき》さんを指名。みんなの視線が朝姫《あさき》さんに集まる。

「いいんじゃない。集客力があるってことはハッキリしているし、アイディア自体は悪くない。うちのクラスは綺麗《きれい》どころが多いから七村《ななむら》くんの企画《きかく》が実現すれば、すごい人気になると思うよ」

なんと。朝姫《あさき》さんから肯定的《こうていてき》な意見が出た。

「ほれ、クラス委員の片方がＯＫ出したぞ！　みんなはどうだ！」

旗色が変わったとばかりに、七村《ななむら》は一気に強気な態度で煽《あお》っていく。

朝姫《あさき》さんの予想外すぎる返答に、俺は虚《きょ》を衝《つ》かれた。

ヨルカも正気かとばかりに朝姫《あさき》さんの横顔を見つめている。

「七村《ななむら》くーん。なんか勘違《かんちが》いしてるみたいだから言っておくけど、その案は私が否定するまでもないってだけよ」

「…………なに？」

「文化祭でコスプレ系が多いのは、かわいい衣装《いしょう》を着ることで女の子自身のテンションが上がるから。だけど、不特定多数の人に見られることとは別問題。なにより——神崎《かんざき》先生が認めるわけないでしょう」

朝姫《あさき》さんは、なにをわかりきったことを、と言わんばかりに補足する。

今まで沈黙《ちんもく》を守っていた神崎《かんざき》先生がついに口を開く。

黒髪《くろかみ》が美しい和風美人の担任は、その澄《す》ました顔に静かな怒《いか》りの色を浮《う》かべていた。

「七村《ななむら》さん。なにか、とても面白《おもしろ》いことを言ってましたね。なんでしたっけ、もう一度言ってくれますか？　高校の文化祭にはあまりそぐわない単語が聞こえたのは、私の気のせいですよね？」

穏《おだ》やかに語りかけながらも、目が笑っていない。発している空気が却下《きゃっか》と言っている。

「先生、俺はただ活発な議論を促《うなが》すために自分の意見を述べただけで。な、瀬名《せな》！」

「お、俺を巻《ま》き添《ぞ》えにするな！　バニーガールなんて言い出したのは七村《ななむら》だろう！」

「学校行事でバニーガールとは何事ですか！」

神崎《かんざき》先生の雷《かみなり》が盛大《せいだい》に落ちた。

神崎《かんざき》先生の短くも厳しいお説教の後、あらためてみんなで出し物について意見を出し合うことになった。

閑話《かんわ》休題《きゅうだい》。

やはり軽食と飲み物を出すような飲食系の提案が多かった。

ただ、どれもありふれており、いまいち決め手に欠ける。奇《き》をてらわずベタなことをやればいいじゃないか派と、せっかくだし変わったことをしたい派にクラスは真っ二つに分かれた。

議論が行《ゆ》き詰《づ》まり、七村《ななむら》は俺に意見を求めた。

「瀬名《せな》はどうしたいんだよ？　俺、バニーガール以外は考えてなかったからお手上げだぞ」

「自分が見たい衣装《いしょう》の希望じゃねえか」

欲望に忠実すぎるぞ。

「かわいい服を着た女の子を眺《なが》めるだけで幸せな気持ちになれるんだよ」

「クラス全員の前でそれを言える七村《ななむら》のメンタルが強すぎる」

「男はロマンを求める生き物なんだよ」

「一理あるけど。真面目な話、もうちょい食べ物と衣装《いしょう》に統一感があるといい気がするな」

「たとえば？」

俺は考えこむ。季節は秋、肌寒《はださむ》い日が段々と増えてきた。この冷たくなってきた季節に欲《ほ》しくなるのは温かいものだ。思い出すのは小腹が空《す》いた帰り道、コンビニに立ち寄る時のこと。ホットドリンクと一緒《いっしょ》に買ってしまうものといえば——

「肉まん。そう、中華《ちゅうか》まんだ。それを提供する……飲茶《ヤムチャ》カフェ！　衣装《いしょう》はチャイナドレスでいける。コンセプトもまとまってるし、目新しさもあると思わないか⁉」

閃《ひらめ》いたことをそのまま言葉にする。

「いいぞ、瀬名《せな》！　チャイナドレスはナイスだ！」

七村《ななむら》は乗り気だ。

「わたしも賛成。旅行した時にお土産《みやげ》で買ったチャイナドレスとかあるし」

海外旅行に数多く行っているヨルカ。自前で持っているとはさすがである。

「あたし、自分でアレンジした衣装《いしょう》を着たい！　そういうのもアリだよね」

みやちーがさらに希望を言う。

「飲茶《ヤムチャ》カフェならタピオカミルクティーとかも一緒《いっしょ》に出せそうね。中国茶もホットで提供できればいいけど、それだと回転率が落ちるかな」

朝姫《あさき》さんはすでに現実的なシミュレーションをしていた。

「ホットだと冷めるまで待つから、一グループあたりの滞在時間《たいざいじかん》が長くなるものね。そう考えると中華《ちゅうか》まんを蒸《む》すのも時間かかる。もっと手早く提供できる方法はないかな」

ヨルカがさらに問題点を浮《う》かび上《あ》がらせる。

「じゃあドリンクは冷たいもの、中華《ちゅうか》まん系はホットプレートで蒸《む》し焼《や》きにすれば時間短縮できると思うぞ。焼《や》き餃子《ぎょうざ》や焼《や》き小籠包《しょうろんぽう》みたいに、焼き肉まんで提供する」

「確かに、それなら早くできるかもね」

俺の意見に、料理上手のヨルカが賛成すると、それだーっとクラスが一気にひとつになる。

かくして二年A組の出し物は、飲茶《ヤムチャ》カフェに決まった。

◇◇◇

無事にホームルームが終わり昼休みになった途端《とたん》、七村《ななむら》が駆《か》け寄《よ》ってきて俺の肩《かた》を組む。相変わらず筋肉質な腕《うで》がズシリと重い。

「瀬名《せな》、よく思いついた！　ナイスアイディアだ」

「ただの直感だよ」

「とか言って、ほんとうは有坂《ありさか》ちゃんのチャイナドレスが見たかったんじゃないのか」

「俺はヨルカが着るなら、どんな服でも見たいぞ」

「相変わらず焼けるねぇ」

「七村《ななむら》、立候補してくれて助かったわ。ヨルカを頼《たの》むな」

「ま。クラスのことは任せて、おまえはバンドに集中しろ。音楽に関してミメイは真剣《しんけん》だから、手を抜《ぬ》くと面倒《めんどう》くさいぞ」

「元カレの言葉は重いな」

リンクスのリーダー・叶《かのう》ミメイと七村竜《ななむらりゅう》は、去年の夏に短期間だけ付き合っていた。

「あいつとはセックスもしてないんだぞ。そんな御大層《ごたいそう》な男女の仲でもねえよ。油断するなよ、瀬名《せな》。いつまでもあると思うな、女の愛と財布《さいふ》の金！」

七村《ななむら》が恋愛《れんあい》の先輩風《せんぱいかぜ》を吹《ふ》かして脅《おど》してくる。

「語呂《ごろ》が悪い。無理やりすぎるぞ」

「けど事実だ。女は残酷《ざんこく》だぞ。どんなに情の深い相手でも、切られる時はあっさりとしたものさ」

「恐《こわ》いこと言うなよ。ヨルカに限って、それはない」

「ふ、高校生の恋愛《れんあい》なんて脆《もろ》いもんさ」

「肝《きも》には銘《めい》じておくよ」

七村《ななむら》の忠告を聞き流すにしても、これからの多忙《たぼう》なスケジュールを考えると一抹《いちまつ》の不安がよぎる。

食堂へ向かった七村《ななむら》と入《い》れ替《か》わりに、ヨルカがお弁当を持って俺の机までやって来る。

俺はギターの練習時間を確保したいので、二学期になってからヨルカと教室でお昼を食べるようになった。

手早く食べ終えて、すぐにギターをケースから取り出す。

ヨルカと話しながらも、左手でコード進行の練習をしつつ、右手はストロークを刻む。

「なんかさ、支倉《はせくら》さんがわたしが立候補してもノーリアクションなのが気になる」

ヨルカがわずかに声を潜《ひそ》めて、切り出す。

「ちゃんと驚《おどろ》いてたぞ？」

「大人しすぎるのよ。こんなわたしらしくないことをしてるのに、一切《いっさい》スルーなんて不気味すぎるから」

「考えすぎだろう」

「やっぱり二学期に入ってからの支倉《はせくら》さんの様子、ちょっとおかしいと思わない？」

「うーん、悩《なや》み事《ごと》でもできたとか」

「支倉《はせくら》さんが考えることなんて、希《き》墨《すみ》をどう振《ふ》り向《む》かせるかに決まってるでしょう」

「朝姫《あさき》さんはそこまで恋愛脳《れんあいのう》じゃないさ」

「生徒会長の花菱《はなびし》くんの告白まで断ったのよ。そういう一途《いちず》さって結構手強《てごわ》いもの」

俺はギターを弾《ひ》く手を止めて、ヨルカの顔を見た。

「別に朝姫《あさき》さんが告白されること自体は珍《めずら》しくないだろう。愛想《あいそ》もいいし、人付き合いも上手だからモテるのは当然。一年の時からたくさん告白されている」

俺は客観的事実を告げるが、ヨルカはまだ納得《なっとく》していないようだ。

「じゃあ、仮にだけどヨルカが花菱《はなびし》から告られたらＯＫするか？　カッコイイ、賢《かしこ》い、金持ちのモテる３Ｋが揃《そろ》った優良物件だぞ」

「断る。チャラい人は無理」

「そういうこと。誰《だれ》しも条件がいいからって告白成功率１００％というわけじゃない」

「そもそも恋愛《れんあい》で大事なのは条件より気持ちの積み重ね。そうでしょう？」

ヨルカは微笑《ほほえ》む。

「ま、成功率０％からヨルカの愛を勝ち取った俺としては同意せざるをえないな」

「今振《ふ》り返《かえ》ると、最初から希墨《きすみ》は他の人と違《ちが》ってた。そういう意味では１００％よ」

ヨルカは胸を張って答える。

「即《そく》ＯＫせずに逃《に》げちゃったのは、どこのどちら様でしたっけ？」

「もう！、いい加減それについては許してよ。嬉《うれ》しすぎてパニックになることなんて人生ではじめてだったんだから仕方ないでしょう」

からかわれて、冗談《じょうだん》っぽく怒《おこ》る。

こんな風に気安いやりとりがいつの間にかふつうになった。

俺達がふたりで一緒《いっしょ》にいても、周りも当たり前のこととして見てくれている。

瀬名希墨《せなきすみ》と有坂《ありさか》ヨルカというカップルは公然の関係として認知《にんち》されていた。

好奇《こうき》や嫉妬《しっと》の目で見られないのはとても楽だ。

「ほんと、効率なんて求めすぎてもロクなことにならないよな」

ヨルカとの仲もギターの上達も、時間を費《つい》やさなければ次のステップに進めない。

「……ヨルカ的には朝姫《あさき》さんが元の調子に戻《もど》ってもいいのか？」

俺が訊《たず》ねると、ヨルカは斜《なな》め上《うえ》の返答をしてきた。

「バカね。支倉《はせくら》さんが調子悪いと、希墨《きすみ》の負担が増えるじゃない。どうせ放っておけなくて頼《たの》まれてもないのに勝手にフォローしているんでしょう。そのせいで希墨《きすみ》が潰《つぶ》れたら困るのはみんななのよ」

ヨルカは俺を気遣《きづか》いながらもたしなめる。

「……俺の心配をしてくれてたんだな」

「当たり前じゃない。わたしは希墨《きすみ》のことが一番大切なんだから」

「ヨルカ、抱《だ》きついていい」

俺は恋人《こいびと》の深い愛情に感動して、思わずそう口走る。

「ここ教室よ、バカ」

俺はあらためてヨルカを心配させまいと心に誓《ちか》うのだった。

◇◇◇

放課後、文化祭実行委員会の定例会議が終わり、バンドの練習に向かう前に俺は朝姫《あさき》さんと話すことにした。

「私の悩《なや》み？　そうだな、早くメインステージのスケジュールを確定させたいかな」

「いや、朝姫《あさき》さんの個人的なこととかで」

「急にどうしたの、有坂《ありさか》さんと喧嘩《けんか》して私に甘えたくなった？」

いざこうしてふたりで話すと、朝姫《あさき》さんはいつもの調子だった。

「そういうことじゃなくて」

「なんだ残念。相棒なんだから遠慮《えんりょ》なく頼《たよ》ってくれていいのに。恋愛面《れんあいめん》でも」

意味深な切り返しをするだけで、肝心《かんじん》の質問には答えてくれない。

俺はもう一歩だけ踏《ふ》みこんでみることにした。

「朝姫《あさき》さん、二学期になってから考え事をしていることが増えてるみたいだからさ」

「そう？　でも、希墨《きすみ》くんと話す時は元気でしょう、私」

どうにも煙《けむ》に巻《ま》くような答え方だった。やはり、なにかあるのは間違《まちが》いない。

「俺は、朝姫《あさき》さんに元気でいてほしいだけだよ。話したくないなら無理に話さなくていいから。

ただ、気になって」

「私のことを見てくれているんだ。ありがとう」

朝姫《あさき》さんは如才《じょさい》ない笑《え》みで、それ以上の詮索《せんさく》を避《さ》けようとしていた。

「ほら、バンドの練習なんでしょう。がんばってね、私も楽しみにしているから」

朝姫《あさき》さんは一方的に会話を切り上げて、廊下《ろうか》を歩いていってしまう。

その後ろ姿を見つめながら、俺は声をかける。

「朝姫《あさき》さん！　俺だって相棒だから！　遠慮《えんりょ》なく頼《たよ》ってくれていいから！」

「……、もしもの時はそうさせてもらう！」

振《ふ》り返《かえ》った朝姫《あさき》さんの声は明るいが、その笑顔《えがお》にはどこか影《かげ》があるように思えた。

第三話　このバンドには問題がある

「もうー無理。ギターなんか絶対上手《うま》く弾《ひ》けないって！」

集中力が完全に切れて、俺は盛大《せいだい》に弱音を吐《は》く。

ギターをスタンドに置くと、床《ゆか》に大の字に転がった。

弦《げん》を押さえる指先は痛み、ストロークを刻むために曲げていた腕《うで》は疲《つか》れた。ピックを持つ右手は力みすぎていたようで、ピックを放りだすとじんわりと痺《しび》れるような感覚に襲《おそ》われた。ストラップの食いこんでいた左肩《ひだりかた》も重い。

十一月の文化祭まであと三週間。

本番の日が迫《せま》るほどに、俺の焦《あせ》りも増してくる。

「叶《かのう》さんの指導、ますますスパルタになってきたね」

俺を気遣《きづか》うようにヨルカが隣《となり》でしゃがみ込む。

他の三人はお昼休憩《ひるきゅうけい》ということで、買い出しに行っていた。

「叶《かのう》ミメイ作詞作曲のオリジナル曲。初心者の俺でも弾《ひ》きやすい単純なコード進行ながら、観客が盛り上がりやすい曲調でステージ受けも抜群《ばつぐん》。しかも放課後はつきっきりで熱血指導。これだけ練習してるのに、いまだにノーミスで弾《ひ》けないなんて！」

「夏にはじめた頃《ころ》よりずいぶん聞けるようになったから。三曲も練習しているのに、一月半にしてはすごい成長だよ」

「やさしいフォローが泣けてくる」

俺がふいに顔を横に向けると、ヨルカのニーソックスに包まれた美脚《びきゃく》が目につく。それを上に辿《たど》っていくと、白くて眩《まぶ》しいふとももも、さらにスカートの奥へ——

「どこ見てるの？」

ヨルカは両脚《りょうあし》をぴったり閉じて、お尻側《しりがわ》のスカートを手で押さえる。鉄壁《てっぺき》のガードが築かれ、俺の不埒《ふらち》な視線は行き場を失《な》くす。

「いや、ちょっとした視覚的な癒《い》やしを」

「スケベ」

「迂闊《うかつ》にエロに逃《に》げたいくらい心が弱ってるんだよぉ」

「希墨《きすみ》がこんなに音を上げるなんて、はじめて見た」

「今まさに凡人《ぼんじん》の限界に直面している」

「はい、大げさ。汗《あせ》だくになるくらい真剣《しんけん》に練習してるんだもの。そりゃヘトヘトになるよ。お昼ごはんを食べたら気分も変わるってば」

いつもと違《ちが》って、今日はヨルカが励《はげ》ます側だ。

「脱水症状になるかも」

「ちゃんと水分補給して」

ヨルカは、俺のペットボトルを側《そば》に置いてくれた。

もう一口分しか残っていない。

ゴクリと一気で飲み干しても、喉《のど》の渇《かわ》きはまだ癒《い》えない。

「足りない。ぜんぶ青春の汗《あせ》として流れていった」

「みんなが戻《もど》るまで我慢《がまん》できないなら、一階のウォータークーラーまで行くとか」

「無理。動くのも面倒《めんどう》くさい」

「お疲《つか》れのようね」

「……不器用な自分が恨《うら》めしい」

「拗《す》ねないの。初心者なんだから仕方ないってば」

「寝不足《ねぶそく》になるくらい練習してるのに上達の気配が見えないのがなぁ」

天井《てんじょう》を眺《なが》める。真剣《しんけん》だからこそ、思い通りに弾《ひ》けないことが悔《くや》しい。

「まだ本番まで時間はあるんだから焦《あせ》らないで。希墨《きすみ》なら必ずできるわ」

「おう……」と気の抜《ぬ》けた声で返事をするのがやっとだ。

「希墨《きすみ》？」

マズイ。横になったせいもあり、ウトウトしてきた。瞼《まぶた》が勝手に下がってくる。

すると、俺に寄《よ》り添《そ》うように温かい感触《かんしょく》がピタリとひっついてきた。

「……床《ゆか》に寝《ね》たら制服にホコリがつくぞ」

「だって好きな人が寝《ね》てるから。わたしも休憩《きゅうけい》」

ヨルカも俺と一緒《いっしょ》に横になっていた。

先ほどまで爆音《ばくおん》が鳴《な》り響《ひび》いていた練習室も今だけはひっそりと静まり返っていた。

ヨルカはふいに俺の首筋に鼻先を寄せてくる。

「汗臭《あせくさ》くないか？」

「好きな匂《にお》いよ」

「香水《こうすい》なんてつけてないぞ」

「希墨《きすみ》の匂《にお》いがよ」

「そりゃ、ドキドキさせてくれるな」

「わたしも水分補給しようかな」

ヨルカの舌が、俺の鎖骨《さこつ》のあたりをペロリと舐《な》めた。

「よ、ヨルカ⁉」

「なに？」

「い、今……、舐《な》めた？」

「しょっぱかった」

「そりゃ、汗《あせ》だからな」

再び顔を横に向けると、ヨルカの顔がすぐ近くにあった。

寝《ね》ていながら至近距離《しきんきょり》に恋人《こいびと》がいるこの状況《じょうきょう》は、はじめてではない。春、付き合いたてだった頃《ころ》に大雨でヨルカが我が家に泊《と》まった時のことを思い出す。

あの頃はまだまだお互《たが》いに距離《きょり》を探《さぐ》り合《あ》っているような感じだった。同じ部屋で夜をすごすだけでもドキドキだったのに、翌朝目を覚ますと真横にヨルカがいたから驚《おどろ》いたものだ。ロクに身動きもとれず、最終的に寝《ね》ぼけたヨルカに抱《だ》きつかれて俺の方が逃《に》げ出《だ》してしまった。

だけど、今は自然に寄《よ》り添《そ》ったままでいられる。

「すごく近いね」

「近いな」

目と目が合う。言葉はいらない。

俺達はどちらからともなく唇《くちびる》を重ねようと近づいていく。

「コラーふたりとも練習中にイチャつくの禁止！　ここは音楽をする神聖な場所だからッ！　セナキスも有坂《ありさか》さんもイチャつくなら後にして！」

練習室に戻《もど》ってきた我らがバンド・リンクスのリーダー、叶《かのう》ミメイが長い金髪《きんぱつ》を振《ふ》り乱《みだ》して一喝《いっかつ》する。俺にギターを教えてくれている彼女は、超絶技巧《ちょうぜつぎこう》のマルチプレイヤーであり、誰《だれ》よりも音楽に対して情熱的で真剣《しんけん》な軽音楽部のカリスマだった。

そのためバンドの練習の時は、鬼教官《おにきょうかん》に変貌《へんぼう》する。

その後ろでは、クラスメイトの宮内《みやうち》ひなかと生徒会長の花菱清虎《はなびしきよとら》がみんなのお昼ごはんが入った袋をぶら下げながら苦笑《くしょう》していた。

「スミスミとヨルヨルってほんとうにラブラブ」

俺達の馴《な》れ初《そ》めからずっと知っている小柄《こがら》で金髪《きんぱつ》のみやちーが、穏《おだ》やかに目を細める。

「両想《りょうおも》いの恋人《こいびと》がいて羨《うらや》ましいね」

爽《さわ》やかなイケメンで恋多《こいおお》き花菱《はなびし》は、どこか羨望《せんぼう》の眼差《まなざ》しで愛を讃《たた》えているようだった。

俺達は慌《あわ》てて身体《からだ》を起こして、言い訳をする。

ボーカル・宮内《みやうち》ひなか、ギター・瀬名希墨《せなきすみ》、ベース・叶《かのう》ミメイ、キーボード・有坂《ありさか》ヨルカ、ドラム・花菱清虎《はなびしきよとら》。

この五人で組んだバンドが、リンクスである。

◇◇◇

五人で食事を終えたら、すぐに午後の練習だ。

「セナキス、指の強弱が雑。そんなタッチじゃいい音は出ない。もっと音楽を深く愛して！　もっと女の子に触《ふ》れるように繊細《せんさい》かつ丁寧《ていねい》に！　もっと有坂《ありさか》さんを鳴かせるつもりになって！」

「ふぇ⁉」

横で聞いていたヨルカが素《す》っ頓狂《とんきょう》な声を上げ、キーボードがズレた音を鳴らす。

演奏がストップする。

「叶《かのう》、下ネタはよせよ。ヨルカはそういうの免疫《めんえき》が低いんだから」

「違《ちが》う。真面目なアドバイス！」

「感性が尖《とが》りすぎだ」

「ふつうにしてたら、特別なものはできない！」

叶《かのう》ミメイは真顔で言い返す。

日本人離《ばな》れしたスタイルのよさ、目鼻立ちのハッキリした派手な顔立ちに浅黒い健康的な肌《はだ》、癖《くせ》のある金髪《きんぱつ》。叶《かのう》は一見するとギャルにしか見えないが、ラテン系のクォーターである。

その実態は、さながら音楽バーサーカー。

彼女こそは音楽の申し子であり、音楽という芸術と相思相愛なのだ。

だが名選手、名コーチにあらず。

天才肌《てんさいはだ》ゆえの超《ちょう》フィーリング指導のため、説明に擬音《ぎおん》や独特のニュアンスの表現が多い。

叶《かのう》の意図を解釈《かいしゃく》するのに意識を向けすぎると、今度は手元が疎《おろそ》かになる。

ミスすること自体に、叶《かのう》は怒《おこ》らない。

本人はあくまでもめちゃくちゃ前向きに励《はげ》まし、ただひたすらに応援《おうえん》してくる。

その世話焼きぶりに悪気がないのはわかっている。

わかっているんだけど、その期待が若干《じゃっかん》重い。

「叶《かのう》って、バンドのメンバーにいつもこんな熱心に教えてるのか？」

「上達してくれた方がもっと楽しい演奏をできるからね」

「……叶《かのう》のバンドがしょっちゅう解散する理由が恋愛《れんあい》以外にもあるってことがよくわかったよ。冗談《じょうだん》でも、バンドクラッシャーとか言ってすまん」

「今はリンクスがあるから、どうでもいいし」

叶《かのう》はバンドで演奏さえできれば満足とばかりに、他人の評判を気にしない。

こうして直接指導を受けて、俺はバンド解散の原因がすべて恋愛絡《れんあいがら》みだと思っていた自分の浅はかさを反省する。

「瀬名《せな》ちゃん、それはどういう意味？」と花菱《はなびし》が代わりに訊《たず》ねてくる。

「叶《かのう》目当てでバンドに入った連中はさ、下心こみでも最初は叶《かのう》の熱心な指導に応えようとがんばってたんだよ」

「気になる子に認めてもらいたいのは男の性《さが》だからね」

花菱《はなびし》は迷わず同意する。

「ただき、真面目に練習するほど自分と叶《かのう》の才能の差がわかって、音楽やってくのがしんどくなったのかもなって。叶《かのう》は音楽大好きだから、ずっと励《はげ》ますじゃん。それがプレッシャーになって、バンドを辞《や》めたやつもいたかもって話さ」

「皮肉だね。ミメイの音楽愛が裏目に出てしまうわけか」

花菱《はなびし》という男は、哲学《てつがく》を語るような芝居《しばい》がかった口振《くちぶ》りが不思議とよく似合う。

「……セナキスも、ウチの教え方はしんどいって感じてるの？」

叶《かのう》がおずおずと訊《たず》ねる。

「バカ言うなよ。本番で恥《はじ》をかかないためにも、鬼教官《おにきようかん》の熱血指導は必要不可欠だ」

文化祭でリンクスのギターとしてステージに立つと決めたのは他ならぬ俺自身だ。

「さすが、セナキス！　そうでなきゃ！」

すぐに機嫌《きげん》を直す叶《かのう》に、俺は先に釘《くぎ》を刺《さ》しておく。

「とは言え、だ！　現実的に俺の実力なら、ギターを譜面通《ふめんどお》りに弾《ひ》くので精一杯《せいいっぱい》なんだぞ。本番で足を引っ張らないレベルになれば十分だからな」

「甘いよ。セナキスはまだ基礎《きそ》の段階だよ。今は土台を作ってる最中。それに、譜面通《ふめんどお》りに弾《ひ》くだけで満足しないで！　ゴールはもっと先！」

「叶《かのう》は、俺をどんな風に育てる気なんだ？」

「ウチが求めているのは、セナキスが感じた衝動《しょうどう》をそのまま音にすることだよ」

「そりゃまた、えらくレベルが高くて抽象的《ちゆうしようてき》だな」

「初心者だからピンとこないだけだよ。そのうちただ弾《ひ》いてるだけじゃ物足りなくなって、自分の感情を乗せたくなるものだよ」

叶《かのう》は自信満々に予言する。

「そんな余裕《よゆう》ねえよ」

「余裕《よゆう》じゃなくて衝動《しょうどう》だよ、セナキス」

「そういうもんか？」

正しく音を鳴らすことで精一杯《せいいっぱい》の今の俺にはとても想像がつかない。

「セナキスも本番までにはそうなるといいね」

「高すぎる目標設定は誰《だれ》も幸せにならないぞ」

「そんなことないって！」と叶《かのう》は目をキラキラさせて反論する。成功以外見えていないようだ。

「叶《かのう》、大半の客のお目当てはおまえの演奏だ。俺が文化祭までにおまえのレベルに追いつくのは不可能だからな」

少年漫画《まんが》のように突然隠《とつぜんかく》れた才能が覚醒《かくせい》してレベルアップするなんてことは考えにくい。

「ウチがライブで感じてもらいたいのはリンクスならではのケミストリーだよ。演奏技術だけじゃない。私とバンドを組む以上、主役はみんな。誰《だれ》も添《そ》え物《もの》じゃない」

叶《かのう》は、ムキになって主張する。

「そりゃベストは尽《つ》くすし、極力いい演奏はしたいさ。だけど俺みたいな初心者の初ステージが文化祭のトリを飾《かざ》るとか、どう考えてもハードル高くね？」

リンクスは、文化祭二日目のメインステージでフィナーレを務める。

リーダー・叶《かのう》ミメイの実績と期待値から、トリでの出演は最初から確定していたようなものだ。

軽音楽部のオーディションに参加したのは、叶《かのう》の強い希望で俺達の仕上がりを見るためだ。

リンクスの出来栄《できば》えはお世辞にも褒《ほ》められたものとは言《い》い難《がた》かった。

――このバンドには問題がある。

まず、メンバーの技術レベルがバラバラ。

プロ顔負けの演奏技術でベースを爪弾《つまび》く叶《かのう》ミメイ。オーディションも叶《かのう》のグルーヴ感溢《あふ》れるベースで実質押し切ったようなものだ。

正反対に初心者な俺。これは言うまでもないので割愛《かつあい》。

花菱《はなびし》のドラムはソツなく正確なリズムを刻み、バンドを下支えする。ただ叶《かのう》に言わせると、面白《おもしろ》みに欠けるそうだ。『リズムは規則正しいけど、感情が乗ってないから機械的』との評に、花菱《はなびし》は困ったような顔をしていた。

みやちーのボーカルもとても安定しており、軽音楽部の面々を前にしても問題なく歌えていた。少なくとも俺にはそう聞こえた。だが、『ひなかは遠慮《えんりょ》しすぎ、もっと自分を前面に出して』とこれまた叶《かのう》の抽象的《ちゅうしょうてき》な指摘《してき》を受けていた。みやちーは思い当たる節がある様子だった。

そして、ヨルカである。演奏技術は俺が自信を持って太鼓判《たいこばん》を押す。叶《かのう》もそこは信頼《しんらい》しているようだ。が、いざ観客の前でキーボードを弾《ひ》くと視線に緊張《きんちょう》してミスタッチを連発。演奏自体もぎこちなくなり、どうにも精彩《せいさい》を欠いて本来の実力をまるで発揮できなかった。

「全員主役って、わたし困る。本番では叶《かのう》さんに注目が集まってくれた方が助かる」

ヨルカは正直に不安な気持ちを打ち明ける。

「それは難しいよ。有坂《ありさか》さんには絶対的な華《はな》があるもん。それは誰《だれ》にでもあるわけじゃない。かわいい子がいっぱいステージに上がったところで、全員が印象に残るとは限らないでしょ。でも、その中でも印象に残ってしまう特別なものが有坂《ありさか》さんにはあるんだよ」

叶《かのう》は断言する。彼女は両親が音楽関係の仕事をしているから、数多くのプロのステージをその目で見てきたのだろう。だからこそ圧倒的《あっとうてき》な説得力があった。

俺も叶《かのう》と同意見だ。

ヨルカのような特別な女の子には誰《だれ》もが目を奪《うば》われる。

「瀬名《せな》ちゃん、有坂《ありさか》さんのためにステージの照明をどうにかできないかい？」

生徒会長の花菱《はなびし》が、俺に意見を求める。

「ヨルカに観客の視線を意識させせないようなライティング自体は工夫《くふう》できると思う。ただ、仮にも文化祭のメインステージのオオトリだぞ。一応メインステージ担当としては最後に派手に盛り上げる演出をしたい気持ちもあるわけで……」

恋人《こいびと》としてはヨルカの気持ちに添《そ》いたいが、文化祭実行委員会の一員としてはみんなの思い出に残るようなラストにしたい。

「スミスミも板挟《いたばさ》みで大変だね。リアルに仕事とわたし、どっちが大事なのってやつだ」

みやちーも気の毒に思ってくれつつも、ちょっと楽しんでいた。

「僕も生徒会長という立場では派手な演出に一票かな」

当然、花菱《はなびし》もそう答える。

「花菱《はなびし》こそヘタれた音ばかり叩《たた》いてないで、もっとピリッとして！　演出より演奏だよ！」

「僕は正確に叩《たた》いてるつもりだけど」

「譜面通《ふめんどお》りには叩《たた》けてるけど、この頃《ごろ》音が上の空なのよね。傷心してリズムが狂《くる》ったみたいな。二学期になってなにかあった？」

「……ミメイはほんとうに繊細《せんさい》な耳をしてるんだね」

花菱《はなびし》は降参とばかりにドラムスティックを一旦《いったん》置いた。

「せっかくだから聞いてほしい。僕は今、深刻な傷に悩《なや》まされている。その傷の痛みが日に日に増しているんだ」

花菱《はなびし》は目を伏《ふ》せ、静かに打ち明ける。

その憂《うれ》いを帯びた顔は、女の子の同情心を誘《さそ》いそうだ。ただ顔がいいだけでなく、こういうさり気ない仕草ひとつひとつが女心をくすぐるから花菱《はなびし》はモテるのだろう。

「傷って、どこか怪我《けが》でもしたのか？」

みんなを代表して、俺が訊《たず》ねる。

「――失恋《しつれん》の痛みが苦しくて仕方ないんだ」

花菱《はなびし》は大真面目な顔で答える。

女性陣《じょせいじん》の白けっぷりは凄《すさ》まじいものだった。

「プレイボーイの失恋《しつれん》、マジでさらにめんどくせー」

呆《あき》れたような声でみやちーが吐《は》き捨《す》てる。この容赦《ようしゃ》ない言葉が女性陣《じょせいじん》の気持ちを代弁してい
た。

「え、花菱《はなびし》の本命って誰《だれ》？　誰《だれ》に振《ふ》られたの？　有坂《ありさか》さん知ってる？」

「うちのクラスの支倉《はせくら》さん」

「……なんでちょっと不機嫌《ふきげん》？」

叶《かのう》とヨルカはなにやらヒソヒソと話をしている。

「瀬名《せな》ちゃん、僕にとってもはじめての経験なんだ。親友のピンチを助けてくれないか。これじゃあ身を入れてドラム叩《たた》けないよ！」

「いやぁ、そこは本番までになんとか持ち直せとしか」

残念ながら、こればかりは俺も当《あ》たり障《さわ》りのないことしか言えない。

朝姫《あさき》さんに振《ふ》られたと聞いてから二カ月近く経《た》っているのに、傷心はまだ癒《い》えていないよう

だ。

「恋多《こいおお》き男なのに、失恋《しつれん》のひとつでそんなに調子崩《くず》すんだな」

恋《こい》に振《ふ》り回《まわ》されてしまうのは俺にも痛いほどわかる。

本気の恋愛《れんあい》は甘くない。

俺もヨルカに告白して返事を保留された時はずっと落ち着かなかった。

自分の感情をコントロールできず、かなり苦しかったのはいまだに忘れがたい。

その点、花菱《はなびし》はここまで周りに悟《さと》らせずに生徒会長の仕事をよくやってきたと思う。

彼は文化祭実行委員会のトップとして果たすべき役割を静かに全うしてきた。

むしろ、リンクスが隠《かく》してきた弱音を吐《は》ける場になったのは僥倖《ぎょうこう》ではないだろうか。

「……残念だけど本命の子は別だったみたいだよ」

いつも能天気にハッピーオーラを振《ふ》りまいているイケメンが、曇《くも》り空《ぞら》のように淀《よど》んでいる。

「おまえは引きずらない男だと思ってたよ。もっとあっさり次の恋《こい》に切《き》り替《か》えるのかと」

恋愛《れんあい》を気軽に興じられる者は、数を重ねるほどに、恋《こい》の特別感を抱《いだ》きにくくなる。

「僕もそう思っていた。いや、そう思おうとしていた。だけど本気の恋《こい》の痛みはどうにも誤魔《ごま》化《か》せないね」

モテることが失恋《しつれん》の痛みを知らないこととはイコールにならない。

花菱《はなびし》の顔を見て、俺はあらためてそれを教えられた。

「そうやって弱音をきちんと吐《は》けるから、おまえはすごいよ」

「朝姫《あさき》、──支倉《はせくら》さん相手にはなんとか最後までカッコつけられたんだけどね。カッコ悪いところ見せてごめん」

「しんどい時は弱音を吐《は》いていいと思うぞ」

我らがリーダーは僕のドラムのビートにご不満のようだ」

叶《かのう》は両腕《りょううで》を前で組み、花菱《はなびし》の言葉に対して首を縦に振《ふ》る。

「なら怒《いか》りのドラムでも悲しみのドラムでもいいから、叶《かのう》の言う衝動《しょうどう》を乗せた演奏ってのをしてみるのはどうだ」

「それはアリ！　さすがセナキス、ウチの教えをよくわかってるじゃん！」

叶《かのう》は満足げにぱっと顔を輝《かがや》かせる。

「この程度の理解でいいのかよ」と俺は苦笑《くしょう》してしまう。

「あのね、今日の練習終わりに言おうと思ってたんだけどウチからひとつ提案があるの」

理想高きリーダー・叶《かのう》ミメイの目は燃えていた。

「みんな忙《いそが》しいからさ、五人でがっつり練習できる日があんまりないじゃん」

察するに、彼女の言うところの、五人のケミストリーを高めたい様子だ。

音楽愛が強すぎる叶《かのう》、遠慮《えんりょ》がちな歌声のみやちー、完全初心者の俺、視線で緊張《きんちょう》するヨルカ、傷心中の花菱《はなびし》。

「学校で集まると夕方にはおしまいでしょう。外でスタジオを借りるのもお金がかかるから、来週の土日にウチの家にあるスタジオでみっちり合宿しよう！」

「「「合宿⁉」」」

鬼教官《おにきょうかん》の命令に、俺達四人が拒否権《きょひけん》を持っていないのは言うまでもない。

幕間一

二年A組の飲茶《ヤムチャ》カフェの準備は、スミスミの心配が杞憂《きゆう》になるほど順調に進んでいた。

文化祭のクラス代表となったヨルヨルとななむーのコンビは役割分担を綺麗《きれい》に分けており、そのバランスが非常によかった。

今や名実ともにクラスの司令塔《しれいとう》であるヨルヨル。

朝姫《あさき》ちゃんが人望や愛嬌《あいきょう》で上手にみんなをその気にさせるのとは対照的《たいしょうてき》に、ヨルヨルは自ら率先《そっせん》して動くことでみんなを導いていく。

最初の会議までに食材から調理器具、さらに備品など、このプロジェクトで必要になりそうなもの一式をひとりでリストアップ、さらに当日までのおおよその作業計画まで立ててくれていた。

その仕事の速さと的確さに、クラスの面々はいきなり驚《おどろ》かされた。

飲食店をやるにあたってみんなが面倒《めんどう》がる申請書類《しんせいしょるい》の提出も、ヨルヨルは嫌《いや》がらず早々に処理していた。

本人は『心配性《しんぱいしょう》だから先にやれることをやっておかないと不安なだけ』と謙遜《けんそん》していたが、

二年A組の誰《だれ》もが、有坂《ありさか》さんを信じれば安心という信頼感《しんらいかん》を覚えていた。

そんなヨルヨルが苦手な交渉事《こうしようごと》や個別の細かい指示を担《にな》うのが、ななむーである。

ななむーは文字通り大きな声で、気乗りのしない子達をも巻きこんでどんどん動かしていく。

そうやってみんなで作業していくことで、クラス全体の一体感を高めていった。

ヨルヨルの指示でわかりづらいことがあれば、みんなの気持ちを代弁するようにななむーが誰《だれ》よりも先に質問や意見を述べる。

『と、有坂《ありさか》ちゃんが仰《おお》せだ。他に疑問があるやつ……ゼロ！　じゃあ作業に取りかかるぞ！』

そうやってヨルヨルの考えをしっかりみんなに共有させて、誰《だれ》も置いてきぼりを出さず、スムーズな進捗《しんちよく》に貢献《こうけん》していた。

この優秀《ゆうしゆう》なクラス代表ふたりのおかげで、スミスミや朝姫《あさき》ちゃんは文化祭実行委員会の仕事に集中できている。

「ななむーって真面目に集団作業ができるんだね。ちょっと見直しちゃった」

「宮内《みやうち》。そりゃ、有坂《ありさか》ちゃんの足を引っ張ろうものなら瀬名《せな》がキレるからな」

ななむーは真顔だった。

「スミスミ、ヨルヨルのことになると人が変わるもんね」

「任された以上、さすがに今回は手を抜《ぬ》けんよ」

「今回も、でしょう？」

「こういうのは柄《がら》じゃないんだよ。あぁ、バスケしてぇ」

あたしが覗《のぞ》きこむようにななむーの顔を見上げると、ななむーはその場でシュートフォームをとる。

あたしは知っている。

ななむーはスミスミの分まで真剣《しんけん》にバスケをがんばっていた。でもバスケはチームスポーツだ。エースひとりの奮闘《ふんとう》だけでは夏の全国大会まで進めなかった。

去年と違《ちが》って、今年のななむーはみんなの力を合わせることの重要性が誰《だれ》よりも身に沁《し》みているのだと思う。

あたしはあたしでデザインソフトがつかえたりするので、勇気を出して飲茶《ヤムチャ》カフェの総合デザインを引き受けることにした。

当日の女子は基本的にチャイナドレスだが、男子の服装はどうするかという話になり、記念品にもなるからとお揃《そろ》いのTシャツを作ることに決まった。

「ひなかちゃん、このTシャツのデザインとってもいいよ!」

「宮内《みやうち》、これオシャレだから俺も気に入ったわ」

ヨルヨルやななむーだけでなく、クラスのみんなにもデザインを褒《ほ》められて嬉《うれ》しかった。

「ひなかちゃんの仕事増やしちゃってごめんね。だけど、すごく助かってる」

「お互《たが》い様《さま》だよ。ヨルヨルだってクラス代表をすごくがんばってるじゃん」

「うん。七村《ななむら》くんの押しの強さはほんとうにありがたく感じる」

「適材適所ってやつだね」

「希墨《きすみ》や支倉《はせくら》さんはよくこんな大変なことやってるなって、あらためて感心しちゃった」

「けど、ヨルヨルががんばるのはスミスミのためでしょう？」

「わたしがミスしたら希墨《きすみ》はきっとフォローしてくれるでしょう。ただでさえギターを覚えるので大変なのに、これ以上の負担をかけたくないもの」

「愛だねぇ」とあたしが茶化すと、「うん」とヨルヨルは素直《すなお》に認めた。

心配しなくても大丈夫《だいじょうぶ》だよ。

スミスミだってがんばれるのは、ヨルヨルがいるからなんだから。

第四話　すれちがい

文化祭二週間前ともなれば毎日がとにかく忙《いそが》しい。

休み時間であっても、実行委員の誰《だれ》かしらが相談やチェックを求めて俺の教室までやってくる。メインステージ担当チームのグループライン上では様々なメッセージが飛《と》び交《か》い、俺が回答しなければ滞《とどこお》るものもあるのでスマホのチェックも欠かせない。

放課後は、大抵《たいてい》メインステージ担当チームの打ち合わせが入る。

ステージに出演予定の団体と演目の詳細《しょうさい》を詰《つ》め、それに沿って音響《おんきょう》や照明を含《ふく》めた演出プランを擦《す》り合《あ》わせていく。

「申請書類《しんせいしょるい》ではご立派なことが書いてあっても、いざ詰《つ》めると具体性ゼロだったり、気合いが空回ってるだけってのが今年もやっぱり出てくるな」

「いくらうちの校風が自由だからって、明らかに三分で考えたみたいな適当なのもあったし！」

朝姫《あさき》さんは先ほどの打ち合わせが原因で、ご機嫌斜《きげんなな》めだ。

「お祭りで目立ちたいって気持ちはわからなくもないけど」

俺は控《ひか》え目《め》な言葉で朝姫《あさき》さんをなだめる。

「だからって女の私がいる前で、よくあんな下ネタばっかり喋《しゃべ》るわよね。男子だけで集まる時っていつもああなの⁉」

「さすがにあそこまでは……」

朝姫《あさき》さんが腹を立てるのも当然だ。

俺と朝姫《あさき》さんが先ほど打ち合わせをしたのは、お笑い好きの有志の団体。

演目は自作のコントをステージで披露《ひろう》するというものだが、本番のコント台本を見せてもらったところ、団体の代表を務めるコンビだけやたらとお下品なネタが多く、しまいには服を脱《ぬ》いで笑いをとるというものだった。

聞くにたえない内容な上、こいつら本番では全裸《ぜんら》になりかねないぞと悪い予感もした。

俺が早々に切り上げようとしたら朝姫《あさき》さんがそれを制した。

『希墨《きすみ》くん。念のため、最後まで聞きましょう。念のため』

『ツカミ、最悪だけど？』

『お笑いではオチが大事でしょう』

朝姫《あさき》さんは笑顔《えがお》の仮面を被《かぶ》っているが、目はまったく笑っていない。

残念ながら永聖《えいせい》高等学校のブランドを著《いちじる》しく損《そこ》ねる可能性大と判断。

文化祭実行委員会としてそのコンビに出演辞退、もしくはコント内容を全面修正の上で再度の審議を言い渡した。

本来、文化祭実行委員会がここまで演目の内容に口を出すのは稀だ。

それでも文化祭に不適切なものは見過ごせない。

学校行事において生徒の裁量が大きいのは、自分で判断する能力を養うためという永聖の教育方針があるからだ。なんでもOKというわけではない。

クラスの出し物は担任の先生がチェックしているので内容的に極端《きょくたん》なものは少ないが、有志では独自性に走りすぎた企画《きかく》がたまに紛《まぎ》れこんでくる。

辞退勧告《じたいかんこく》を受けたコンビは、言うに事を欠いて『権力の横暴だ！　表現の規制反対！』と謎《なぞ》の芸術家気取りで抗議《こうぎ》してきた。

そして、朝姫《あさき》さんがキレた。

『ただのセクハラかましておいて偉《えら》そうな口をきくな！　そんな自己満足のオナニーで芸術家を気取るなんて百年早いわよ！　本気でステージに立ちたいなら、真剣《しんけん》に取り組め！　お笑いを舐《な》めるな！』

笑えもしない下ネタを延々と聞かされて、ポーカーフェイスを保てなくなった朝姫《あさき》さんの一喝《いっかつ》で、打ち合わせは終了《しゅうりょう》。

「私、お笑い番組好きだから結構楽しみにしてたのに、最悪」

朝姫《あさき》さんは期待外れとばかりに、ため息をついた。

打ち合わせに立ち会っていた一年の実行委員達もちょっとビビっていた。

「ああいうのを見逃《みのが》して、いざ本番でやらかしそうになったら、舞台袖《ぶたいそで》から俺達が飛び出して止めないといけないからね」と俺はフォローする。

朝姫《あさき》さんも気分を切《き》り替《か》えた様子で、そんな彼らに向き直る。

「さっきのはもちろん論外だけど、ああいうこともあるから申請書類《しんせいしょるい》の内容がスカスカの団体は要注意ね。暴走しそうなところは打ち合わせ段階でしっかり正《ただ》していきましょう。真面目に文化祭に取り組んでいる他の団体さんにも失礼にあたるから。審査は厳しく、本番は楽しく！」

朝姫《あさき》さんが笑顔《えがお》で伝えると、「わかりました！」と一年ズは元気よく答えた。

やはり美人の先輩《せんぱい》には、いい印象を持たれたいのだろう。

その男心、わからなくもない。

俺はノートパソコンに表示されたチェックリストを眺《なが》めながら、まだ空白の多いタイムテーブルを確認《かくにん》する。

「もういい加減、ぜんぶのスケジュールを確定させたいよね」

朝姫《あさき》さんも肩《かた》を寄せてきて、一緒《いっしょ》に画面を覗《のぞ》きこむ。

「時間厳守を徹底《てってい》させないと、マジでタイムテーブルが崩壊《ほうかい》しかねないから」

俺は去年の経験から口を酸《す》っぱくしてそう繰《く》り返《かえ》す。

ステージには魔物《まもの》が潜《ひそ》んでいる。

どれだけ周到《しゅうとう》に準備をしていても、本番では不測のトラブルが起きてしまう。

俺達はプロではない。

高校生だから、いざステージに立ったら誰《だれ》でも頭が真っ白になることはありえる。ミスを取り返そうとして想定より時間を食うこともあれば、盛り上がりすぎて終わり時間が頭からすっぽり抜《ぬ》け落《お》ちてしまうこともある。

そうした小さなタイムラグを事前に見越《みこ》してスケジュールに余裕《よゆう》を持たせておかないと、玉突《たまつ》き事故《じこ》のように後へ後へと影響《えいきょう》が出てしまう。

ひいてはステージのトリを務める俺達リンクスの演奏時間にも影響《えいきょう》が出かねない。

せっかくのヨルカの晴《は》れ舞台《ぶたい》だ。

それを台無しにすることは個人的にも立場的にも絶対避《さ》けたい。

「タイムテーブルを管理している希墨《きすみ》くんがトリを飾《かざ》るんだし、最後は自分で調整してくれるよね」

「無理だって。最後は朝姫《あさき》さんに全部預けるからし、最悪アンコールはカットで」

「まさか。そんなことならないように、みんなは私の指示に従ってね」

朝姫《あさき》さんが声をかけると、「がんばります！」と一年ズはやっぱり威勢《いせい》よく返事をする。

わかりやすいなぁ、若人《わこうど》諸君。

「失礼します。瀬名《せな》先輩《せんぱい》、支倉先輩《はせくらせんぱい》。音響機材《おんきょうきざい》の業者の方がそろそろ来られる時間なので、会議室までお願いします」

教室の扉《とびら》が開き、同じくメインステージ担当の一年生の女子がわざわざ呼びに来てくれた。

俺達は荷物をまとめて廊下《ろうか》に出る。窓の外はもう薄暗《うすぐら》くなっており、廊下《ろうか》の空気は外にいるみたいにひんやりとしていた。

「朝姫《あさき》さんってお笑いが好きだったんだね。はじめて知ったよ」

「あれ、言ってなかった？」

「初耳」

「希墨《きすみ》くんが知らないのは私に興味なかったから？」

「なんでそうなるの⁉」

不意打ちのように意味深な言い方をされて、俺は慌《あわ》ててしまう。

「冗談《じょうだん》よ。そっか、希墨《きすみ》くんとはこういう個人的な話ってあまりしてこなかったんだね」

「……それに、あんな風に怒《おこ》ることにもちょっと驚《おどろ》いた」

朝姫《あさき》さんは声を張る印象がなかったので、新しい一面を見た気分だ。

「お母さん相手だとしょっちゅうよ。気に喰《く》わないことがあるとお互《たが》いストレートに言い合ってすぐ喧嘩《けんか》になるし」

「お、喧嘩《けんか》するほど仲がいいってやつ？」

「喧嘩《けんか》せずに済むなら、それが一番なんだけどね」

「確かに。けど、怒《おこ》る元気があったことに少し安心した」

「……私、そんなにいつもと違《ちが》う？」

朝姫《あさき》さんは困ったような顔になる。

「半年も相棒やってれば、なんとなくね」

誰《だれ》に対しても愛想《あいそ》のいい優等生である朝姫《あさき》さん。いつもはスキを見せない彼女が、二学期に入ってからは人目を意識していないと思われる瞬間《しゅんかん》が増えているのだ。

「恥《は》ずかしいな。学校とプライベートはきっちり分けたいタイプなのに」

「スキが見えるのも、それはそれで悪いことじゃないよ」

「私、優等生を演じている方が楽なのかもね」

朝姫《あさき》さんは独り言のように、そんなことを言う。

「演技に疲《つか》れたら、愚痴《ぐち》くらい聞くよ」

「今はそんな時間もないくせに」

「時間とは無理やりつくるものさ」

俺はそう嘯《うそぶ》いてみせる。

会議室では先生同席の上、業者さんとスピーカーの設置や配線に関して話し合う。

アリアさんが生徒会長をしていた頃《ころ》から毎年お願いしている業者さんだから大体のことは把《は》

握《あく》していただけている。今年の変更点《へんこうてん》などをお伝えし、打ち合わせはスムーズに終わった。

「やっぱり有坂《ありさか》さんのお姉さんって生徒会長として優秀《ゆうしゅう》だったわよね。文化祭の運営マニュアルをきちんと作成して後輩《こうはい》に残してくれたんだから助かっちゃう」

朝姫《あさき》さんは手元のマニュアルを見ながら感嘆《かんたん》する。

文化祭実行委員会には、有坂《ありさか》アリアが生徒会長だった時代に作られた永聖《えいせい》高等学校文化祭・運営マニュアルなる虎《とら》の巻《まき》が保管されている。

毎年、各部署各担当に必要なページのコピーが配られ、それを基《もと》に準備が進められていく。

今日の業者さんとの打ち合わせも、その虎《とら》の巻《まき》をもちろん参考にしていた。

「とはいえアリアさんが卒業してから結構経《た》つから、個人的には改訂版《かいていばん》がそろそろ欲《ほ》しいな。特に当日の舞台裏《ぶたいうら》の進行マニュアルには手を加えたい」

「私は問題ないと思ったけど、気になるなら生徒会長に相談してみれば？」

夏休みまでは朝姫《あさき》さんは花菱清虎《はなびしきよとら》を名字で呼んでいた。それが彼の告白を断って以降、生徒会長と呼び名を変えたようだ。

それは花菱《はなびし》の方も同じだ。今までは気軽に下の名前で呼んでいたのが、支倉《はせくら》さんと名字で呼び、一線を引くようになった。

「そうする。じゃあ俺は軽音楽部に行くから」

「お疲《つか》れ様《さま》。練習がんばってね」

「ありがと。朝姫《あさき》さんもお疲《つか》れ様《さま》」

朝姫《あさき》さんと別れて、俺は軽音楽部へ行き、リンクスの練習に合流する。

正直、クラスの飲茶《ヤムチャ》カフェの手伝いはあまりできていない。練習の合間にヨルカから持ちかけられる相談に乗るくらいしか貢献《こうけん》していない。

「こっちは気にしなくていいよ。希墨《きすみ》のアドバイスだけで、かなり助かってるんだから」

そんな風に答えるヨルカは頼《たの》もしく見える。

ただ、近頃《ちかごろ》はこうした事務的なやりとりが多く、恋人《こいびと》らしい他愛もない雑談がずいぶんと減った。

鬼教官《おにきょうかん》の熱血な個別指導で、下校時間まで夢中でギターを弾《ひ》き続《つづ》ける。

リンクス五人が揃《そろ》う時はひたすらセッション。

練習が終わると帰りは、途中《とちゅう》のコンビニで買い食いをしながら五人で駅まで向かう。

高校の近所に家がある俺にとっては遠回りだが、みんなと話せる貴重な時間だ。

「じゃあ、お疲《つか》れ！　また明日！」

駅で俺だけ改札に入らず四人を見送った。

ヨルカの名残惜《なごりお》しそうな顔に胸を締《し》めつけられつつも、笑顔《えがお》で手を振《ふ》る。

ほんとうはヨルカとふたりきりでもっと話したかった。

ヨルカのご両親は海外で仕事をされているから、帰宅が遅《おそ》くなっても誰に咎《とが》められるわけではない。とはいえ、ヨルカを引き止めてこれ以上帰りを遅《おそ》くさせてしまうのは彼氏《かれし》として心配だ。

それに今はリンクスの五人で運命共同体。バンドの和を乱すみたいで、俺達だけで別行動をとるのもなんとなく気が引けた。

今日は風が強くて寒いし、時間が遅《おそ》いし、疲《つか》れてもいる。

俺は来た道をひとりで戻《もど》って家に帰った。

◇◇◇

遅《おそ》めの夕飯と風呂《ふろ》を済ませて一息ついたら、自主練習。

その日に叶《かのう》から教わったことを思い出しながら繰《く》り返《かえ》し、とにかく身体《からだ》に覚えこませる。

学校であまり練習できない以上、睡眠時間《すいみんじかん》を削《けず》ってでも家で練習しなければ本番に間に合わない。この時間なら家族は寝《ね》ているが、さすがにうるさいのでアンプには繋《つな》げない。ひたすらシャカシャカと弦《げん》を鳴らす。

「よし、ちょっと休憩《きゅうけい》!」

集中力が切れてきたので、俺はベッドに横になる。長時間同じ姿勢を続けて固まってしまった身体《からだ》をほぐしていく。力が抜《ぬ》けていくと今度は眠気《ねむけ》が押し寄せてくる。

俺は眠気覚《ねむけざ》ましも兼《か》ねて、ある人に電話をかけた。

『おーギタリストからの電話なんて珍《めずら》しいじゃん』

「そんなカッコいいもんじゃないですよ、アリアさん」

『その出来栄《できば》えはステージを見て判断させてもらおう、スミくん』

夜の十一時すぎだが、有坂《ありさか》アリアは弾《はず》んだ声で電話に出た。

「あんまりプレッシャーかけないでくださいよ」

『今回もちゃんとサボらず練習しているんでしょう。大丈夫《だいじょうぶ》だって』

高校受験の時に散々面倒《めんどう》を見てくれたアリアさんは、俺に一切《いっさい》の疑いも抱《いだ》かず太鼓判《たいこばん》を押してくる。

「完璧《パーフェクト》でなくとも、最高の最善《シュプリーム・ベター》を尽《つ》くしますよ」

『それでよろしい』

以前アリアさんに言われた言葉を、俺はしっかりと胸に刻んでいた。

「今ちょっと時間大丈夫《だいじょうぶ》ですか？　教えてほしいことがあるんですけど」

『私に？　なに？』

「アリアさんが作った永聖《えいせい》の文化祭の運営マニュアルのことです。ちょっと手を加えたいなって思って」

『え、まだアレをつかっているの。嘘《うそ》ぉ!?』

アリアさんは心底驚《おどろ》いていた。

「偉大《いだい》なる実績はそのまま伝統になっちゃうんですよ。後輩《こうはい》が素晴《すば》らしい先例を覆《くつがえ》すのは大変なんですから」

『その評価は光栄だけど、伝統はアップデートされていかないと古びたルールになっちゃうよ』

アリアさんは好きにすればいいのに、という態度だった。

「じゃあ僭越《せんえつ》ながら手を加えさせてもらいます」

『お、私とスミくんの時を超《こ》えた共同作業だね』

「妙《みょう》な表現をしないでください」

『だってたたき台のつもりで作ったのに、まさかいまだ現役《げんえき》なんて思わなかったんだもの』

「あんなにキッチリしたマニュアル、そう簡単に手を加えられないですって」

『副会長の玄《げん》ちゃんが生真面目《きまじめ》だから、かなり気合い入れて作ってくれたんだよ』

俺はおやっと思う。

「アリアさんの口から男の人の名前が出てくるなんて珍《めずら》しいですね」

『私の高校時代が気になるの？』

「人並みには」

『玄《げん》ちゃんって、頭は固いけど賢《かしこ》いしヤル気に満ち満ちていたから、私がやりたいって言ったことを毎回本気で手伝ってくれて大助かりだった』

「相当優秀《ゆうしゅう》な人だったんでしょうね。アリアさんが会長になって、学校行事をいろいろ改革できたのも納得《なっとく》です」

アイディアを出せる魅力的《みりょくてき》なリーダーと能力の高い実務家が揃《そろ》えば鬼《おに》に金棒だろう。

そんな仲間をまとめていたからこそ、有坂《ありさか》アリアは伝説の生徒会長なのだ。

決してひとりの力で伝説にはなれない。

『あの頃《ころ》の私はヨルちゃんと向き合わずに、生徒会の活動に逃《に》げていた部分もあったし』

どこか冷めた声で、アリアさんは自虐《じぎゃく》する。

「逃《に》げだろうと結果を出せるなら上々でしょう」

『今日はやさしいじゃん』

「遅《おそ》い時間に電話に付き合ってもらってますし」

『スミくんと話すのは楽しいよ』

「アリアさんの暇《ひま》つぶしになってるならなによりです」

『最近は夜の話し相手がいなくてさびしかったのよ。ヨルちゃん、毎日疲《つか》れているみたいでお風呂《ふろ》から上がったらすぐに寝《ね》ちゃって。おかげでひとりの晩酌《ばんしゃく》は味気なくて』

アリアさんは話が上手だから、放っておくといくらでも会話が続いてしまう。塾《じゅく》の授業終わりに、よくアリアさんと時間を忘れて話しこんでしまった中学の頃《ころ》が懐《なつ》かしい。

「ヨルカ。バンドに文化祭のクラス代表にと、慣れないことを一生懸命《いっしょうけんめい》がんばってますよ」

『スミくんこそバンドとクラスの出し物、さらに文化祭実行委員でしょう？』

「アリアさんも知っての通り、文化祭の時期は毎度バタバタするじゃないですか。不満があるとすれば、ヨルカとデートできないことくらいですよ」

『…………』

電話の向こうで黙《だま》りこまれた。

「あの、アリアさん？　もしもし？」

『なんか電話で惚気《のろけ》られて、ちょっとムカついた』

「いや、ヨルカから散々俺のことも聞かされてるでしょうに」

『妹の彼氏《かれし》の口から直接言われるのは別！』

なんだか急に機嫌《きげん》が悪くなったぞ。

「アリアさん？」

『マニュアルは好きにすれば！　せいぜい体調崩《くず》さないように気をつけて！　おやすみ！』

アリアさんは一方的に電話を切ってしまった。

俺が失言をしたのか、向こうが悪酔《わるよ》いでもしてるのか。

怒《おこ》っている割に俺の心配をしてくれていたのが、なんともアリアさんらしい。

「さて、もうひと頑張《がんば》りしますか」

話していたおかげで眠気《ねむけ》も覚めた。

俺は再びギターを構えて、ピックを手にとる。

◇◇◇

「きすみくん、おはようー！」

そうして今朝も、妹の映《えい》が元気よく俺の腹の上に落ちてくる。

勢いよくベッドに飛び乗ってきた衝撃《しょうげき》で、俺の意識は無理やり覚醒《かくせい》させられた。

重たい瞼《まぶた》はほとんど開かず、それでも枕元《まくらもと》のスマホで時刻をなんとか確認《かくにん》する。

俺の隣《となり》にはギターちゃんが冷たく横たわる。持っていたはずのピックはまたも行方《ゆくえ》不明。

時間が吹《ふ》っ飛《と》んだみたいに、いつの間にか朝である。

「きーすーみーくーん、朝。映《えい》、言われた通りにちゃんと起こしてあげたよ」

「…………」

自力で起きるのは困難だと悟《さと》った俺は、映《えい》に起《き》床係《しょうがかり》を頼《たの》んだ。

映《えい》の傍若無人《ぼうじゃくぶじん》な仕事ぶりに礼も文句も言う気が起きず、俺は無言のまま成長期真《ま》っ只中《ただなか》の妹をぞんざいにどかす。

この半年でまた少し身長が伸《の》びて、ますます小学生離《ばな》れした身体《からだ》つきになってくる。

赤の他人なら超童顔《ちょうどうがん》の大学生くらいに勘違《かんちが》いするぞ。

いや、ほんと女の子としての人並みの警戒心《けいかいしん》とか色んな自覚を持ってくれ。

実の兄であろうと、気軽に異性に馬乗りするのはマジで止《や》めような。

「きすみくんがノーリアクションだとつまんないんだけど」

「雑な方法で俺の元気を測るな。あとお兄ちゃんと呼びなさい」

寝起《ねお》きの気だるさを振《ふ》り切《き》ろうと、重たい上半身を起こす。

「きすみくん、すごく眠《ねむ》そうだよ」

「実際寝不足《ねぶそく》だからな」

大欠伸《おおあくび》をしても頭の眠気《ねむけ》はまったくとれない。

「ヨルカちゃんと一緒《いっしょ》にライブするんでしょう？」

「そうだよ。俺以外はみんな上手だから、追いつけるようにがんばってるんだ」

「映《えい》もライブ見たい！」

「来ても構わないけど、誰《だれ》か付《つ》き添《そ》いがいないと」

「近所だしひとりでも大丈夫《だいじょうぶ》だよ」

「夏祭りで迷子になったのは、どこのどいつだ？」

俺は口だけは達者な妹を胡乱《うろん》な目で見る。

「大丈夫《だいじょうぶ》。映《えい》は成長したから！」

「信用できん」

俺はきっぱりと却下《きゃっか》する。

「じゃあ、ひなかちゃんと見る！」

「みやちーもステージに立って歌うから、それは無理だな」

「え、ひなかちゃんも出るの？」

「なんだ、知らなかったのか」

「うん」

映《えい》はちょっぴりショックを受けていた。

「みやちーもボーカルやるの迷ってたから、きっと内緒《ないしょ》にしてたんだよ」

「じゃあ、誰《だれ》と一緒《いっしょ》に見ればいいの？　ヨルカちゃんのお姉ちゃん？　紫鶴《しづる》先生？」

「妹よ、なぜそこで躊躇《ちゅうちょ》なく大物美女ふたりが出てくるんだ？」

映《えい》が大物なのか、幼いゆえの恐《こわ》いもの知らずなのか。

二大巨頭《きょとう》にライブの同伴《どうはん》を頼《たの》もうとは、いい度胸をしている。

「あのふたりとなら、なんかいい席で見れそうだし」

割と現金な理由だった。

まぁアリアさんなら案外あっさり引き受けてくれそうだが、あんまり甘えるのも申し訳ない。

「でも、パパとママはその日はお仕事だよ」

父さんは出張の前乗り、雑誌の編集者をしている母さんは撮影《さつえい》の立ち会いと両親は忙《いそが》しい。

「頼《たの》むなら紗夕《さゆ》かな」

「……紗夕《さゆ》ちゃんはなんか大人になっちゃったから緊張《きんちょう》する」と映《えい》は謎《なぞ》の遠慮《えんりょ》をする。

「よくわからんが、映《えい》にもそういう慎《つつし》みがあるんだな。ぜひ俺にも発揮してくれないか？」

「きすみくんはきすみくんだから」

一体どうすれば兄の威厳《いげん》というものを獲得《かくとく》できるのだろうか。悩《なや》ましい。

「紗夕《さゆ》も茶道部《さどうぶ》の出し物があるだろうけど、ライブまでには終わるだろう。俺から紗夕《さゆ》に訊《き》いておくよ」

「大丈夫《だいじょうぶ》？　忘れないでね！」

最後に念を押して、映《えい》は部屋を出ていった。

俺も諸々《もろもろ》の身支度《みじたく》を整えて一階に下りる。

リビングでは映《えい》が水槽《すいそう》の金魚にエサをあげていた。

夏祭りの縁日《えんにち》ですくった金魚を、映《えい》は宣言通り自分でちゃんと世話をしていた。

起きたばかりで食欲がまだわかないので、コーヒーとクッキーで朝食を済ませる。

ニュース番組の天気予報をぼんやり眺《なが》めていると、今日から気温が下がるとの予報。

体調管理には十分気をつけてくださいね、とお天気お姉さんが言っていた。

「きすみくーん、そろそろ出ないと遅刻《ちこく》するよ」

映《えい》の声で我に返る。

俺は制服の上着に、袖《そで》を通して家を出た。


「瀬名《せな》さん。もう少ししゃっきりしてください。声に覇気《はき》がありませんよ」

朝のホームルームで神崎《かんざき》先生から早速《さっそく》注意を受けた。

「先生、では保健室で仮眠《かみん》をとってきてもいいですか？」

「堂々とサボろうとしないでください。減らず口が言えるうちは許可できません」

「そこをなんとか」

「却下《きゃっか》です」

「保健室がダメなら、茶道部《さどうぶ》はどうですか？　俺、畳《たたみ》好きなので静かにしてますよ」

「瀬名《せな》さん」

「はい」

「二度は言いませんよ」

「失礼しました」

教壇《きょうだん》の上から放たれる射るような視線を受けて、俺の眠気《ねむけ》もようやく覚めた。

眠気覚《ねむけざ》ましには神崎《かんざき》先生の冷たい眼差《まなざ》しは効果てきめんだね。

ホームルームが終わると、ヨルカの周りに輪ができていた。

みやちーや七村《ななむら》もいるし、クラスの飲茶《ヤムチャ》カフェの話し合いだろう。文化祭をきっかけにヨルカはクラスメイトとの交流がぐっと増えた。それはとてもよい兆候だと思う。

俺の視線に気づいたのか、ヨルカがこちらを見た。

一瞬《いっしゅん》申し訳なさそうな顔をしたが、すぐに会話に戻《もど》る。

ヨルカと話したかったが邪魔《じゃま》をするのも悪いので、今は我慢《がまん》しておこう。

「神崎《かんざき》先生とあれだけ無駄口《むだぐち》を叩《たた》けるなんて、希墨《きすみ》くんは大物よね」

朝姫《あさき》さんが俺の前の席に座る。

「そう？　そんなつもりはないけど」

「自分の強みほど本人は無自覚なものよね」

「たとえば？」

「軽音楽部のカリスマ、叶《かのう》ミメイさんの新バンド・リンクス。叶《かのう》さんがベース、ボーカルに宮内《みやうち》さん、キーボードに有坂《ありさか》さん、希墨《きすみ》くんがギター、で、生徒会長がドラムと。なにがどうなれば、こんな不思議なメンバーが揃《そろ》うわけ？」

「まぁ、俺の人徳かな」

「そこはわかっているんだ」

俺は冗談《じょうだん》のつもりで適当に答えたのだが、意外なことに朝姫《あさき》さんはあっさり肯定《こうてい》した。

「そんな人間的な魅力《みりょく》があるなら、もっと楽して生きてます、よっと」

俺はむにゃむにゃと机に突《つ》っ伏《ぷ》そうとする。

「今寝《ね》ても、すぐに一時間目がはじまるよー」と朝姫《あさき》さんは手を伸《の》ばして、おもむろに俺の肩《かた》を揉《も》みはじめた。

「あーそこそこ、効くわぁ」

「すごく凝《こ》ってるね、希墨《きすみ》くん。特に左肩《ひだりかた》がゴリゴリだよ。ギターのストラップを掛《か》けているせいなのかな」

「朝姫《あさき》さん、マッサージ上手《うま》いね」

「……お母さんの肩《かた》をよく揉《も》んであげているから」

「朝姫《あさき》さん、なにか悩《なや》み事《ごと》？」

俺は、彼女が相談をしたいのだと思った。

「今ね、家族の間で大きな変化が起こっている最中でして」

「具体的には？」

「お母さんが再婚《さいこん》する」

朝姫《あさき》さんは小さな声で、ポツリと呟《つぶや》く。

「素直《すなお》におめでとう、って感じじゃなさそうだね」

「正直かなり戸惑《とまど》っている」

「そりゃ、赤の他人がいきなり家族になるんだから戸惑《とまど》って当然だよ」

「子どもじみた駄々《だだ》かもしれないけど、うちはずっと母ひとり娘《むすめ》ひとりで二人三脚《ににんさんきゃく》でがんばってきた。だから、急に家族が増えるって想像がつかなくて。いろいろ恐《こわ》いんだよね」

「相手の人にはもう会ったの？」

「紹介《しょうかい》された。すごく、いい人っぽい。お母さんのことを大事にしているのがよくわかった」

朝姫《あさき》さんの歯切れがどうにも悪い。

「他になにか問題でも？」

「要するに、私がまだ大人になれていないだけなんだね」

俺は首《くび》を回《めぐ》らせて、俺の肩《かた》に手を置いたままの朝姫《あさき》さんの目を見た。

「その朝姫《あさき》さんの不安を、ちゃんとお母さんに伝えた？」

「まだ」

「再婚《さいこん》に反対なの？」

「そういうわけじゃない、けど――」

朝姫《あさき》さんは言葉を探すように唇《くちびる》を震《ふる》わせている。

だけど、いくら待っても言葉の続きは出てこなかった。

そのうちにチャイムが鳴ってしまい、この話は宙ぶらりんのまま打ち切りになった。

第五話　無責任だけど、無意味じゃない

「きー先輩《せんぱい》、ちょっといいですか？」

昼休みに二年A組の教室を訪《たず》ねてきたのは、俺の中学からの後輩《こうはい》・幸波紗夕《ゆきなみさゆ》だった。

ミルクティー色に染めた明るい茶髪《ちゃぱつ》は肩《かた》のあたりまでのミディアムボブ、横に流した前髪《まえがみ》をピンで留めている。制服のシャツの第一ボタンを開けスカートの丈《たけ》は短め。いかにも花のＪＫ満喫中《まんきつちゅう》とばかりの、リア充《じゅう》オーラ全開の一年生の登場に、教室がにわかにざわつく。

「どうした、紗夕《さゆ》？」

「アポなしですみません。ちょっと、私のお友達がステージの件で相談があるみたいで連れてきちゃいました。今大丈夫《だいじょうぶ》ですか」

「ＯＫ、話を聞くよ」

俺はギターを脇《わき》に置く。

「さすが、きー先輩《せんぱい》！　忙《いそが》しかったらアサ先輩《せんぱい》にでもお願いしようかと思ってたんですけど、やっぱり付き合いの長いきー先輩《せんぱい》の方が頼《たの》みやすくて」

その言葉通り、紗夕《さゆ》は昔と変わらず気安い態度だ。

彼女が廊下《ろうか》の方に手招きすると、紗夕《さゆ》の友達である女の子達がぞろぞろと教室に入ってくる。

なんと七人もいた。

「みんな大丈夫《だいじょうぶ》だよ。きー先輩《せんぱい》、やさしいから遠慮《えんりょ》なく質問しちゃいなよ!」

知らない後輩《こうはい》の女の子達にぐるりと机を囲まれる。なんだか全方位からチェックされている気分で俺の方が緊張《きんちょう》してしまう。

聞けば、彼女達はアイドル同好会だそうだ。

ダンス部とは別物で、彼女達は女性アイドルの熱心なファンの集まり。

今度の文化祭のメインステージでアイドルの衣装《いしょう》を着て、曲に合わせてダンスを披露《ひろう》するそうだ。しかもそのアイドルのライブ演出もできるだけ再現したいとのこと。

質問というのは、本番の登場について。通常は舞台袖《ぶたいそで》からステージに出るのだが、彼女達は体育館の後方や舞台下《ぶたいした》など複数の場所から同時に現れてステージに集結したいという。

実現するためには、まず人員の問題がある。彼女達が現れる各所に人員を配置、緊密《きんみつ》に連絡《れんらく》を取り合い、七人の登場のタイミングをきっちり合わせないと格好がつかない。

客席の間を走り抜《はしぬ》ける子もいるということで、安全面でも気になる。

広い体育館にはぎっしりとパイプ椅子《いす》を並べる。

客席側は薄暗《うすぐら》いし、養生をしているものの床《ゆか》にはあちらこちらに配線も通っている。客の荷物が障害物になることもある。万が一躓《つまず》いてしまったらパフォーマンスを失敗するだけでなく、最悪怪我《けが》をするかもしれない。

「ちなみに、パフォーマンスをする君達以外に手伝ってくれる人はどれくらいいるの？」

俺は前提を確認《かくにん》する。

「いないです。私達七人だけなので。そのお手伝いを文化祭実行委員会の方にお願いしたいと思いまして……」

「年に一度の文化祭で妥協《だきょう》したくない気持ちはすごくわかる」と理解を示した上で、俺は彼女らに自分の見解を伝えた。

まず安全面の懸念《けねん》があり、その対応をこちらに丸投げしている時点で実現は難しい。

メインステージ担当の面々も限られた人数で交代しながらステージを回すため余剰人員《よじょうじんいん》はいない。俺や朝姫《あさき》さんも飲茶《ヤムチャ》カフェを手伝うために抜《ぬ》けるように、みんなもそれぞれのクラスの出し物にも参加する。なにより、公平性の観点から、特定の団体のために一時的に増員する例外は認められない。

以上を丁寧《ていねい》に説明し、今の彼女達の計画では実現は不可能だと告げた。

「ひとつでも例外を認めると、他の団体の要望もぜんぶ吞《の》まないといけなくなる。そんなことしてたら、いつまでも調整に追われて本番を迎《むか》えられないだろう」

物事には期限や制限があるからこそ完成するものもある。

理想を高く持つのは素晴《すば》らしいことだ。

だが実現させなければ、それはただの絵に描《か》いた餅《もち》だ。

現実として成功させるために、捨てることを覚えるのも大切だと思う。

ほんとうに大切にしたいことを守るために、あえて捨てる。

俺が立場上、彼女らに求めるのはそういうことなのだ。

「君達にとって一番大事なのはライブ演出にこだわること？　それとも見てくれる人を楽しませること？　どちらを優先する方が自分達の満足度が高くなると思う？」

彼女達の答えは後者だった。

「うん、その分、パフォーマンスを磨《みが》くことに専念できると前向きに捉《とら》えてくれると嬉《うれ》しい。わざわざ足を運んでくれてありがとう」

俺の言葉を真摯《しんし》に聞いてくれた彼女達が先に帰った後、紗夕《さゆ》は感心した顔で俺を見た。

「なんか、きー先輩《せんぱい》、ちょっと大人っぽい説得の仕方でしたね」

「一応あの子らのフォロー頼《たの》むな」

「了解《りょうかい》です！　じゃあ、これは相談に乗ってくれたお礼です」

紗夕《さゆ》はかわいらしく敬礼すると、ポケットから銀色のパックに入ったゼリー飲料を差し出す。

「きー先輩《せんぱい》、昔からこれ好きでしょう」

「気を遣《つか》うことないのに」

「かわいい後輩《こうはい》からのプレゼントは素直《すなお》に受け取ってください。ていうかきー先輩《せんぱい》、ちょっとやつれてません？　昔からこれと決めると徹底的《てっていてき》に集中して、他がおざなりになっちゃうじゃないですか」

「そうか？」

「そうですよ。たとえば私に、なにかお願い事ありません？」

「お願い事？」

はて、なんのことだろう。

紗夕《さゆ》はじーっと俺の目を見て答えを待っていたが、どんなに考えても俺に心当たりはない。

「もう！　映《えい》ちゃんをきー先輩《せんぱい》のライブに連れていくことです！」

すっかり忘れていた。いかんな、寝起《ねお》きの会話だったせいで、頭から抜《ぬ》け落《お》ちていたようだ。

「なんで紗夕《さゆ》が知ってるんだよ」

「映《えい》ちゃんから今朝お願いされたので、即《そく》ＯＫしましたよ。まったく、大事な妹さんのお願いを忘れるなんて。映《えい》ちゃんもお疲れ気味のきー先輩《せんぱい》を気遣《きづか》って、自分から連絡するなんて大人になりましたね」

紗夕《さゆ》は自らゼリー飲料の蓋《ふた》を開けて、俺に手渡《てわた》す。今ここで飲めということらしい。

「じゃあ、ありがたくもらうわ」

飲み干して、エネルギー補給完了《かんりょう》。できるだけ飲み残しがないように目一杯《めいっぱい》吸うのが癖《くせ》なんだよな。パックはペコペコになった。

「紗夕《さゆ》、茶道部《さどうぶ》の方はどうなんだ？」

夏休みの瀬名会《せなかい》での旅行中、紗夕《さゆ》は顧問《こもん》である神崎《かんざき》先生から直々に誘《さそ》われ、二学期から晴れて茶道部《さどうぶ》に所属することになった。

「茶道部《さどうぶ》は大人しめな子が多いから、私みたいに自分から動くタイプは重宝されてますよ」

「よかったな。それを聞いて一安心だ」

「はい。アサ先輩《せんぱい》や神崎《かんざき》先生もよくしてくれているので。あ、文化祭では私もお茶を点《た》てるので、よかったらヨル先輩《せんぱい》と一緒《いっしょ》に遊びに来てください」

「おう。顔出すよ」

「約束ですからね！」

紗夕《さゆ》は笑顔《えがお》で念を押して、自分の教室へ帰っていった。

◇◇◇

放課後。文化祭実行委員会の定例会議が終了《しゅうりょう》すると、花菱《はなびし》が真《ま》っ直《す》ぐに俺のところにきた。

この後はリンクスの合同練習だから、一緒《いっしょ》に行こうということだろう。

「じゃあ、私は茶道部《さどうぶ》に顔を出すからお先に。生徒会長もお疲《つか》れ様《さま》」と朝姫《あさき》さんはそそくさとこの場を離《はな》れた。

「……。瀬名《せな》ちゃん、練習前にふたりで息抜《いきぬ》きしない？」

「ただでさえ会議が長引いたのに、鬼教官《おにきょうかん》にどやされるぞ」

各部門、順調なところもあれば思わしくないところもあるものの、どこも追い込みに入っていた。いよいよ文化祭が近づいてきたという感じだ。

「すっかり従順な教え子をやっているね。瀬名《せな》ちゃんは真面目だな」

「ヨルカの前でダサい演奏はできないから」

「気持ちはわかるけど、会議中はかなり眠《ねむ》そうだったよ」

「――。そうだな、ちょっと息抜《いきぬ》きして集中力を回復させるか」

「じゃあ屋上へ行こう」

途中《とちゅう》の自動販売機《じどうはんばいき》で温かい飲み物を買って、俺達は屋上に出た。

重たい扉《とびら》を開けると、ひんやりとした空気に触《ふ》れて、一気に意識がクリアになる。

これくらい気温が下がると、暇潰《ひまつぶ》しのためだけに吹《ふ》きさらしの屋上に出る者はいない。

それでも文化祭に向けて練習をしているグループはいくつもあった。

俺と花菱《はなびし》は彼ら彼女らの横を通って、落ち着けるところを探す。

女の子だけで集まっているところでは、ダンスの練習をしている真っ最中だった。

彼女らが踊《おど》る曲はビヨンド・ジ・アイドルのヒット曲『七色クライマックス』だ。通称《つうしょう》ビヨアイと呼ばれるこのグループは、昨年の紅白に出場した今が旬《しゅん》のアイドルである。

ポータブルスピーカーから流れる曲が終わった時、横を通る花菱《はなびし》に「生徒会長だ」とトーンの高い声で話しかけてきた。

イケメン花菱《はなびし》が手を振《ふ》ってそれに応えると、女子達はますます黄色い声を上げて興奮する。

さすが学校の人気者、やはり女子人気が高い。

「あ、瀬名先輩《せなせんぱい》、昼間はありがとうございました！」

俺にも声をかけられて面喰《めんく》らう。

よくよく見れば、紗夕《さゆ》が昼休みに連れてきたアイドル同好会の子達だった。

「早速《さっそく》練習がんばってるね」

「はい。みんなで話し合って、ダンスが完璧《かんぺき》に揃《そろ》うレベルまで持っていこうってことになりました！　その方が見ている人達も驚《おどろ》いてくれると思うので」

「うん。俺もそう思う。応援《おうえん》してるよ」

俺達は彼女達のダンスを横目に見ながら空いているベンチに腰《こし》かけた。

「あの子達と知り合い？」

「今日の昼休みに、ステージの演出について相談を受けてな」

「瀬名《せな》ちゃん、ちゃんと休めているかい？」

「最近はヨルカとデートどころか、日常会話すら減ってきてるのはしんどいかな。夜はヨルカも寝《ね》るのが早くなってるから、電話やメッセージで寝《ね》ているのを起こすのも悪いから控《ひか》えているし」

「すごいね。瀬名《せな》ちゃんにとって、有坂《ありさか》さんの存在は癒《いや》しなんだ」

「とはいえ、最近連絡《れんらく》少なくない？　ってそろそろ怒《おこ》られるかもしれないし」

「有坂《ありさか》さんも、瀬名《せな》ちゃんが我慢《がまん》しているのをわかっているよ」

低い午後の夕陽《ゆうひ》が眩《まぶ》しい。

買った時に熱かった缶《かん》コーヒーは、ちょうど飲《の》み頃《ごろ》になっていた。

「女の子達が踊《おど》っているのはかわいいね」

「ビヨアイの難しい振《ふ》り付《つ》けを覚えただけでもすげえよ」

素人目《しろうとめ》にも高度な振《ふ》り付《つ》けを、彼女達は見事に踊《おど》りこなしていた。

「瀬名《せな》ちゃんはビヨアイでは誰派《だれは》？　僕は立石蘭《たていしらん》かな」

「朝姫《あさき》さんと同じショートヘアが好みか。俺は、去年脱退《だったい》しちゃったけど恵麻久良羽《えまくらう》かな」

「そっちこそ、有坂《ありさか》さんみたいに髪《かみ》の長い美人がタイプなのはブレないね。けど、瀬名《せな》ちゃんってアイドル好きだっけ？　少し意外だな」

「去年同じクラスだったやつがビヨアイのファンでさ。よく話を聞かされてたんだ。妹もファンで、音楽番組に出てるとよく真似《まね》して踊《おど》るんだよ」

「あの将来有望な妹さんだね。あの子は間違《まちが》いなく美人になるよ」

「どうだか。いまだにガキっぽくて手を焼かされっぱなしだぞ」

「それは瀬名《せな》ちゃんが妹をかわいがりすぎているからでしょう。夏祭りの時の妹さんの態度を見れば、いかにお兄ちゃんっ子かよくわかるよ」

「夏祭りで迷子の映《えい》を見つけてくれて助かったよ。あらためてありがとうな、花菱《はなびし》」

「なんのなんの。美少女のナイトになるのは、男の誉《ほま》れだよ」

花菱《はなびし》はそういうキザっぽい台詞《せりふ》を平然と言えて、しかも似合うのだからすごい。

「花菱《はなびし》のモテる理由がわかったよ」

「僕はいつだって真実の愛を探し求めているだけさ」

「早く見つかるといいな」

「手っ取り早く運命の恋《こい》や赤い糸が用意されていればいいけど、現実ではありえないものね」

「いいのか、そんなものがあったらもう他の相手に目移りできないぞ?」

花菱《はなびし》は図星を突《つ》かれたのか、夕陽《ゆうひ》が目に染《し》みたとばかりに目を細める。

「ねぇ、瀬名《せな》ちゃん、なんでうちの学校は屋上に出られると思う?」

「え、ふつうに開放してるからじゃないのか」

「元々は立ち入り禁止だったんだよ。ところが、ある生徒会長が公約で屋上を開放したんだ」

「ある生徒会長って、まさか……」

俺の脳裏《のうり》にあの人の顔が浮《う》かぶ。

花菱《はなびし》は正解とばかりに微笑《ほほえ》み返《かえ》してきた。

「そう、瀬名《せな》ちゃんの恋人《こいびと》のお姉さん。有坂《ありさか》アリアさん」

「あの人の残した功績が多すぎるッ！」

文化祭の大規模化といい、有坂《ありさか》アリアの足跡《そくせき》がこの永聖《えいせい》高等学校には溢《あふ》れている。

「なんでも、青春といえば屋上でしょう、っていう軽い動機で実現させたそうだよ。実際、その年の文化祭では屋上から公開告白するイベントを開催《かいさい》して大好評だった。みんな、イベントという口実や雰囲気《ふんいき》の力を借りたり、験《げん》を担《かつ》いで自分の恋愛《れんあい》を成就《じょうじゅ》させたいんだろうね」

あぁ、その光景がもう目に浮《う》かぶ。

「詳《くわ》しいな。さすが生徒会長、過去の歴史をきちんと知ってるんだな」

「いや、僕の兄が当時の生徒会にいたんだ。永聖《えいせい》初の一年生生徒会長に散々振《ふ》り回《まわ》されたと聞いていたんだよ」

「それはそれは。お兄さん、ずいぶん苦労させられただろう」

勝手に親近感を抱《いだ》いてしまう。

「花菱《はなびし》のお兄さんってどんな人？」

「兄の花菱玄臣《はなびしげんしん》は、うちの病院の後継《あとつ》ぎで、医者になることを義務づけられた寡黙《かもく》な武士のような人でね。僕と違《ちが》って、真面目を絵に描《か》いた四角四面のお堅《かた》い性格。昔から優秀《ゆうしゅう》なエリート街道《かいどう》を驀進《ばくしん》するタイプ」

兄に対してかなり謙遜《けんそん》するが、弟の花菱清虎《はなびしきよとら》も学年三位の秀才《しゅうさい》である。

それがこれだけ無条件に尊敬しているのだから、お兄さんは相当優秀《ゆうしゅう》な人なのだろう。

「……お兄さん、もしかして玄《げん》ちゃんって呼ばれてたりする？」

俺が食い気味に訊《き》くと、花菱《はなびし》は頷《うなづ》いた。

「玄《げん》ちゃんって花菱《はなびし》の兄貴かよ⁉」

アリアさん、鬼《おに》かよ。生徒会選挙で負かした相手、しかも上級生を副会長にするなんて中々できることではない。ある意味、非常にアリアさんらしいエピソードだ。

「あれ、兄を知っているの？」

「最近、アリアさん本人からその名前を聞いたんだよ。それにしてもお兄さん、よく副会長を引き受けたなぁ。あの自由奔放《じゆうほんぽう》なアリアさんの相棒なんて、考えなくても大変だろうに」

「しつこく勧誘《かんゆう》されて、渋々《しぶしぶ》という感じだったよ。最初は文句を言っていた兄もいつの間にか年下の生徒会長の魅力《みりょく》にやられたらしい。最後には告白までしたそうだよ」

「え、マジで。やっぱり校舎裏の桜の木の下で告ったとか？」

「……、そうだよ」

「結果はどうなった？」

めちゃくちゃ気になる。花菱《はなびし》のお兄さんなら、間違《まちが》いなく美形だ。

生徒会で一緒《いっしょ》に活動していれば、ロマンスが芽生えてもおかしくはない。

夏休み前、神崎《かんざき》先生の家からの帰りにアリアさんとカフェで朝食をとった時には恋人《こいびと》などいないような口振《くちぶ》りだったが、実は隠《かく》していたのかも。

あ、ヨルカに対しては神崎《かんざき》先生とのエピソードを彼氏《かれし》と詐称《さしょう》して説明してはいたか。

「食いつきがいいね、瀬名《せな》ちゃん。すごく楽しそうな顔しているよ」

「そりゃ、アリアさんをからかうネタができるからな」

「やっぱり姉妹《しまい》で面識があると、会う機会もあるのかい？」

「実は先に知り合ったのはアリアさんの方なんだわ。俺が中学の時に通ってた学習塾《がくしゅうじゅく》で、アリアさんが講師のアルバイトをしててさ」

「……………瀬名《せな》ちゃんって、実はかなり引きが強いよね」

花菱《はなびし》は珍《めずら》しく本気で驚《おどろ》いた顔をしていた。

「たまたまだよ。だいたい、おまえの方がよっぽどモテるだろう」

「僕は顔で選ばれているだけさ。女の子にとって周りに自慢《じまん》できるアクセサリーみたいなものだよ」

「そこまで自分を卑下《ひげ》することもないだろう」

「女の子も立派に性欲はあるからね。男と同じで、飽《あ》きれば他に目移りするものさ」

「明《あ》け透《す》けで世知辛《せちがら》いなぁ」

花菱《はなびし》に現実を指摘されてしまうと、俺は頭を抱《かか》えたくなってしまう。

ヨルカも口には出さないけど、いろいろ溜《た》めこんでるんだろうか。

「特別な女の子と出会って本気で両想《りょうおも》いになれている瀬名《せな》ちゃんの方が素敵《すてき》だよ」

花菱《はなびし》は心の底から羨《うらや》ましそうだった。

「おまえにとって朝姫《あさき》さんが、特別な女の子だったのか？」

花菱《はなびし》が俺を屋上に誘《さそ》ったのは、実は朝姫《あさき》さんの話をしたかったからなのだろう。

「わからない。少なくとも僕にとって文倉朝姫《はせくらあさき》は、他の女の子とは違《ちが》っていた。結局は僕の一方的な勘違《かんちが》いだったけど」

「花菱《はなびし》は数を重ねすぎて、恋愛《れんあい》に対して冷めすぎているだけだよ」

「そうかな？」

「恋《こい》のはじまりなんて最初は一方的な勘違《かんちが》いだろう。そうやってバカみたいに夢中になるのが特別な相手ってやつなんじゃないか。付き合えるかどうかはまた別問題さ」

「……瀬名《せな》ちゃん。有坂《ありさか》さんと恋人《こいびと》になれてよかったね」

「あぁ、ヨルカがいるから俺はがんばれる」

自分の中心に確たるものがあるだけで、人は思ってもみない力を発揮できる。

「そういうの、カッコイイよ」

男相手にも真顔で褒《ほ》めるから、俺は照れて話題を逸《そ》らそうとする。

「いいから、お兄さんの告白がどうなったか教えてくれ」

「なんでも妹さんとの関係に悩《なや》んでいて、今は恋愛《れんあい》をする余裕《よゆう》はないって断られたそうだ。それはもう一刀両断とばかりの鮮《あざ》やかな斬《き》られようだったよ。後にも先にも、あんなに精神的に崩《くず》れた兄ははじめて見た。医学部に合格した後だったのがせめてもの救いだったよ」

「アリアさんが恋人《こいびと》にしたい相手って一体どんな人なのかねぇ」

俺のなんの気なしの言葉に、花菱《はなびし》は開き直ったように答える。

「どんな美男美女でも本命と結ばれるとは限らないのが、恋愛《れんあい》の面白《おもしろ》さだよ」

花菱《はなびし》はようやくコーヒーの缶《かん》を開けると、「はは、すっかり温《ぬる》くなっているや」と顔をしかめた。

「ぼちぼち行くか。寒くなってきた」

あんまり待たせると鬼教官《おにきようかん》が恐《こわ》いからな。

俺も残っていたコーヒーを一気に飲み干す。缶《かん》の飲み物は開けた途端《とたん》、すぐに冷めはじめる。

買った時の熱はとうに失われていた。

「ただ、兄が失恋《しつれん》したおかげでいいこともあった」

「なんだよ？」

「憂《う》さ晴《ば》らしに兄がドラムセットを買ったんだ。おかげで、僕がこうしてドラムを叩《たた》けるようになった。こんな形でみんなとバンドを組むとは思わなかったけど」

「世の中、なにがどう繋《つな》がるかわからんもんだな」

俺はしみじみと呟《つぶや》く。

「……ねぇ、瀬名《せな》ちゃん。いつか、この失恋《しつれん》の痛みも消えて、ただの思い出になるのかな？」

「わかんねぇ。俺達はまだ青春の真っただ中だろう」

「瀬名《せな》ちゃんの恋《こい》は青春の思い出で終わらせな――」と言いかけて、花菱《はなびし》の言葉は止まる。

「なんだよ、そこは素直《すなお》に応援《おうえん》してくれよ」

「前に、迷っている女の子に告白しなよって後押ししたんだ。僕なりに勝算があると踏《ふ》んだ上での応援《おうえん》だった。だけど、結果は上手《うま》くいかなかったようでね。僕は、とても無責任なことをしてしまったんじゃないかって正直後悔《こうかい》している」

「――花菱《はなびし》って実は恋愛《れんあい》だけじゃなくて、根本的に超《ちょう》受け身《み》なんだな」

容姿に恵《めぐ》まれた花菱《はなびし》はモテるがゆえの精神的な身軽さを武器にしながらも、流されやすいことを密《ひそ》かに気に病《や》んでいるようだった。

「僕は察しのいい方だし、周りから望まれていることに応えていくこと自体は楽しんでいる。特に恋愛《れんあい》はわかりやすいし」

花菱《はなびし》みたいにたくさんの女の子からわかりやすい好き好きサインを浴びせられる人生は男としてはさぞ楽しいだろうな。

「ただ、僕が能動的に動くと失敗が多い。支倉《はせくら》さんに告白したこともそうだ」

「応援《おうえん》は無責任だけど、無意味じゃない。俺はそう思うから、おまえに応援してもらいたいぞ」

その場限りの声援《せいえん》もあれば、相手の活動に寄《よ》り添《そ》ってサポートするものまで、応援《おうえん》といっても様々だ。

「応援《おうえん》って誰《だれ》も未来はわからないけど、がんばって結果を出してねってことだし。その応援《おうえん》があって相手が行動を起こせたなら意味はあるよ。もちろん重荷に感じてウザったい時もある。けど、やっぱり応援《おうえん》される側は嬉《うれ》しいもんだよ」

自分ひとりで悪戦苦闘《あくせんくとう》している時、何気ない一言に勇気づけられることもある。

「それにさ、おまえさっき自分で言っただろう。『失恋《しつれん》したおかげでいいこともあった』って。その子にも、きっといいことがあったはずだよ」

「――――」

花菱《はなびし》は昼の気配が消えつつある空を見上げた。

「だからな、花菱《はなびし》。俺のことも遠慮《えんりょ》なく後押ししてくれ！」

俺は花菱《はなびし》に対して背中を向ける。

「瀬名《せな》ちゃんは死ぬまで有坂《ありさか》さんと幸せでいてくれ」

花菱《はなびし》は祈《いの》るような声で俺の背中にそっと触《ふ》れた。

練習室に顔を出すと、叶《かのう》は案の定ご機嫌《きげん》ななめだった。

「ちょっと男子、遅《おそ》い。特にセナキス！　一番練習が必要な人が遅刻《ちこく》してどうするわけ！」

女性陣《じょせいじん》三人はすでに揃《そろ》っていた。

ヨルカもクラスの作業を今日は上手《うま》く切り上げたようだ。

「すまん！　ちょっと男同士の内緒話《ないしょばなし》をしてた！」

俺は堂々と答える。

なんとなく、そんな気分だった。

俺の潔《いさぎよ》い言いように、花菱《はなびし》も「女子禁制の際《きわ》どい話だったんだ」と合わせる。

「〜もうッ！　いいからすぐに準備して！」

時間の無駄《むだ》とばかりに、叶《かのう》は深く追及《ついきゅう》しなかった。

俺がギターの準備をしていると、「花菱《はなびし》くんとどんなこと話してたの？」とヨルカが近づいてきた。

「教えてあげようか？」

「え、いいの？」

言葉で答える代わりに、俺はヨルカをその場で抱《だ》きしめる。

いきなりのことに、ヨルカはどうしていいかわからず俺の腕《うで》の中で固まっていた。

ふたりきりならいざ知らず、人前で堂々とハグすることは滅多《めった》にない。

それでも構わず、愛情表現とばかりに全身でぎゅーっと密着する。

　三人は当然見てくるが、俺は抱《だ》きしめたまま離《はな》さない。

「ききき、希墨《きすみ》？」

「ヨルカ、好きだぞ」

　耳元で囁《ささや》く。

「どうしたの？」

「今、無性《むしょう》にそういう気分なの。好きな人と付き合えてるありがたみを再確認《さいかくにん》したくて」

　不思議だ。

　ヨルカの体温を感じるだけで、心も身体《からだ》もすーっと楽になっていく。

「心配しなくても、わたしも大好きだよ」

「けど、最近あんまり話せていないだろう？」

「それは、でも仕方ないし……」

「だから、強引《ごういん》にでもくっつかないと。お互《たが》いガス欠になる前に、精神的なエネルギー補給」

　ヨルカも身体《からだ》の力を抜《ぬ》いて、俺の背中に腕《うで》を回す。

「瀬名《せな》ちゃん、見せつけるね」

「スミスミ、男らしい」

「セナキス、練習中は恋愛《れんあい》を自重しろぉ！」

「もうちょい待て！　さもないとこの場でキスするぞ！」

「希墨《きすみ》、さすがに友達の前でキスは⁉」

「あれぇ、ヨルカ。俺とのファーストキスは確か渋谷《しぶや》の――」

最後まで言い切る前に「あれはネックレスを貰《もら》ったのが嬉《うれ》しくて、勢いでついってやつ！」

とヨルカが叫《さけ》んで両手で俺の口を塞《ふさ》いだ。

その日、俺ははじめてノーミスで三曲とも弾《ひ》き切ることができた。

第六話　合宿！

土曜日は朝から秋らしい爽《さわ》やかな晴天だった。

俺達リンクスのメンバーは、一泊二日《いっぱくふつか》の合宿をすべく、叶《かのう》の自宅の最寄《もよ》り駅《えき》に朝九時に集まった。

各々《おのおの》の私服は個性が出ていて面白《おもしろ》い。

というより、五人とも完全に服の好みがバラバラだった。

俺はアウトドア系のアウターの下にロンT、デニム。スニーカーはいつもの履《は》き古《ふる》した白のエアフォース1というカジュアルな服装。背中のリュックには一泊分《いっぱくぶん》の着替《きが》えなど詰《つ》め、手にはギターケースを提《さ》げている。

ヨルカはいつも通り、育ちのよさがにじみ出る上品なコーディネート。質のよさそうな薄手《うすで》のセーターにロングスカート、黒いストッキングにショートブーツという秋らしい組み合わせ。首には赤いマフラーを緩《ゆる》く巻き、さらにバーバリーのトレンチコートを羽織っていた。

最近はデートもまったくできていないので、ヨルカの秋の装《よそお》いははじめて見た。かわいい。

「このまま公園デートでもしたいな」

「むしろこれから合宿でしょう。まぁ、わたしも同じ気持ちだけど」

思わずこぼれた本音に、ヨルカはそっと俺の小指を摑《つか》んだ。

みやちーは一目でわかるパンクないで立ち。革《かわ》ジャンに小花柄《こばながら》のワンピース、黒の網《あみ》タイツを合わせ、足元はゴツくて靴底《くつぞこ》に厚みのある黒いブーツ。みやちーの金髪《きんぱつ》やメイクと相まって、そのままステージに立てそうだった。

叶《かのう》はいかにもグランジな格好。太いボーダー柄《がら》のセーター、腰《こし》に巻いたネルシャツにダメージジーンズ、足元にはコンバースのジャックパーセル。本人の明るさはそのままなのだが、ラフな服装なのに独特の色気を醸《かも》し出《だ》す。

花菱《はなびし》は小綺麗《こぎれい》な都会スタイル。伊達《だて》メガネをかけ、カーディガンにスタンドカラーシャツ、細身のパンツは絶妙《ぜつみょう》な丈感《たけかん》で足元にソックスを覗《のぞ》かせ、定番であるニューバランスのグレーのスニーカーを履《は》いている。

なんというか五者五様、方向性の違《ちが》いすぎる服装でとても同じバンドとは思えない。

「ウチら全員、服の趣味《しゅみ》が違《ちが》いすぎない？　ウケる」

叶《かのう》は、俺達の服装の統一感のなさがツボにハマったらしく大笑いしていた。

「あー面白《おもしろ》い。音楽してなくても楽しいとか最高。じゃあうちに行く前に買い出ししよ」

まずは合宿二日間分の食料をスーパーマーケットで買いこむ。

そして到着《とうちゃく》した叶《かのう》ミメイの自宅は、閑静《かんせい》な住宅街の中にある地上三階地下一階の一軒家《いっけんや》だった。

建築デザイナーのセンスが光るスタイリッシュな外観。

やはり芸術を生業《なりわい》にしている人は多方面にオシャレだなという感想を抱《いだ》く。

「パパとママはライブの仕事で週明けまで地方だから、たっぷり練習できるよ！」

叶《かのう》はノリノリで俺達を家に招き入れる。

寝泊《ねと》まりできる客室も複数あり、俺と花菱《はなびし》の男子組で一部屋。

女子組は叶《かのう》の部屋に布団《ふとん》を敷《し》いて、三人で寝《ね》るそうだ。

早速《さっそく》練習ということで、買った食材をキッチンの冷蔵庫に仕舞《しま》い、最低限の荷ほどきを済ませると、すぐに地下のスタジオに下りた。

なんと自宅にエレベーターまである。

エレベーターの扉《とびら》が開くと、そこは全国のバンドマン垂涎《すいぜん》の完全防音の自宅スタジオ。

素人《しろうと》の俺には専門的なことはわからないが、とにかく金がかかっているのだけは一目で理解できた。大きなスピーカーに各種機材があるのはもちろん、ドラムセットをはじめ楽器も様々なものが揃《そろ》えられている。壁《かべ》の一面は鏡張りなので、歌っている姿もチェックできる。プロのミュージシャンも借りに来るそうだ。

「すげえな」

「これはかなり本格的だね」

俺と花菱《はなびし》が驚《おどろ》いていると、「ふたりともさっさと楽器の準備をして。花菱《はなびし》はドラムセット、好きに配置変えていいから」と叶《かのう》がテキパキと指示を出す。

「叶《かのう》、えらくテンション高いじゃん」

「そりゃ友達と泊《と》まりで音楽漬《づ》けになるんだよ。楽しくないわけないじゃん」

叶《かのう》は満面の笑《え》みを浮《う》かべて、ヘアゴムで長い髪《かみ》を後ろに括《くく》った。

すでに準備は万端《ばんたん》といったところだ。

「あんまり浮《う》かれすぎるなよ。俺への指導が余計にハードになるから」

指導に熱がこもりすぎるのは程々《ほどほど》でお願いしたい。

「……そういえば自分のバンドで合宿するのは、このリンクスがはじめてかも」

そんな事実に、叶《かのう》自身が驚《おどろ》いていた。

「練習大好き叶《かのう》ミメイなら、何度もこういう練習合宿をしているんじゃないのか？」

「うーん、なんでだろう。セナキスが下手すぎるから見てられないのかな」

「合宿の成果に期待だな」

「というか上手《うま》くなる以外の結果はいらないから」

叶《かのう》はいきなりマジな目になる。

「ガンバリマス」

「ふつうじゃ足りない。超《ちょう》がんばって」

「根性論《こんじようろん》すぎるわ！」

「少年漫画《まんが》の主人公達は過酷《かこく》な修業《しゆぎよう》の末に強くなっていくんだよ」

「俺はふつうの人間だ」

「隠《かく》れた才能が覚醒《かくせい》するかも」

「そんなものがあるなら早く引き出してくれ」

「責任重大だな。じゃあ、ますます厳しくいかないとね」

しまった、墓穴《ぼけつ》を掘《ほ》ったッ⁉

鬼教官《おにきようかん》は目をキラキラさせて、俺をたっぷりしごく気満々だ。

うーん。アリアさんといい、神崎《かんざき》先生といい、俺に教える立場の女性はどうしてみんな容赦《ようしゃ》がないのだろう。

「瀬名《せな》ちゃんはやっぱり愛されてるね」

後ろでドラムの準備をしていた花菱《はなびし》が、ズレた感想を述べた。

「どこがだ！　無茶《むちゃ》振り以外の何物でもないだろう」

「無茶《むちゃ》振りには二種類あるんだよ。ただの意地悪と、成長を見込《みこ》んであえて負荷《ふか》をかけるもの。

ミメイは明らかに後者だよ。ね？」

「うんうん。セナキスなら絶対できるから安心して！」

叶《かのう》の保証はノリが軽すぎる。

◇◇◇

練習はいきなり音合わせからはじまった。

俺がようやく通して弾《ひ》けるようになったので、全員で最後まで演奏を合わせては叶《かのう》の細かい指示が入る。その繰《く》り返《かえ》しだ。

小さなミスは絶えないが、俺は演奏することの楽しさを少なからず実感できるようになっていた。

指先は硬《かた》くなり、あまり手元を見ないでコードを押さえられるようになった。

だからといって一気に急成長するわけではないが、みんなの演奏に耳を傾《かたむ》ける余裕《よゆう》が出来つつあるのは確かだ。

「俺、ちょっと上手《うま》くなったかも」

休憩《きゅうけい》に入った時、俺はささやかな達成感を覚えて思わず呟《つぶや》く。

「はじめた頃《ころ》はどうなるかと思ったけど最低限の形にはなってきた。調子上がってきているね」

叶《かのう》が珍《めずら》しく褒《ほ》めてくれた。

「けど、毎回ミスらないように必死だぜ」

「真剣《しんけん》にやっていればミスは自然と減っていくよ。この調子でがんばろう。次はミスしても顔に出さずに演奏しきるのが課題だね」

「ほれ、またすぐに注文が増えた！」

隙《すき》あらば指示が飛ぶので、俺は忘れないように急いでスマホにメモする。

メモの項目《こうもく》も、いつの間にかずいぶん増えたものだ。

「ギタリストがステージで慌《あわ》ててたらカッコ悪いでしょう。どんなに手元が狂《くる》っても、涼《すず》しい顔で完璧《かんぺき》に弾《ひ》いてますからって態度でちょうどいいんだよ」

ワンポイントアドバイスと、叶《かのう》はウインクする。

「それについては、むしろヨルカの心配をした方がいいのでは？」

「有坂《ありさか》さん、練習では一番安定しているんだけどね。そろそろ荒療治《あらりょうじ》が必要かな」

叶《かのう》は突然《とつぜん》スマホで自撮《じど》り、それから手早く文字を打つ。どうやらSNSに投稿《とうこう》するらしい。

「はい、ＯＫ。文化祭の宣伝も兼《か》ねて、今晩九時に配信ライブをするからヨロシク！」

「なにぃ⁉」

鬼教官《おにきょうかん》、突然《とつぜん》のブッキングに俺は完全に不意打ちを喰《く》らってしまった。

他の三人もおおむね似た反応だった。

「メイメイ、いきなりすぎだよ⁉」

「大丈夫《だいじょうぶ》。ウチのフォロワーさん、万超《こ》えているから誰《だれ》かしら見てくれるよ」

「視聴者の数の問題じゃないよ!」

みやちーもかなり慌《あわ》てている。

「ひなかはもっと前向きに、自分の歌を聞かせてやるんだって気持ちで歌いなって。もっと歌
うことに酔《よ》いしれなきゃ」

叶《かのう》は親指を立てて、いけるいけるとノリノリだ。

「花菱《はなびし》は大丈夫《だいじょうぶ》なのか?」

俺が訊《たず》ねると「僕は、屋上で瀬名《せな》ちゃんに話を聞いてもらったおかげで少しスッキリしたからね」とシンバルを軽く鳴らす。

さて肝心《かんじん》のヨルカだが、キーボードの前で氷像のように固まってしまっていた。

美しい顔がそれはそれは青ざめており、もはや気の毒に思えるほど怯《おび》えていた。

花菱《はなびし》の鳴らしたシンバルの音でも解凍《かいとう》されそうにない。

「セナキス。有坂《ありさか》さんって、やっぱり動画でも緊張《きんちょう》しちゃう系?」

「見ればわかるだろ。まぁ、演奏にだけ集中できれば大丈夫《だいじょうぶ》なんだろうけど……」

目の前にはいなくても画面を通して不特定多数の人が見ているのだ。

ヨルカにしてみれば、この場で人に見られているのと大差ないだろう。

とはいえ、はじめて軽音楽部の部室でヨルカと叶《かのう》がセッションした時、俺はその模様をこっ
そり撮影《さつえい》していた。あの時のヨルカはそれにまったく気づいていなかった。

どうすればヨルカはあの時のようになれるのか。

場数を踏《ふ》めば慣れることももちろんある。

実際、文化祭のクラス代表をするようになってヨルカは周りとの会話が劇的に増えた。こうして友達の家に泊《と》まれるのも、すでに夏に瀬名会《せなかい》のみんなで旅行に行ったからこそだ。

ひとつひとつの経験がヨルカを確実に成長させている。

ここがかんばりどころだ。

「ちょうどいいじゃん。気軽に本番感覚で練習できるんだよ」

超《ちょう》ポジティブシンキングな叶《かのう》はヨルカの前でスマホを構えて「はーい。いい笑顔《えがお》ください」と撮影《さつえい》の真似事《まねごと》をして遊ぶ。

「し、肖像権《しょうぞうけん》の侵害《しんがい》！」

復活後の第一声はえらく硬《かた》い。あぁ、かなりテンパっているな。

「はじめてウチとセッションした時のことを思い出して。あの時の有坂《ありさか》さん、すごく演奏に集中できてた。あれと同じ感じでやればいいんだよ」

やはり叶《かのう》も気づいていたようだ。

「簡単に言わないで。最近は叶《かのう》さんとの演奏にも慣れてきたから、最初みたいにはいかないから」

「カップルの倦怠期《けんたいき》かよ」と俺は笑ってしまう。

「ウチ、あの時以上に有坂《ありさか》さんを満足させる演奏をしてみせるよ！」

どうやらヨルカの一言で火がついてしまったらしい。

いよいよ軽音楽部のカリスマが本気を出しはじめたぞ。


午前中の練習が終わり、お昼の時間。

気分転換《きぶんてんかん》を兼《か》ねて、昼食はリビングでとることになった。

ランチはスーパーマーケットで買ってきたお弁当やお惣菜《そうざい》だ。

弁当を食べながら話すのは、夜の配信でなにをするかだった。

我らがリーダーは、全員ガッツリ顔出しで演奏しようと気軽に提案する。

聞けば去年の文化祭以降、叶《かのう》は定期的に弾《ひ》き語《がた》りのライブ配信や既存《きそん》の曲をアレンジした動画を投稿《とうこう》しているそうだ。

たとえば花菱《はなびし》と屋上で聞いたビヨンド・ジ・アイドルの『七色クライマックス』という曲。

この楽曲を、叶《かのう》はハードロック風にアレンジして投稿《とうこう》した。

これがバズった。かなりバズった。

本家であるビヨアイまで届き、メンバー達がこぞって反応したことで、叶《かのう》ミメイのＳＮＳのフォロワー数は今もなお増え続けていた。

加えて、彫りの深いエキゾチックな顔立ち、現役《げんえき》女子高生となれば、そのフォロワーの裾野《すその》も広くなるのは必然である。

今年も文化祭に出ると報告したところ、会場に行きますとのコメントが多数寄せられているという。

「叶《かのう》って思ってた以上にすげえんだな……」

軽音楽部の面々があれだけ尊敬していたのも納得《なっとく》である。

とはいえ他の四人が顔出しに反対したので、配信の映像に映るのは叶《かのう》のみ、が落としどころとなった。

ヨルカだけは最後まで配信そのものに反対していたが、その意見が通ることはなかった。

「夜の楽しみが増えたね」と叶《かのう》だけが期待に胸を膨《ふく》らませていた。


お昼を食べ終え、午後の練習もみっちりこなす。練習がいきなり夜の配信のリハーサルに早変わりしたことで、いい意味で緊張感《きんちょうかん》が一気に増した。

各々《おのおの》の弱みが浮《う》き彫《ぼ》りになる中で、いかに自分の実力を発揮するかを試《ため》されるような密度の濃《こ》い時間だった。

何度も同じ曲を繰《く》り返《かえ》し、しかも日射《ひざ》しの入らない地下では時間感覚が麻痺《まひ》してくる。

「そろそろおやつ休憩《きゆうけい》しよう！」とリーダーの一声でティーブレイクとなった。

再びリビングに上がって、お茶やコーヒーを飲みつつお菓子《かし》を食べてリラックスする。

さすがに全員、疲《つか》れの色が見えてきた。

特に疲労《ひろう》の激しい俺は、特別な方法で休憩《きゆうけい》していた。

「……瀬名《せな》ちゃん、かなり開き直ったね」

「ヨルヨルも、あっさり受け入れているし」

俺は今、ソファに横になりヨルカに膝枕《ひざまくら》をしてもらっていた。

「あーふとももが極楽《ごくらく》じゃ」

「希墨《きすみ》、その感想は気持ち悪いから」

口ではそう言っても、ヨルカも膝枕《ひざまくら》を拒否《きよひ》する気配はない。

というより夜の配信に気をとられて、俺とは別の意味で元気がない。

「しゃーないだろう。これなら秒で寝《ね》れる」

「あと三秒」

「短ッ⁉　せめて三時間！」

「長すぎ。脚痺《あししび》れちゃうよ。あと三分」

「じゃあ、その三分を全力で堪能《たんのう》するわ」

「三十秒に減らそうかな」

「大人しくしてるので、三分のままでお願いします」

恋人《こいびと》とのスキンシップですり減った集中力やら体力やらを回復していく。

俺の視線の先では、ルンバが掃除《そうじ》に勤《いそ》しんでいる。部屋の隅《すみ》から隅《すみ》まで甲斐甲斐《かいがい》しく動き回るその様は、なんだか機械仕掛《きかいじか》けのカブトガニのように見えた。

「まーた、ふたりがなんかやらしい会話してる」

叶《かのう》が咎《とが》めるように目を細める。

「あえて人前でイチャつくことで、ヨルカの度胸を鍛《きた》えてるんだよ」

「え、そうなの？」

そういうことにしておいてくれ、ヨルカ。俺はまだこのふとももから離《はな》れたくない。

「今は休憩時間《きゅうけいじかん》だから見逃《みのが》すけど、少しは自重しなよ。友達の家でイチャつくのは、ふつうにどうかと思うけど」

「それについてはスマン」

「申し訳なく思うなら、まずは有坂《ありさか》さんの膝枕《ひざまくら》から頭を起こそうよ」

「これは俺の体力回復に必要なんだ。この後の練習のためにも見逃《みのが》してくれ」

叶《かのう》は俺に言っても無駄《むだ》と悟《さと》り、ヨルカの方に話を振《ふ》る。

「有坂《ありさか》さんって普段《ふだん》みたいに恋愛《れんあい》でもクールなのかと思ってたけど、彼氏《かれし》にべったり甘えるタイプだったなんて。正直意外だったよ」

「そ、そんなこと……」

ヨルカは面と向かって指摘《してき》されて、否定しきれない。

「あ、いいのいいの。好きな人に甘えたいのは当然だし。ウチの親もラブラブだからね」

「叶《かのう》さん」

「ただし、練習中は遠慮《えんりょ》してね」

「はい」

ギャル風の叶《かのう》に学年一位の優等生のヨルカが注意されてる図は見ていて新鮮《しんせん》だ。

「やっぱり叶《かのう》さんは七村《ななむら》くんとも昔付き合ってたわけだし、色んな恋愛《れんあい》してきたの？」

誰《だれ》も触《ふ》れない話題を、いい機会とばかりにヨルカは振《ふ》る。

ヨルカもずいぶんと他人に興味を持つようになったものだ。

「んーわかんない。別に竜《りゅう》に限らず、しつこく告白されて面倒《めんどう》だからＯＫするけどウチのペースに合わないいからって結局すぐに別れるし。みんな、なんでそんなデートとかしたいんだろう？」

うお、ある意味クリティカルな問いかけだ。

同時に、叶《かのう》ミメイはかなり冷めた恋愛観《れんあいかん》の持ち主であることが発覚。

「普段《ふだん》と違《ちが》う場所に行くことで、行き慣れた近場では引き出せない相手の新しい反応が見れるだろう。デートすれば、相手をより深く知れるからさ」

俺は一般的《いっぱんてき》な意見を述べる。

「遠出とかふつうにだるくない？」

叶《かのう》は、外出を億劫《おっくう》がるものぐさちゃんでもあるらしい。

こりゃ七村《ななむら》が苦戦したのも納得《なっとく》だ。

「デートって要するに好きな子と会うための口実だからな。実際に大事なのは、どこへ行くかより、どうふたりきりの時間を過ごすかだろう。特に付き合う前とか付き合いたてはまだまだ相手を知る期間だと思うし。デートしてお互《たが》いの距離《きょり》を縮めて、ふたりだけの思い出を増やすと結びつきが強くなるだろう？」

「わたしも好きな人の時間をひとり占《じ》めできるから、デートするのは嬉《うれ》しいし、楽しいと思うよ」

ヨルカはちらりと俺の顔を見た。

「人とたくさん会って話して仲良くなるのはわかるよ。ウチだってこうしてリンクスのみんなと練習して、すごく楽しいもの。だけどさぁ～～」

叶《かのう》は不満げに仏頂面《ぶっちょうづら》になり、一旦《いったん》言葉を切る。

「だけど、なんだよ？」

「今までバンドを組んできて、ウチに告白する男子はたくさんいたけど、ウチが本気で好きになる男子はひとりもいなかったのはなんで？」

その問いかけに誰《だれ》もが沈黙《ちんもく》してしまう。

俺もヨルカのふとももから頭を起こしてしまった。

いや、知らんがな。叶《かのう》は自分の恋愛《れんあい》スイッチが入るポイントがわからないようだ。

「きっと、ミメイは本気の恋《こい》にまだ出会えていないんじゃないかな」

微妙《びみょう》な空気を察して、花菱《はなびし》が場を取り持つように発言する。

さすが、生徒会長。こういう咄嗟《とっさ》の機転が素敵《すてき》ッ！

「ねぇねぇ失恋《しつれん》を引きずる花菱《はなびし》くん、本気の恋《こい》ってどんなものなの？　教えて？」

まさかのみやちーが傷口に塩を塗《ぬ》るようなことを口走る。

「そうだなぁ、結ばれれば空を飛べそうな多幸感で胸がいっぱいになるもの。破れれば世界の滅亡《めつぼう》を僕にだけ言い渡《いわた》されたような孤独感《こどくかん》と絶望感に苛《さいな》まれるものだね」

言い得て妙《みょう》な表現である。

俺も、ヨルカに告白の返事を保留されていた時期は、まさに世界の滅亡《めつぼう》の一歩手前っていう気分だった。

あの春休みは不安を打ち消すための奇行《きこう》も多く、妹からマジで心配されたものだ。

「じゃあ花菱《はなびし》くんは、ずっと絶望感に苦しんでいるんだねぇ、大変ー」

おいおい、みやちーどうした？　らしくないぞ。ずいぶんと攻《せ》めるね。しかも、すごい笑顔《えがお》ですよ。一体どうしたの？　なんか個人的に恨《うら》みでもあるのか。

「宮内《みやうち》さん、あまり手厳しいことは遠慮《えんりょ》してもらいたいかな」

花菱《はなびし》は相変わらず如才《じょさい》ない笑顔《えがお》を保つ。

「えーあたしは、メイメイのために掘《ほ》り下《さ》げているだけだよ。花菱《はなびし》くん、この前だって自分で失恋《しつれん》の話してたじゃない。今さら隠《かく》すことないでしょう？」

みやちー、さらに掘《ほ》り下《さ》げるッ！　生傷が抉《えぐ》られすぎて血が噴《ふ》き出《だ》すよ。勘弁《かんべん》してあげて。

「あの、じゃあ、わたしはちょっと早いけど夕食作るから一度抜《ぬ》けるね」

朝の段階で食事係を買って出ていたヨルカは、早々にこの場を離脱《りだつ》しようとした。

「はいはい、俺も手伝うよ！」と俺も便乗して脱出《だっしゅつ》を試みる。

「せ、セナキスは夕飯ができるまでウチと練習！　今すぐスタジオ行くよ！」

さすがの叶《かのう》も、なにやらただならぬ気配を察知したらしい。

「お、おう、叶《かのう》！　どんと来いだ！　俺に特訓してくれ！」

「合点だ、セナキス！　ガンバロウネ！」

俺はそそくさとリビングから退避《たいひ》する。

「えーっと、夕飯までは自由時間ね。練習してもいいし部屋で休んでも好きにして」

叶《かのう》も一応、リーダーとして指示を出してから俺の後を追ってきた。

俺と叶《かのう》は、一緒《いっしょ》にエレベーターに乗ってスタジオに下りた。

「さっきのひなか、ムキになってたね」

「花菱《はなびし》とみやちーになんか因縁《いんねん》でもあるのか？」

いまいちふたりの間に特別な関係を見出《みいだ》せないので、あの微妙《びみょう》な空気感の理由もわからない。

「実は昔付き合ってたとか？」

「それはさすがにないだろう」

「ありえなさなら、セナキスと有坂《ありさか》さんの方がよっぽど驚《おどろ》きだよ」

「フッ。そういう言葉は聞《き》き飽《あ》きたぜ。叶《かのう》って音楽はすごいけど、恋愛偏差値《れんあいへんさち》は低そうだな」

「――偏差値《へんさち》って、好きの感情は数字に表せるものなの？　それで上下や優劣《ゆうれつ》をつけられちゃうものなの？　なんか嫌《いや》じゃない？」

天才はきっと無自覚に、しかし的確なことを言った。

「叶《かのう》の言う通りだな。今のは俺の失言だった。聞き流してくれ」

「好きって感情はさ、ひとりひとり形とか重さとか手触《てざわ》りが違《ちが》うわけでしょう。同じ好きって言葉をつかっていても、気持ちの大きさや深さが合わないと難しいよね」

「フィーリングってやつか？」

叶《かのう》ミメイはずいぶんと繊細《せんさい》に捉《とら》えているようだった。その感覚までは同じレベルで共有できないが、彼女の言うことは理解できる。

「うん。そういう意味なら、ウチはセナキスのことがかなり好きだよ」

叶《かのう》はあっけらかんと誤解を招きそうなことを口走る。

「はぁ⁉　俺はヨルカの恋人《こいびと》だぞ」

女の子から面と向かって「好き」と言われて、思わず動揺《どうよう》してしまった。

「知ってる。けど、実感を言葉にするとそうなんだもんなぁー」

当の叶《かのう》は、それでいて他人事《ひとごと》のようだ。驚《おどろ》いて損した。

「はぁ。じゃあ、愛情こめてやさしく指導してくれよ」

「それで上手《うま》くなるなら、特別にそうしてあげようか？」

「時間があったら、それもアリだったな」

残念ながら悠長《ゆうちょう》に練習している余裕《よゆう》はない。

「本番はすぐそこだ！　諦《あきら》めてウチの教えに従うのだ、セナキス。楽しい音楽の時間を満喫《まんきつ》しなきゃ！」

俺は再びギターを手に取る。


ヨルカが夕食ができたと呼びにきて、叶《かのう》との激しいマンツーマンレッスンは終わった。

結局、みやちーも花菱《はなびし》もスタジオには下りてこなかった。

外はもう真っ暗だが、食卓《しょくたく》は賑《にぎ》やかだ。

栗《くり》ごはん、秋鮭《あきざけ》とキノコのホイル焼き、さつまいもととり肉の甘辛炒《あまからいた》め、かぼちゃとベーコンのチーズ焼きなどなど。

ヨルカが腕《うで》によりをかけて作った料理を俺達は堪能《たんのう》した。

秋の味覚をふんだんにつかった品々はどれも唸《うな》るほど美味《うま》い。

「有坂《ありさか》さん、すごく美味《おい》しいよ！」と叶《かのう》は満面の笑《え》みを浮《う》かべた。

「ヨルカ、こっそり高級食材でもつかっているのか？」

「朝にスーパーで買った食材じゃない。希墨《きすみ》も一緒《いっしょ》に選ぶところ見てたでしょう」

一日中ギター漬《づ》けになっていた身体《からだ》に、恋人《こいびと》の手料理の味は一際《ひときわ》沁みた。

俺にとっては泣くほど美味《おい》しい。

「じゃあ作った有坂《ありさか》さんの腕《うで》がいいんだね。将来いいお嫁《よめ》さんになるよ」

花菱《はなびし》も手放しに賞賛する。

「うわー古典的な褒《ほ》め方《かた》。花菱《はなびし》くん、前時代的」

「……宮内《みやうち》さんって僕にはすごく手厳しいよね」

花菱《はなびし》は微笑《びしょう》を崩《くず》さず、しかし困ったように眉《まゆ》を下げた。

「気のせいじゃないかな」

このふたりはまだバチバチしていた。

夕食を終え、後片づけを済ませると全員でスタジオに下りる。いよいよ配信だ。

事前に瀬名会《せなかい》のグループラインに、配信のURLも送っておいた。

紗夕《さゆ》：絶対見ます！　がんばってください！

竜《りゅう》：緊張《きんちょう》してしくじるなよ。

紗夕《さゆ》と七村《ななむら》からすぐに返事があったが、朝姫《あさき》さんだけは反応はなかった。

本番前、俺達は最後にリハーサルを行う。みんなの表情以上に、音を通じて緊張《きんちょう》が伝わってくる。

予定時刻が近づくにつれ、俺もドキドキしてきた。

リンクスとしては軽音楽部のオーディション以来、画面の向こうと言えども二度目の観客のいる演奏。

各自、真剣《しんけん》な面持《おもも》ちで最終チェックにとりかかる。

「叶《かのう》。立ち位置だけど、俺はヨルカの前でもいい？」

「有坂《ありさか》さんと対面で弾《ひ》くってこと？　なんで？」

「ちょっとした実験。どうせ映らないから問題ないだろう」

「うん。ウチもカメラの前にいなきゃいけないからセナキスのこと見てあげられないし。好きにして」

リーダーの許可を得て、俺はヨルカの目の前に立った。

「え、希墨《きすみ》。近すぎない」

「これでいいの」

俺はキーボードにぶつかりそうなギリギリの距離《きょり》で、ギターを構える。

「希墨《きすみ》がそこに立つと、他のみんなが見えなくなるんだけど」

「見なくていい。ヨルカは耳がいいから、合わせられるだろう」

「それは、できるけど……」

「ヨルカは他のことなんて考えるな。俺だけを見て、俺のことだけを思って、俺のためだけに演奏してくれ」

「どうして？」

「俺を見つめるのは嫌《いや》か？　いつもはもっと近いぞ」

「そうだけど、それとこれとは……」

ヨルカは疑わしげに俺を見る。

「いいから、恋人《こいびと》の言葉を信じてみろよ」

「うん」

ヨルカは素直《すなお》に頷《うなず》いた。

「さぁ、みんな用意はできた？　ぼちぼちやるよ。一曲目がスタートしたら最後までノンストップでいくから、そのつもりでよろしく！」

時刻は二十一時。
その夜のリンクス初のライブ配信は結果的に大成功であり、大失敗となった。

幕間二

おやつ休憩後《きゅうけいご》、三人がリビングを離《はな》れて、あたしも喉《のど》を休ませるために部屋に戻《もど》ろうとした。

「宮内《みやうち》さん、そろそろ腹を割って話さないかな？」

「なにを？」

「僕に八つ当たりをしたい気持ちはわかるけど、今は同じバンドメンバーとしてもう少しだけ仲良くしてほしいかな」

「なんか誤解してない？　あたしは花菱《はなびし》くんをどうとも思っていないよ」

「じゃあ、せめて僕の懺悔《ざんげ》を聞いてほしい」

「…………」

花菱《はなびし》くんとこうしてふたりだけで話すのは、一年生の三学期の終業式の日以来だ。

「僕は後悔《こうかい》している。三学期の終業式の後、廊下《ろうか》で泣きそうな宮内《みやうち》さんに声をかけたことを」

「今さら、懐《なつ》かしい話だね」

あたしは不機嫌《ふきげん》な声で答えてしまう。

「僕が背中を押さなければ、宮内《みやうち》さんは瀬名《せな》ちゃんに告白しなかっただろう？」

終業式の後、あたしは告白スポットとして有名な校舎裏の桜の木の下でスミスミがヨルヨルに告白する場面を、上からこっそり盗《ぬす》み見《み》ていた。

ヨルヨルが突然《とつぜん》立ち去った後、あたしは色んな感情が溢《あふ》れ出《で》てきて、パニックになって廊下《ろうか》に座りこんでしまった。そんなあたしの前に、花菱《はなびし》くんは偶然《ぐうぜん》通りかかった。

『泣いているみたいだけど大丈夫《だいじょうぶ》かい？　困っているなら話を聞くよ』

彼は当然のようにハンカチを差し出してくれた。

今、好きな人が桜の木の下で女の子に告白していた、と。だけど女の子は逃《に》げるように走り去っていった、と説明した。

『んーそれならまだ見込《みこ》みはあるんじゃないかな。勇気を出して、その好きな人に告白するのをオススメするよ』

あたしはまんまとそのアドバイスに背中を押されてしまい、春休み中にスミスミに告白したのだった。

「あたしが告白してなくてもスミスミとヨルヨルが付き合っていたことは変わらないもの。今さら謝られても、別に逆恨《さかうら》みなんてしていないから安心して」

そこは本心からきっぱり伝える。

告白した時、スミスミはすごく苦しそうにしながらも、誠実に返事をしてくれた。

あたしは彼のやさしさに甘えるように、これからも変わらず友達のままでいてほしいと最後にお願いしてしまった。今振《ふ》り返《かえ》れば恥《は》ずかしくて仕方がない。

失恋《しつれん》直後の人間に、まともな判断は難しい。

瀬名希墨《せなきすみ》という男の子はそんなことをわざわざ言わずとも、態度を変えるはずもないのだ。

「ていうか花菱《はなびし》くんは、あたしが振《ふ》られたのを誰《だれ》に聞いたの？　報告してないよね？」

「廊下《ろうか》ですれ違《ちが》うたびに僕を見ないような態度をとられれば自然と察するよ」

「相手がスミスミだって気づいたのは？」

「リンクスを組んで、一緒《いっしょ》に練習をするうちになんとなくね」

「よく女の子を観察しているね。そりゃモテるわけだよ」

「だけど、僕も本命に振《ふ》られたよ」

「……朝姫《あさき》ちゃんに振《ふ》られたおかげで、あたしの気持ちがよくわかったでしょう」

「おかげさまで」と花菱《はなびし》くんは肩《かた》を竦《すく》めた。

「宮内《みやうち》さん。あの校舎裏の桜の木の下が告白スポットになったのは、いつからだと思う？」

花菱《はなびし》くんはまだ終わったことを掘《ほ》り返《かえ》すような質問をしてくる。

「知らないよ。昔からじゃないの？」

「実はほんの数年前からのことなんだ。僕の兄が有坂《ありさか》さんのお姉さんに告白して——振られた場所が、あの桜の木の下なんだよ」

「え。それって」

花菱《はなびし》くんの話が事実なら、辻褄《つじつま》が合わない。

「そう、恋愛成就《れんあいじょうじゅ》のご利益《りやく》なんて本来はまるでない場所なんだよ。ところが、噂《うわさ》に事実とは異なる尾《お》ひれがついて、いつの間にか告白スポットになったわけ」

「ヨルヨルのお姉さんは伝説の生徒会長だったから、あたしみたいに誰《だれ》かが盗《ぬす》み見《み》てて、噂《うわさ》を広めたのかな」

あたしは妙《みょう》に納得《なっとく》してしまう。

実際、お姉さんはヨルヨルに負けず劣《おと》らず魅力的《みりょくてき》で楽しい人だった。人気者だからたくさん告白される。その威光《いこう》に験《げん》を担《かつ》ぐ形で、自分の恋愛《れんあい》を成就《じょうじゅ》させたい子達が大勢いたはずだ。

いつだって高校生から恋愛《れんあい》は切《き》り離《はな》せない。

「告白相手が逃《に》げていったと聞いて、僕は本気で勝算があると思ったんだよ」

花菱《はなびし》くんもまたどちらかと言えば、天然なタイプだ。あくまで励《はげ》ますつもりで善意からあたしの背中を押したのだろう。

「──それでも付き合えたふたりは、はじめから両想《りょうおも》いの恋人《こいびと》になる運命だったんだよ」

あたしは自然と笑《え》みが浮《う》かんでしまう。

「うん。あのふたりを見てれば、僕もそう思うよ。瀬名《せな》ちゃん達には末長く幸せでいてほしい」

「はじめて意見が合ったね」

あたしは、ようやく花菱《はなびし》くんの顔をまともに見た気がする。

「まぁ、どの道、難しかったんだよ。あたしはチビだし、変わっているし、男の子の好きな女の子らしさはないし」

「宮内《みやうち》さんは魅力的《みりょくてき》な女の子だよ。少し遠慮《えんりょ》がちだけど、やさしくて自分らしい芯《しん》があって、その豊かな感受性から発揮される表現はとても素敵《すてき》だよ」

「褒《ほ》め上手《じょうず》だとモテすぎて大変だね」

「自分の薄《うす》っぺらさは自覚している。ムキになって感情的になるのが僕は苦手だ。そのあたりを天才肌《てんさいはだ》のミメイはきちんと気づいている。宮内《みやうち》さんが本心を表に出すのを怖《こわ》がっていることもね。そうだろう？」

花菱《はなびし》くんは髪《かみ》をかき上げる。

「いい機会だ。ミメイから指摘《してき》された問題、どちらが先に克服《こくふく》するか勝負しないかい？」

「具体的には？」

「夜のライブ配信。僕は失恋《しつれん》の悲しみを吐《は》き出《だ》すためにドラムを叩《たた》くよ。宮内《みやうち》さんはそうだな、僕への不満を歌にぶつければいい」

「お互《たが》いネガティブな感情だね」

「なだめすかして適当にやりすごすより、思い切って吐《は》き出《だ》した方が面白《おもしろ》くなるんじゃないかな？」

あたしもメイメイからもっと遠慮《えんりよ》せずに歌えと言われていた。

どうせ一度きりの配信。確かにその方がずっと面白《おもしろ》そうだ。

第七話　天国と地獄

「こんばんはー」

二十一時。ライブ配信は叶《かのう》の緩《ゆる》い挨拶《あいさつ》からはじまった。

慣れた様子で、早速《さっそく》動画に書きこまれたコメントを拾いながら軽く話していく。

今回の曲目は、文化祭の本番で演奏する叶《かのう》ミメイ作詞作曲のオリジナル曲を三曲、そのままやることになった。というか俺はそもそも他の曲なんか弾《ひ》けないし。

他の四人は画面の外で基本的には喋《しゃべ》らず、叶《かのう》の合図を待つ。

「じゃあ、一曲目いきます！」

そして、演奏がはじまる。

ヨルカは最初からハラハラした様子で、こちらを見ていた。俺が小さなミスを繰《く》り返《かえ》すたびに表情をわかりやすく変え、そのうち「大丈夫《だいじょうぶ》なの？」と目で俺と会話をするようになる。

俺は俺でとにかく今のベストを尽《つ》くそうと必死に手元を見ずに弾《ひ》いていた。頭の中にコード進行は叩《たた》きこんである。後はいかに本番の緊張感《きんちょうかん》の中でも練習通りの演奏ができるか。

結果、俺とヨルカは、ほとんど意地の張り合いみたいに、お互《たが》いの顔だけを見つめ合う。

読み通り、ヨルカは俺だけに集中することで画面の向こう側から感じる視線を意識せず、本来の実力を発揮できていた。

俺自身も最後まで崩《くず》れることなく弾《ひ》き切《き》れた。

他の三人のプレイは耳では聞いていたが、それが実際どんな風に演奏されていたかを知ったのは後からだった。

リーダーの指示で、俺達五人の演奏を別のカメラで同時に録画していた。

『見られ方を含《ふく》めてパフォーマンスだからね！　カッコよく弾《ひ》こう！』

俺は自分がアイドル研究会の子達に言った言葉や、屋上で練習する姿を思い出す。魅《み》せ方《かた》は大事だ。気持ちが振《ふ》る舞《ま》いに現れるのを、俺はその録画を見ながら実感する。

たとえば、花菱《はなびし》はなぜか今までの正確さに囚《とら》われず、激しく首を振《ふ》ってボーカルをかき消すくらい喧嘩《けんか》腰《ごし》でドラムを叩《たた》いていた。まるで挑発《ちょうはつ》だ。おいおい、首にコルセットつけなくて大丈夫《だいじょうぶ》か？

花菱《はなびし》のドラムの激しさに、みやちーはややイラついた様子だった。

対抗《たいこう》するみたいに、みやちーのボーカルもいつもより感情を乗せた歌い方になっていた。

ドラムうるさすぎ、あたしの歌を聞け！　とばかりに花菱《はなびし》を横目で睨《にら》む。

二曲目から一気に声を張り上げ、歌うより叫《さけ》ぶ感じだった。元々声がいいし、歌うのも上手《うま》かった。そこに味わいというか、奥行きが増したように俺の耳には聞こえた。

「キタキタ、待ってたよッ！」

昼間とは明らかに異なる俺達の出来映《できば》えに感化されて、叶《かのう》のテンションは急上昇《きゅうじょうしょう》。興奮して途中《とちゅう》からどんどんアドリブを加え出す。

しまいには動画で配信していることも忘れて自分の心のままに演奏で大暴れ。

画面の外にも平気で飛び出し、髪《かみ》を振《ふ》り乱《みだ》すなどフリーダムすぎる。

もう笑顔《えがお》でノリノリ、完璧《かんぺき》にヒャッハーしちゃっている。

最後は俺達さえも置き去りにして突《つ》っ走《ぱし》った。

完全に自分が一番楽しくなっている。

三曲目が終わると我に返った叶《かのう》はとってつけたように「文化祭、遊びに来てね～」とアハハと宣伝して、ライブ配信は終わった。

美人ギャルＪＫベーシストがフリーダムすぎると、その配信動画もバズった。

「結果オーライでしょう！」

うちのリーダーはやはり大物だ。

配信を終えた解放感と成《な》し遂《と》げた達成感を全員が感じていたはずだ。最後にその演奏の録画を見て、本日は終了《しゅうりょう》。

家族用とは別で来客用のシャワールームまで完備されており、熱い湯を浴びて一日の疲《つか》れを洗い流していく。

朝に集合した時は、夜はおしゃべりして夜ふかしでもしようかと話していたが、そんな余力は誰《だれ》にも残っていなかった。今日も練習お疲《つか》れ様《さま》でした。

◇◇◇

同室の花菱《はなびし》は早々に眠《ねむ》っていた。

俺も久しぶりにまともな時刻に横になれたのに、今夜に限って眠気《ねむけ》がやってこない。

いつもは自宅で遅《おそ》くまで練習している時は寝落《ねお》ちしてばかりなのに、アドレナリンが出すぎているのだろう。シャワーを浴びたくらいでは興奮は収まらない。

練習の成果がようやく出てきた。

場数を踏《ふ》むごとに手応えを感じ、それが自信になってきたと思う。

それが嬉《うれ》しくて、気持ちが落ち着かなかった。

しばらくベッドでじっとしていたがやはり寝《ね》つけず、俺は水でも飲もうとリビングの方に赴《おもむ》く。

するとキッチンの方で灯《あか》りがついており、見ればヨルカがいた。

「ヨルカ？」

「あれ、希墨《きすみ》。どうしたの？」

「なんか昂《たかぶ》って寝《ね》つけなくて。そっちは？」

「わたしも同じ。ホットミルクでも飲めば落ち着くかなって」

「俺の分もお願いしていい？」

「もちろん」

月が綺麗《きれい》だからリビングの電気をあえてつけないまま、俺達はカーペットの上に並んで座る。

熱いミルクの入ったマグカップを、俺は一口啜《すす》った。

窓から差しこむ月明かりが、ヨルカの美貌《びぼう》をぼんやりと照らし出している。

「ライブ配信、かなり上手《うま》くやれたんじゃないか？」

「うん。わたしもビックリした。余裕《よゆう》なんかないはずなのに、あんまり緊張《きんちょう》せずに弾《ひ》けた」

ヨルカもしっかり手応えを感じていたようだ。

「本番もこの調子でいけば安心だな」

「ステージでも、わたしと向き合ってギター弾《ひ》いてくれるの？」

「いや、さすがにそれは……」

ヨルカは割と本気顔だった。

そうしてやりたいのは山々だが、お客さんから見ればなんのこっちゃな光景になるだろう。

「女王様のワガママよ」

俺が以前に提案したことを、ヨルカはしっかり覚えていた。

「ずいぶんとかわいらしいご命令だな」

「女王様の命令は絶対、でしょう？」

「見つめ合うのはできなくても、俺の背中だけを見てればいいさ」

「それは当然」

視線を気にせずにのびのび弾《ひ》けたという今日の成功体験がまたひとつ、ヨルカの自信になっていくだろう。

闇《やみ》に浮《う》かぶヨルカの横顔は、白く輝《かがや》いて見えた。

月光に艶《つや》めく唇《くちびる》には微笑《びしょう》が花のように添《そ》えられる。

「本番でも、俺のことだけ考えてれば上手《うま》くいくさ」

我ながら言葉にしてしまうとクサイが、事実だから仕方がない。

上手《うま》くいったことは言語化して整理しておくことで再現性が上がる。

「そうなんだよね。わたしは希墨《きすみ》だけを見てればよかったんだね」

ヨルカはしみじみと呟《つぶや》く。

「あぁ。俺だけを見ろ」

「そうする」

ヨルカはそうして俺の肩《かた》に頭を寄せた。

ホットミルクのほんのりとした甘さを味わいながら、静かに時間を共有する。張《は》り詰《つ》めていたものが緩《ゆる》まり、リラックスしていくのがわかる。

冷えた空気の中で温かい飲み物を飲むと幸せな気持ちになれる。

触《ふ》れるヨルカの体温も一層温かい。

「こんな風に、ふたりでゆっくりするのも久しぶりね」とヨルカが手を握《にぎ》ってくる。

俺もマグカップをそっと脇《わき》に置いた。

「文化祭は休憩時間《きゅうけいじかん》を合わせて、一緒《いっしょ》に回ろうぜ」

「うん、楽しみ。だけどね……、──待ち切れない」

ヨルカはもう一方の手で俺の胸板《むないた》をそっとなぞる。

しなやかな指先があたかも鍵盤《けんばん》の上をすべるように這《は》っていく。

「よ、ヨルカ……？」

じらすような手つきに身動きがとれない。

「最近ずっとイチャイチャできてないでしょう。だから、もう我慢《がまん》できないの」

すっとヨルカに手を引かれて、俺は床《ゆか》に倒《たお》されていた。

そのままヨルカは当たり前のように俺の上に跨《また》がる。

「え？」

俺は呆気《あっけ》にとられて、すぐに状況《じょうきょう》が呑《の》みこめない。

ヨルカのふとももやお尻《しり》の感触《かんしょく》を俺の胴体《どうたい》が感じている。

天井《てんじょう》を背景に、ヨルカが俺を見ていた。

「いつかと逆だね。美術準備室で押《お》し倒《たお》された時は、ほんとにドキドキしたんだから」

ヨルカの声は熱を帯びながらも落ち着いていた。

朝、妹が俺を起こすために無邪気《むじゃき》に腹の上に乗ってくるのとは次元が違《ちが》う。

正真正銘《しょうしんしょうめい》、恋人《こいびと》が俺に馬乗りになっている現実。

否応《いやおう》なくドキドキしてしまう。

「大胆《だいたん》すぎないか？」

あまりに唐突《とうとつ》で、俺はこの現実味のない状況《じょうきょう》をまだ理解できていなかった。

「がんばった人には、ごほうびでしょう」

脳裏《のうり》に蘇《よみがえ》ったのは、球技大会で俺が捻挫《ねんざ》した時の保健室。

俺達は、そこではじめてお互《たが》いを抱《だ》きしめ合《あ》った。

あの時のようにヨルカは俺の頭を抱《かか》えようと上体を近づけた。

ヨルカの指先が俺の髪《かみ》の間をすり抜《ぬ》けていき、大切なものを抱《だ》きかかえるように俺の頭を包みこむ。押しつけられた胸の、温《ぬく》もりとやわらかさと甘い匂《にお》いが俺の脳を痺《しび》れさせた。

五感のすべてが鋭敏《えいびん》になる。

ヨルカの昂《たかぶ》る心音がすぐ近くで聞こえてきた。

いつになく積極的なヨルカに、俺は最後の理性を振《ふ》り絞《しぼ》る。

「俺もイチャイチャしたいけど、人の家だし」

「いけない場所だから興奮するんだよ」

ヨルカの手が俺の顔を包む。

「俺もすごくドキドキしてるけど」

「女の子だって、たまるんだよ？」

気恥《きは》ずかしさに勝《まさ》る衝動《しょうどう》に突《つ》き動《うご》かされたように、ヨルカの顔つきは色っぽい。

「ヨルカ……」

「女王様の命令は絶対」

囁《ささや》くように命じる。

彼女の瞳《ひとみ》の奥で燃えるものが俺のタガを外した。

――ああ、もう無理だ。

気づいたらヨルカの唇《くちびる》を奪《うば》っていた。

どうしようもないくらいにキスをしている。

いつものついばむようなかわいらしさや、軽く触《ふ》れ合《あ》う程度の生易しいものとは違《ちが》う。

貪《むさぼ》るように唇《くちびる》を重ね、お互《たが》いの深いところを感じようと激しく求め合う。

そのまま奥の奥まで探《さぐ》るように、熱い舌を絡《から》ませ合《あ》った。

ヨルカの、女の子の感触《かんしょく》を全身で感じる。

逆に押さえつけるように、俺の腕《うで》もヨルカの頭や背中に回っていた。
ヨルカは拒《こば》まない。むしろ喜ぶように自分の身体《からだ》を押しつけてくる。
熱くて、息苦しくて、でも止《や》められない。
口元がふたり分の唾液《だえき》で濡《ぬ》れているのがわかった。
どれほどの時間が経《た》ったのだろう。
ただキスをしていただけで、ふたりとも汗《あせ》をかいていた。
夢うつつな顔つきでヨルカの口元はまだ艶《なまめ》かしく開いたままだ。
まだまだ物足りないとばかりに透明《とうめい》な糸が、離《はな》れてなおふたりの間を結びつける。
もう言葉すら忘れた。
目を見れば、相手の思っていることはわかる。
許可もなにもかも必要ない。
合図もないまま俺達はまた唇《くちびる》を重ねようとした。
その時、ガチャリと扉《とびら》が開いた。
「有坂《ありさか》さーん？　大丈夫《だいじょうぶ》ぅ？」
眠《ねむ》そうな声でリビングに現れたのは叶《かのう》だった。
いつまでも部屋に戻《もど》ってこないヨルカを心配して、様子を見に来たのだろう。
俺達は転がるように、ローテーブルの物陰《ものかげ》に身を隠《かく》した。

阿吽《あうん》の呼吸とばかりの咄嗟《とっさ》の連携《れんけい》プレイ。

テレパシーでも通じ合っているみたいに迷いのない行動だった。

そのまま息をひそめ、気配を殺して存在を無にする。床《ゆか》に同化するように姿勢を低く保って、できるだけ叶《かのう》の視界に入らないようにする。

「あれぇ、誰《だれ》かいたような気がしたんだけどなぁ」

叶《かのう》はキョロキョロと部屋の中を見回しているようだ。

暗闇《くらやみ》の中で恋人《こいびと》がふたりきり。見つかったら、このシチュエーションでは言い訳がかなり厳しい。

その上、俺は今発見されることとは別の危険を抱《かか》えていた。

耳元でヨルカが吐息《といき》交じりに囁《ささや》く。

「希墨《きすみ》、大丈夫《だいじょうぶ》？」

転がった拍子《ひょうし》に上下が入《い》れ替《か》わり、今度は俺がヨルカの上に覆《おお》いかぶさる形になっていた。

俺は今、いわゆる筋トレで言うところのプランクをしている状態。

床《ゆか》に両肘《りょうひじ》をついて、体幹に力をこめて背中を真《ま》っ直《す》ぐ伸ばした姿勢を保つ。

「無理しないで、その、わたしの上に乗ってくれていいから」

ヨルカは恥《は》じらいながらも、そう囁《ささや》く。

「こうしないとッ、あっちの様子も見れないから」

俺は、ヨルカの真上で身体《からだ》が密着するかしないかのギリギリの距離《きょり》を維持《いじ》する。

丸一日ギターを弾《ひ》いていた肉体には相当こたえる。腕《うで》や背中、腹筋まで全身くまなく悲鳴を上げていた。額にうっすらと脂汗《あぶらあせ》が浮《う》いてくるのがわかる。

「しんどそうだよ。下手なことして、音を立てたらバレちゃうよ」

あくまでも俺を気遣《きづか》ってくれるヨルカ。俺も彼女のやさしさに甘えて楽になりたい。

だけど俺がヨルカの上に重なったら――俺の局所的緊張《きんちょう》もバレる。

俺の肉体で今もっとも大変なことになっているのは腕《うで》や背中などではなく、別の場所だ。

先ほどまでのかつてない大胆《だいたん》なスキンシップのせいで一部の血流が大幅《おおはば》に増加してしまい、完全なるお祭《まつ》り騒《さわ》ぎになっていた。

高まる一部の自己主張は、俺の意志だけではどうにもコントロールできない。

覆《おお》いかぶさってなお、触《ふ》れないギリギリの距離《きょり》を必死に堅持《けんじ》する。

さすがに自分の暴走をヨルカに知られるのは恥《は》ずかしい。

必死に頭の中で別のことを考えようとしているのだが、自分の真下にヨルカが悩《なや》ましげに横たわっているという現実の前では無駄《むだ》な試みだった。

しかも叶《かのう》の足音が近づいてくる。いつ見つかってもおかしくない。

まさに天国と地獄《じごく》。

「リビングの電気もついていないし、ウチの気のせいかな」

なんとか真下の魅惑《みわく》から目を逸《そ》らそうとして、俺は首を巡《めぐ》らせる。すると目に入ったのは床《ゆか》に置きっぱなしのふたつのマグカップだ。

ひゅっと、思わず呼吸が止まりそうになる。

ヤバい！　頼《たの》むから気づかないでくれ。

「ねぇ、希墨《きすみ》。どうしたの？」

「黙《だま》って」

俺は声を殺して、そう伝えるのが精一杯《せいいっぱい》。

マズイ。腕《うで》も背中も限界だ。腕《うで》がプルプルと震《ふる》えてきた。いつヨルカの上に重なってもおかしくない。

叶《かのう》の気配はもうすぐそこまで来ている。

「──あっ⁉」

眠気《ねむけ》が吹《ふ》き飛《と》んだとばかりの、大きな声を叶《かのう》が発した。

終わった。観念して、正直になろう。そう決意した瞬間《しゅんかん》、

「なーんだ、ルンバが掃除《そうじ》してる音か」

リビングの隅《すみ》で丸っこい高性能お掃除《そうじ》ロボットがいじらしく働いていた。

叶《かのう》はあっさり踵《きびす》を返して、廊下《ろうか》に出ていった。

バタンと扉《とびら》が閉まる。気配が遠ざかったのを確認《かくにん》してから、俺達はいつの間にか止めていた

息を吐《は》き出《だ》した。

「た、助かったぁ〜〜」

安堵《あんど》のあまり、緊張《きんちょう》の糸が切れ、うっかり腕《うで》の力が抜《ぬ》ける。

俺はやわらかいヨルカの上に倒《たお》れてしまう。

そして俺の固くなったものが、ヨルカのふとももののあたりに触《ふ》れた。

「ねぇ、希墨《きすみ》。なにか当たって——」

ヨルカがよくわからずに戸惑《とまど》っていたのはほんの一瞬《いっしゅん》、すぐに俺の異変に気づいた。

◇◇◇

合宿二日目。

「ふたりとも、なにかあった？」

朝食の席でみやちーがおもむろに訊《たず》ねる。

俺とヨルカが今朝は目も合わさないのを不審《ふしん》がっていた。

「別に、なにも！」「うん、特には！」

「……怪《あや》しい」

みやちーは俺とヨルカを交互《こうご》に見つめる。

「そういえば夜中に目が覚めたら有坂《ありさか》さんが部屋にいなくて。迷子になっているのかと思って探したんだよ？」

叶《かのう》がさらに質問してきた。

「ちょっと寝《ね》つけなくて、キッチンで朝食の下ごしらえをしていたの。それからお手洗いに寄ったりしてたから。わたしが部屋に戻《もど》った時には叶《かのう》さんは寝《ね》てたから、すれ違《ちが》いになったんじゃない？」

「あーそうかも。リビングにも電気ついてなかったもんね。ウチ、誰《だれ》かいるのかなって見たんだけど、ルンバが掃除《そうじ》してるだけだった」

「心配させてごめんなさい」

「いいよ。何事もないなら大丈夫《だいじょうぶ》」と叶《かのう》はそれ以上追及《ついきゅう》しなかった。

もちろん何事もないわけがなかった。

あの後、俺の異変に気づいたヨルカは、慌《あわ》ててリビングから飛び出していった。

ひとり残された俺はどうしようもない悶々《もんもん》としたものを抱《かか》えたまま、とりあえずマグカップを片づけて部屋に戻《もど》った。無論、すぐに寝《ね》つけるはずもなかった。

そんなこんなで、リンクスは今日も練習に励《はげ》む。

もはや昨夜の出来事を忘れんがために俺もヨルカも演奏に没頭《ぼっとう》した。

それに引っ張られるように、他の三人もさらに調子を上げていく。

お昼の休憩《きゅうけい》では、本番での衣装《いしょう》の話になった。

様々なアイディアが出たものの、みんながしっくりくるようなものはなかなか出なかった。

「どうせ文化祭の即席《そくせき》バンドだし、いっそ制服のままでよくない？」

この俺の一言で、本番はあえて制服のままでステージに立つことに決まった。

てっきり音楽愛の強い叶《かのう》に反対されるかと思っていたのだが、あにはからんや、衣装《いしょう》についてては特にこだわりがないようだった。

「リンクスはみんな服の趣味とかキャラもバラバラなのに、ひとつのバンドになっていること自体すでに面白《おもしろ》いし。逆に制服のままで文化祭のフィナーレを飾《かざ》る方がロックっぽいし」

リーダーのお許しが出た以上、俺からは特に言うべきこともない。

そのまま休憩《きゅうけい》を挟《はさ》みつつ、夕方まで練習を重ねた。

そして合宿の総仕上げとして、通しで三曲を一気に演奏。

今回もほぼノーミスで弾《ひ》き切った。

「おぉ〜やったぞ、俺！」

思わずガッツポーズをしてしまう。

「スミスミ、ナイスだよぉ」

「瀬名《せな》ちゃん、見違《みちが》えるほど上達したね」

「まだまだ物足りないけど、最低限のハードルはクリアしたね。セナキス、よくがんばった」

叶《かのう》は相変わらずの辛口評価《からくちひょうか》だが、それでも満足げに笑っていた。

「鬼教官《おにきょうかん》が褒《ほ》めてくれたぞ」

「誰《だれ》が鬼教官《おにきょうかん》だ⁉　ウチはレベルの高い結果を求めているだけだよ！」

「わかってる。叶《かのう》の指導があったからこその成長だよ。サンキューな」

「まぁ合宿して正解だったね。バンドとしてのまとまりもできてきたし、よかった」

みんなで合宿の手応えを実感している中、ヨルカは沈黙《ちんもく》を守っていた。

「ヨルカはどう思った？」

「希墨《きすみ》に惚《ほ》れ直《なお》しそう」

「そりゃなにより」

「本心よ」

「わかってる」

ヨルカの笑顔《えがお》を見れば、俺も嬉《うれ》しい気持ちになる。

自分の成長をしっかり実感できたこともあって、俺はいつになく浮《う》かれた気分だった。

「じゃあ、今日の練習はここまで！　合宿お疲《つか》れ様《さま》！」

「「「お疲《つか》れ様《さま》でした‼」」」

叶《かのう》の締《し》めの一声に、俺達四人は声を合わせた。

スタジオの後片付けをして、帰る準備をしていると、スマホに電話がかかってきた。

画面に表示された名前は、支倉朝姫《はせくらあさき》だった。

俺は一階まで上がって、電話に出る。

「もしもし、朝姫《あさき》さん？　どうしたの？」

『…………、希墨《きすみ》くん？』

朝姫《あさき》さんの声に元気がない。

「どうしたの？　なにかあった？」

『ごめんね、合宿中に』

「いや、ちょうど終わって帰るところだから」

『そうなんだ。あ、昨夜の配信も見たよ』

「ありがとう。最後は叶《かのう》が大変だったけどな」

『すごくよかった。文化祭が楽しみ』

表面的な言葉を交《か》わすだけで、朝姫《あさき》さんはわざわざ電話をかけてきた理由を話さない。

このまま当《あ》たり障《さわ》りのない会話をしていていいのだろうか。

「ねぇ、朝姫《あさき》さん。助けが必要？」

思い切って、こちらから切り出す。

長い沈黙《ちんもく》があった。

そのうちすすり泣く音が聞こえてきて、俺の心配は一気に募《つの》る。

『どうしていいか、わからなくなっちゃったんだ』

「お母さんの再婚《さいこん》の話？」

『うん。素直《すなお》に、お祝いして、あげ、たいのに、上手《うま》く、言えなくて……』

一言も聞き逃《のが》すまいと耳を澄《す》ましていると、朝姫《あさき》さんの電話からクルマが通るような音がしたのに気づいた。

「朝姫《あさき》さん、外なの？」

『再婚《さいこん》相手の人と三人の食事会だったの。だけど、どんな顔をしていいかわからなくて。お手洗いって言って、出てきちゃった』

「ちゃんと戻《もど》れそう？」

『わかんない。寒いし、いつまでも外にいるわけにもいかないのはわかっているけど』

外で女の子が泣いているなんてただ事じゃないし、変な輩《やから》に目をつけられたら危ない。

「しんどいなら家に帰った方がいいと思うよ」

『カバン、お店に置いたままだし』

その憔悴《しょうすい》したような声に、嫌《いや》な想像ばかりが浮《う》かんでくる。

「……ッ、朝姫《あさき》さん。今どこ？」

もう放っておけなかった。

『来てくれるの？　希墨《きすみ》くんはやさし――』

こんな時でも朝姫《あさき》さんは普段通《ふだんどお》りの優等生的な振《ふ》る舞《ま》いをしようとする。そうやって反射的に一定の距離《きょり》を保って、踏《ふ》みこませようとしない。

「行くよ。わざわざ俺に電話をかけてきたって、そういうことだろう」

なら俺もいつも通りに振《ふ》る舞《ま》おう。

友達が困っているなら助けるのが当たり前だ。ここで無視したら瀬名希墨《せなきすみ》ではない。たとえ無駄足《むだあし》になろうとも、トラブルが起きるよりずっとマシだ。

電話の向こうで息を呑《の》む気配がした。

『……希墨《きすみ》くん、助けて』

「任せろ、相棒」

朝姫《あさき》さんの今いる場所を聞けば、ここから数駅しか離《はな》れていない。

電話を切って、荷物を取りに戻《もど》ろうとして俺は固まる。

そこにヨルカが俺のリュックを抱《かか》えて立っていた。

「支倉《はせくら》さんに会いに行くの？」

「朝姫《あさき》さんがピンチなんだ」

「──わたしが行かないでって言っても？」

「困っている友達を放っておけない」

「わたし以外の女の子に堂々と会いに行くのを、喜んで送り出す恋人《こいびと》がいると思う？」

「俺は困っているなら誰《だれ》であっても助けにいくよ」

「希墨《きすみ》がそういう面倒見《めんどうみ》のいい人だってことはわかってる。だけど、そのやさしさは今の文倉《はせくら》さんには残酷《ざんこく》だよ。きっと、また勘違《かんちが》いさせるよ。もっと好きになっちゃうよ」

「俺が好きなのは、なにがあってもヨルカだけだ！」

「それも知ってる」

　あぁ、俺はまたヨルカを泣かせるような真似《まね》をしてしまっている。

　夏休みに瀬名会《せなかい》のみんなで行った旅行。早朝、ふたりだけで浜辺に出た時に、ヨルカは泣きながら『強くなりたい』と言った。

　そのために、叶《かのう》の誘《さそ》いを受けてリンクスに加入したし、自ら文化祭のクラス代表に立候補した。

　だけど、そもそも俺がヨルカを不安にさせなければ、彼女は強くなる必要なんてないのでは？

　そんな疑問が頭をよぎる。

　ふたりだけの閉じた世界に籠《こ》もって、そこで満たされているだけでもよかったのだ。

「だから、信じてるから行ってきて」

「え？」

「二度は言わないから」

プイと顔を背《そむ》けるヨルカが我慢《がまん》をしているのも俺にはわかった。

「ありがとう」

「うるさい。またややこしくなっても知らないからね」

ヨルカは持ってきてくれた俺のリュックを押しつけてきた。

「ほんとうに、ごめん」

「実は振《ふ》り回《まわ》しているのって、わたしじゃなくて希《き》墨《すみ》の方な気がしてきた」

「好きって厄介《やっかい》だよな」

「ほんと、どうして幸せと辛《つら》さってセットなんだろう」

「字面《じづら》が似てて間違《まちが》いやすいから？」

「わたしに対してこれ以上間違《まちが》えたら、許さないんだからね」

俺はギターを花菱《はなびし》に預け、ひとり先に叶《かのう》の家を出た。


電車に乗り、朝姫《あさき》さんのいる駅に着いた。

スマホの地図アプリで朝姫《あさき》さん達が食事しているというレストランまでのルートを検索《けんさく》する。

駅から少し距離《きょり》があった。地図を見ながら、薄暗《うすぐら》い道を早足で歩く。

すると、行く手から朝姫《あさき》さんがこちらに向かって歩いてくる。

その隣《となり》には、男性がいた。

俺が声をかけるべく走り出そうとした時、男性はいきなり朝姫《あさき》さんに抱《だ》きついた。

遠目から見てもその男性は、かなり大柄《おおがら》だった。縦にも横に大きく、格闘技《かくとうぎ》をやっているような雰囲気《ふんいき》があった。あんな体格で襲《おそ》われたら女の子は抗《あらが》えるはずもない。

「朝姫《あさき》さんから離《はな》れろッ！」

「希墨《きすみ》くん⁉」

「ええ⁇　違《ちが》います、僕はッ！」

俺の乱入に、男性は動揺《どうよう》した声を上げたが、朝姫《あさき》さんから離《はな》れる気配は一向にない。

近づくと男性はアブない風体《ふうてい》をしていた。髪《かみ》は長く、口元には伸《の》ばしっぱなしのひげ。目元の隈《くま》は濃《こ》く、ぎょろりとした目玉は血走っている。荒《あ》れ気味《ぎみ》の肌《はだ》は血色も悪く、着ているシャツもヨレヨレだ。

「オッサンが女子高生に抱《だ》きついておいて、どう言い訳するってんだよ！」

男性と俺とでは体格差がありすぎる。力ずくで朝姫《あさき》さんを引き剝《は》がすのは難しいだろう。

俺は即座《そくざ》に覚悟《かくご》を決める。

慌《あわ》てている男性めがけて、走ってきた勢いのまま俺は体当たりをかましたのであった。

第八話　高校二年、十七歳、秋

「えーっと、つまり立ちくらみで倒《たお》れそうになって、朝姫《あさき》さんが咄嗟《とっさ》に肩《かた》を貸しただけと」

「うん……」

朝姫《あさき》さんは気まずそうな顔で頷《うなず》く。

俺が体当たりした男性こそ、なんと朝姫《あさき》さんのお母さんの再婚《さいこん》相手さんだった。

「早とちりとはいえ、ほんとうに申し訳ありませんでした！」

俺は路上で土下座せん勢いで、腰《こし》を深く曲げて謝罪した。

いくら薄暗《うすぐら》かったとはいえ、思いこみで勘違《かんちが》いしてしまうなんてダサすぎる。もっと冷静に状況《じょうきょう》を判断するべきだった。空振《からぶ》りにも程《ほど》がある。今すぐこの場から消えてしまいたい。

「こちらこそ謝らせてください。娘《むすめ》のせいでご迷惑《めいわく》をかけてすみません」

恐縮《きょうしゅく》した顔で頭を下げてくれているのは朝姫《あさき》さんのお母さんだ。俺が体当たりをかました直後にレストランから出てきて、この事態に大層驚《おどろ》いていた。

「瀬名《せな》くんに怪我《けが》がなくてよかったわ。文化祭でギターを弾《ひ》くのよね？　手に怪我《けが》でもしてたら大変だったわ」

「え？　俺をご存知なんですか？」

「朝姫《あさき》から瀬名《せな》くんの話をよく聞いてるのよ」

「お母さんッ！　そういう話は友達の前でしないでよ！」

朝姫《あさき》さんは慌《あわ》てて話を遮《さえぎ》ろうとする。

「そもそもあなたが誤解させるような電話をしたからでしょう！　少しは反省しなさい！」

すごい、あの朝姫《あさき》さんがお母さんの一喝《いっかつ》でしゅんとした。

朝姫《あさき》さんが学校で見せてる的確な指示を飛ばす感じは、お母さん譲《ゆず》りなのだろう。

「あれ、彼は朝姫《あさき》ちゃんの恋人《こいびと》じゃないのかい？　ふたりともお似合いなのに」

事情を知らない再婚《さいこん》相手さん。気を回したつもりが裏目に出る。

支倉母娘《はせくらおやこ》は顔をしかめ、俺はさっと顔を逸《そ》らす。

「ごめんなさい。この人お医者さんとしては優秀《ゆうしゅう》なんだけど、こういうところには疎《うと》くて」

朝姫《あさき》さんのお母さんはフォローしながら、再婚《さいこん》相手さんを肘《ひじ》でつつく。

「まぁ僕がよろけたのがそもそもの原因なんだから。朝姫《あさき》ちゃんのために身体《からだ》を張って飛びこんできた瀬名《せな》くんの勇気はすごいよ。僕は、こんなでかい図体《ずうたい》だからよく患者《かんじゃ》さんに恐《こわ》がられちゃうのにさぁ」

朝姫《あさき》さんの、義理のお父さんになる予定のお医者さんは大きな口を開けて笑う。

大きな身体《からだ》は確かに威圧感《いあつかん》があるけど、話してみると人当たりのいいやさしい人だ。

こちらへの気遣《きづか》いや態度から、人のよさが窺《うかが》える。

「安心して。この先生、見た目は熊みたいだけどいい人なのよ。若い頃《ころ》から仕事に熱心でね、いつも無理ばっかりしてるの。今日の食事会も、夜勤明けから急患《きゅうかん》が続いて結局寝《ね》ずに来たのよ。無理しないで延期すれば、こんなことにならなかったのに。まったく」

「僕にとっても今日はずっと楽しみだったんだよ。ただ、患者《かんじゃ》さんの命には代えられないからさ」

「とりあえず、おふたりの仲がいいことはよくわかりました」

俺の率直《そっちょく》な感想に、大人達は妙《みょう》に照れていた。

客観的に見て、朝姫《あさき》さんのお母さんとこのお医者さんのカップルはお似合いだ。

朝姫《あさき》さんの態度を見ても、再婚《さいこん》相手の人を嫌《きら》っているという風でもない。

「はー実の母親の色恋《いろこい》なんて見てられないってば。希墨《きすみ》くん、駅まで送るわ」

この場に居合わせるのはしんどいとばかりに、朝姫《あさき》さんがため息をつく。

「じゃあ俺はここで失礼します。お騒《さわ》がせしました」

この和《なご》やかな空気の中では、朝姫《あさき》さんも本音の話はできないだろう。

秋の夜風は、忍《しの》び寄《よ》る冬の気配を感じさせた。

俺達は駅に向かいながら、途中《とちゅう》にあったコンビニに立ち寄る。

「よかったら飲んで。ほんとうにごめんなさい。せっかく来てくれたのに」

朝姫《あさき》さんは熱々の缶《かん》のコーンスープを手渡《てわた》してくれる。

「ごちそうになります」

コンビニの駐車場《ちゅうしゃじょう》でふたり並ぶ。今年初のあったかいコーンスープを啜《すす》る。やっぱり、寒くなった季節のスープは格別に美味《うま》い。

「せっかくの食事会を邪魔《じゃま》しちゃったみたいで悪かったね」

「私が希墨《きすみ》くんに電話したのがそもそもの原因だし。しかも余計に気を揉《も》ませたみたいになっちゃって」

ふたりきりになると、朝姫《あさき》さんの声は変わらず沈《しず》んでいた。

「あんな元気ない声で電話がかかってきたら心配もするよ」

「なんで電話なんてかけちゃったんだろう」

「けど、タイミングがよかったね。まだ演奏中だったら俺も電話をとれなかっただろうし」

「私、呪《のろ》われているのかなぁ。やることなすこと、ぜんぶ裏目に出る」

朝姫《あさき》さんは衝動的《しょうどうてき》に俺に電話したことを、ずいぶんと後悔《こうかい》しているようだった。

「……お相手のお医者さん、いい人そうじゃん」

電話では話せなかったことも、今なら吐《は》き出《だ》せるんじゃないだろうか。

「うん、すごくいい人。だから文句のつけようもなくて、困っている」

「困ってるの？」

「なんか、お母さんをとられる気がして」

「朝姫《あさき》さんがひとりになるわけじゃないと思うよ」

「自分でも、こんなにマザコンだったのかって驚《おどろ》いてる。もう高校生なのに」

母ひとり娘《むすめ》ひとり、二人三脚《ににんさんきゃく》でがんばってきた。

その結びつきはふつうの母娘《おやこ》よりずっと強いのかもしれない。

「いつか朝姫《あさき》さんだって親元を離《はな》れる日が来る。いつまでもふたりきりってことはないんだよ。いい意味でも、悪い意味でも」

「悪かったわね、子どもっぽくて」

朝姫《あさき》さんは拗《す》ねてみせる。

「家族だからこそ聞き分けのいい子じゃなくて、子どもとしてお母さんに本音を伝えたら？」

「けど、私のわがままだし」

「じゃ、再婚《さいこん》したいっていうのもお母さんのわがまま？」

俺はあえて意地悪な訊《たず》ね方《かた》をする。

「それは……、違《ちが》う」

「お母さんだって、娘《むすめ》である朝姫《あさき》さんの迷いや不安をわがままには感じないよ。きちんと本音を聞いて、納得《なっとく》して、その上で祝ってほしいんじゃないかな？」

「うん。ふたりとも、私の許しがなければ籍《せき》は入れないって待ってくれている」

大切だから遠慮《えんりょ》をしてしまうこともある。

感情的な理由で嫌《きら》いならば、距離《きょり》を置けばいい。

だが、他人と縁《えん》を切るのは簡単でも、家族の繋《つな》がりを切るは難しい。

特に子どもにとっては生活する上でも精神的にも、あらゆる意味で親とは離《はな》れがたいものだ。

それでも家族の形はいつか変わっていく。

「朝姫《あさき》さんの意見を尊重してくれてるってことは、それだけ大切に思ってるってことだよ」

日曜の夜だからだろうか、クルマはほとんど通らず、人の行き来も少ない。あたりはほんとうに静かで、店内から零《こぼ》れる人工的な光が暗闇《くらやみ》を照らしている。

俺は黙《だま》ったまま、朝姫《あさき》さんの言葉を待つ。

夜遅《よるおそ》くにコンビニの前で高校生ふたりが大真面目に人生を語る。

若すぎる俺達は経験不足で、はじめてのことがまだまだたくさんある。

きっと、この場で出た答えが正しいのかもわからない。

嬉《うれ》しい出会いも悲しい別れも、この先にたくさん待っている。

そのひとつひとつを自分なりに感じて、笑って、悩《なや》んで、迷って、焦《あせ》って、泣いて、傷ついて、止まって、考えて、学んで、気づいて、決めて、動いて、進んだことが積み重ねとなる。

そうやって、俺達はいつの間にか未来へいるのだろう。

「お母さんからさ、再婚《さいこん》の話をされた時にね、『大学も無理に推薦《すいせん》でいけるところだけじゃなくて、自分のいきたいところを受けていいのよ』と言われたの」

朝姫《あさき》さんが口を開いた。

「推薦狙《すいせんねら》いでクラス委員になったって言ってたもんね」

「ほんとうは喜ぶことなんだろうけど、私は混乱しちゃったんだ。いきなり放り出されて自由にしていいって言われても、自分が本気でなにをしたいのかわからなくて」

「高校生で、自分のやりたいことがわかってるやつなんて一握《ひとにぎ》りだよ」

「うん。今までは優等生をやって、家計の負担にならないようにしようってやることがシンプルだった。いい成績をとって、いい大学に進んで、いい仕事に就《つ》く。お母さんを楽させてあげたいなって」

「親孝行な娘《むすめ》じゃん。尊敬する」

「お母さんは、そんな私が窮屈《きゅうくつ》そうに見えたみたいなの。お父さんが早くに亡《な》くなって、娘《むすめ》に我慢《がまん》させているんじゃないかって」

「実際どうだったの？」

「小さい頃《ころ》はさびしい時もあったけど、お母さんとふたりでずっと楽しかったもの」

「仲良しだからこそ、お互《たが》いに気を遣《つか》いすぎてるんじゃない？」

母ひとり娘《むすめ》ひとりの二人三脚《ににんさんきゃく》でずっとやってきた。

それが急に変わってしまい、朝姫《あさき》さんの精神がまだ新しいバランスに慣れていないのだろう。

「結局、お母さんを任せる相手ができて、私は己《おのれ》のちっぽけさを痛感しているわけですよ」

朝姫《あさき》さんは自分の悩《なや》みを吐露《とろ》した。

「さすが優等生、真面目」

「希墨《きすみ》くんだけには言われたくない」

「俺は努力しないとみんなについていけない自覚があるからがんばってるだけ。やらなくて済むなら、基本サボりたいグータラ」

「嘘《うそ》。そんな人を、私は好きになったりしない。だって、一番しんどい時にこうして来てくれた」

「少しは気が楽になった？」

「うん。帰ったら、結婚《けっこん》おめでとうってふたりに伝える。私の都合で待たせるのも、カッコ悪いし」

俺にできるのは、悩《なや》んでいる朝姫《あさき》さんを励《はげ》ますことだけだ。

無責任に応援《おうえん》して、それでも無意味じゃない。朝姫《あさき》さんの表情がそれを教えてくれた。

「そう言える朝姫《あさき》さんは最高にカッコイイよ」

「まだ高校二年だしね。とりあえず現状を維持《いじ》しつつ、やりたいことを見つけていく！　うん、そう決めた」

不思議なもので、一度決めて、それを言葉に出すと心が急に軽くなることがある。

それを証明するように朝姫《あさき》さんはいつもの調子が戻《もど》ってきた。

「——ところでさ、夏休みに旅行に行った時、一緒《いっしょ》にお風呂《ふろ》に入ったよね」

いきなり話題が変わり、動揺《どうよう》した俺は缶《かん》を落としそうになった。

「ッ!?　あれは事故だって!!　それに朝姫《あさき》さん、水着を着てただろう。俺をからかおうとしただけじゃないか」

瀬名会《せなかい》で神崎《かんざき》先生の別荘《べっそう》に泊《と》まり、夜遅《よるおそ》くまで騒《さわ》いでいた。早朝に目を覚ました俺が朝風呂《あさぶろ》に入ってウトウトしていると、いつの間にか朝姫《あさき》さんが隣《となり》にいたということがあった。

「あれ、わざとだよ。私は希墨《きすみ》くんを誘惑《ゆうわく》しにいったの」

朝姫《あさき》さんはハッキリと告げる。

「俺にとっては、ただの事故だよ」

「ま。勇気を出してみたものの、湯船でのぼせちゃうなんて私も詰《つ》めが甘いよね」

「朝姫《あさき》さん……」

「もしも有坂《ありさか》さんより先を越《こ》すことができたら、希墨《きすみ》くんの一途《いちず》さも少しは揺《ゆ》らぐかなって」

「男を試《ため》しすぎ。色んな意味で危なかったよ」

「危なかったんだ」

「そりゃ、ドキドキしたし」

「うん。私もすごくドキドキしてた。……だけどお母さんから再婚《さいこん》の話を聞いた途端《とたん》、私は恋《れん》愛《あい》にエネルギーを割《さ》く余裕《よゆう》が完全になくなっちゃったの」

「恋愛《れんあい》の優先順位が低いタイプだっけ」

朝姫《あさき》さんに告白された時、彼女は自分でそう言っていた。

そして、その順位が変わるくらい瀬名希墨《せなきすみ》が好きだと言ってくれた。

「ほんと、冷静な自分が嫌《いや》になる。こんなに特別な気持ちをまだ抱《かか》えているのに、それどころじゃないって後回しになっちゃってたんだからさ」

「家族っていう自分の土台が変わろうとしてるんだ。当たり前だよ」

「恋愛《れんあい》を逃《に》げ場《ば》にできる、そんな女の子が羨《うらや》ましい」

「それだけ朝姫《あさき》さんは大人なんだよ」

「ほんとうの大人になったら、自分の感情を上手にコントロールできるのかな……」

「その方が、きっと楽ではあるんだろうね」

恋《こい》も青春も人生も、高校生には荷が重い。

一生に関わるかもしれない決断を、そう簡単にできるものか。

だけど季節は巡《めぐ》り、俺達の成長を待っていてはくれない。

幼稚《ようち》な確信や夢見がちな希望に心を振《ふ》り回《まわ》されながら、俺達は大人になっていく。

「はー話すのに夢中でほとんど飲んでないや。コーンスープ、すっかり冷めちゃったな」

朝姫《あさき》さんは、一口飲んで残念そうだった。

俺もコーンスープを最後まで飲み干す。

「朝姫《あさき》さんの家ってこの近くなんだっけ？　送ってくけど」

「ひとりで大丈夫《だいじょうぶ》。今日は来てくれてありがとう」

「お母さんに、おめでとうってちゃんと伝えてあげなよ」

「わかっているってば。それじゃあね」

足早に歩き出した朝姫《あさき》さんに、最後にもう一度だけ呼び止める。

「待って、朝姫《あさき》さん」

ふたりの距離《きょり》は五メートルほど開いていた。

しっかり声を張らなければ、相手には届かない。

「……なに？」

振《ふ》り返《かえ》った彼女は、俺の言うことをわかっているというような顔をしていた。

「──、朝姫《あさき》さん。好きになってくれてありがとう！　ほんとうに、すごく嬉《うれ》しかった！」

「じゃあＯＫしなよ。私と付き合うなら今だよ。そのうち気が変わって、冷めちゃうかも！」

「俺が好きなのは別の女の子だ！　だから、ごめん！　君の気持ちには応えられない！」

言った。

これが俺なりのケジメだ。

夏休みの旅行、あの時お風呂《ふろ》で言いそびれた答えを返す。

曖昧《あいまい》な関係も、先延ばしを許容する中途《ちゅうと》半端《はんぱ》なやさしさも、お互《たが》いにもう無意味だって気づいてしまった。ここで区切りをつけるのが俺達にとって最良の結末だ。

だって、今なら終わってしまう理由をこじつけられる。

これ以上後回しにすれば、もっと傷口が深くなるだろう。

「七十点ッ！」

朝姫《あさき》さんはいきなり叫《さけ》んだ。

「なんの点数？」

「女の子の振《ふ》り方《かた》！」

「減点理由は？」

「本命の名前をあえて誤魔化《ごまか》す気遣《きづか》いがウザイ！　それに、それに……」

「言ってよ！」

「最高のタイミングで私を助けておいて、最後に振《ふ》る、最低男の、見る目のなさに、もう愛想《あいそ》が尽《つ》きたの！　いつまでも片想《かたおも》いされているなんて思ったら大間《おおま》違《ちが》いだよ！」

朝姫《あさき》さんは、泣かなかった。

「希墨《きすみ》くん、絶対後悔《こうかい》しない？」

俺もはっきりと頷《うなず》いた。

「だったら正真正銘《しょうしんしょうめい》、これからはただの相棒ってことでよろしく！」

文倉朝姫《はせくらあさき》はやっぱり素敵《すてき》な女の子だ。

それでも、俺にはもっと好きな女の子がいる。

◇◇◇

文化祭まで残り一週間となり、校内の雰囲気《ふんいき》は浮《う》き足立《あしだ》つというより殺伐《さつばつ》としてきた。

スタッフ用の派手な色の半被《はっぴ》を着た文化祭実行委員が、校内のいたるところにいる。彼らは各クラス、各部活、各団体の進捗《しんちょく》の把握《はあく》や指導で大忙《おおいそが》しだ。

気合いを入れて作られた看板でも、倒《たお》れる危険性があれば容赦《ようしゃ》なく撤去《てっきょ》や安全対策をとるように指導。

申請内容《しんせいないよう》と明らかに異なる準備をしている怪《あや》しげな団体があれば事情《じじょう》聴取《ちょうしゅ》の上、あらためて参加の可否を判断する。

そんな中、俺はというと、花菱《はなびし》の許可の下、舞台運営《ぶたいうんえい》の進行マニュアルの改訂《かいてい》をようやく終えた。

メインステージ担当のスタッフに配布して、当日の基本的な動きを頭に叩《たた》きこんでもらう。

その上で文化祭二日間のステージプログラムのリハーサルを放課後、数日に分けて行った。団体ごとに搬出入《はんしゅつにゅう》から舞台上《ぶたいじょう》での立ち回り、さらに転換《てんかん》までを実際に行うことで問題点を洗い出し、精度を高めていく。

当日の舞台裏《ぶたいうら》は戦場だ。

指揮系統の確認《かくにん》、動線、誘導案内《ゆうどうあんない》のやり方、出演者やスタッフのポジションの把握《はあく》、転換《てんかん》における補助など、押さえておかなければならないポイントをひとつずつ確認《かくにん》していく。

文化祭当日、俺達メインステージ担当チームは、体育館に常駐《じょうちゅう》して全体の進行管理を担《にな》う。

俺は去年も経験したが、あらためて大変な仕事であることを実感した。

手は尽《つ》くした。後はトラブルが起きないことを祈《いの》るばかりだ。

そうして文化祭前日の金曜日を迎《むか》えた。

今日は授業がなく、準備日としてあてられていた。

みやちーデザインのクラスTシャツもオシャレな仕上がりのおかげで、士気はかなり高い。

朝のホームルームを終えると教室のテーブルを並《なら》び替《か》え、まずテーブルを作っていく。教室内に装飾《そうしょく》を行い、接客スペースと調理スペースを仕切るパーテーションを立てていく。

七村《ななむら》が男子の音頭《おんど》をとって教室の内装もいい感じに、中華風《ちゅうかふう》の雰囲気《ふんいき》が出ている。

各種道具や材料の発注はヨルカのおかげで漏《も》れなくきっちり完了《かんりょう》。

それら調理器具等を次々に運びこむ。

男子が力仕事している間に、着替《きか》えていた女子達が教室に戻《もど》ってきた。

「どう？　みてみて。自分でアレンジしてみたんだ！」

みやちーが着ていたのはただのチャイナドレスではなく、鈴《すず》やヒモ飾《かざ》りを加え、丈《たけ》を調整するなど自分なりの改造を施《ほどこ》したオリジナル衣装《いしょう》だ。その下には長い袖《そで》のワンピースを着ている。

さらに帽子《ぼうし》を被《かぶ》るなど、みやちーらしい遊び心とセンスが光っている。

両手を前に突《つ》き出《だ》してピョンピョンと跳《と》ぶみやちーは、大変かわいらしい。

「いいぞ、宮内《みやうち》！　すげえ面白《おもしろ》い」

「うん。みやちー、すごく似合ってるよ」

七村《ななむら》も俺も興奮気味に感想を述べる。

しんどい運搬作業《うんぱんさぎょう》に勤《いそ》しむ男子達も、着替《きか》えてきた女子達の華《はな》やかな装《よそお》いに、思わず手を止めて見ていた。

「ほら、見惚《みと》れて手を止めない。早く設営を終わらせないと、明日が大変だよ」

そう檄《げき》を飛ばす朝姫《あさき》さんもまた鮮《あざ》やかなブルーのチャイナドレスに身を包む。

スカート部分に深いスリットの入ったＴＨＥ王道のシンプルなデザインは、着ている女の子を三倍増しで魅力的《みりょくてき》にする。

その涼《すず》しげで落ち着いた佇《たたず》まいは雅《みやび》ですらあった。

やはりチャイナドレスで正解だったな、と俺と七村《ななむら》は目と目で会話する。

「うん、衣装《いしょう》を統一しなくて正解だったね。自前組もいると、すごく華《はな》やかで楽しい雰囲気《ふんいき》になる。お祭りって感じ」

そう総評するヨルカこそが、誰《だれ》よりも凝《こ》った装飾《そうしょく》の入った豪華《ごうか》な赤いチャイナドレスを纏《まと》う。明らかに一線を画す本格的なつくりで、ヨルカという美少女が着ることで圧倒的《あっとうてき》な存在感を放つ。胸元《むなもと》も開いており、丈《たけ》も短いにも拘《かか》わらず上品な印象をあたえるのは、やはり着る本人の魅力《みりょく》あってこそなのだろう。長い髪《かみ》も左右をお団子にしており、もう完璧《かんぺき》である。

恋人《こいびと》の普段《ふだん》と違《ちが》う装《よそお》いを見られるだけで浮《う》かれてしまう。

一方で、誰《だれ》にも見せたくないなというういつもの独占欲《どくせんよく》が疼《うず》く。

女子達は着替《きか》えただけでテンションが上がり、接客オペレーションの確認《かくにん》そっちのけでそこらじゅうで記念撮影《きねんさつえい》タイムになっていた。

「キリがなさそうだから、そしたら先にクラスの集合写真を撮《と》ろうか？」

朝姫《あさき》さんの提案で、俺達は黒板の前に並ぶ。

確かに明日は開店準備で朝からバタバタするだろうし、みんなで撮《と》るならこのタイミングが最適だろう。

「では、私が撮影《さつえい》しましょう」と申し出る神崎《かんざき》先生。

「チャイナドレスを着てないからってそんな遠慮《えんりょ》しないでくださいよ。一緒《いっしょ》に写りましょう。それとも着替《きか》えてきますか？　みやちー、チャイナドレスの予備あったりする？」

「あるけど、神崎《かんざき》先生のナイスバディが収まるかなぁ」

俺が冗談《じょうだん》で振《ふ》ると、みやちーも乗っかる。

多くの男子も神崎《かんざき》先生のチャイナドレスを見たいッ!!　と思っているだろう。

「着ません！　まったく、文化祭だからとはしゃぎすぎですよ」

通りがかりの友達にカメラマンをお願いして、二年A組全員でハイチーズ。

いい記念になった。

「ヨルカ。ちょっと確認《かくにん》したいことがあるから、いいか？」

俺は女子の撮影地獄《さつえいじごく》に巻きこまれる前に、ちょいちょいとヨルカを教室の隅《すみ》から手招きする。

「希墨《きすみ》、なに？」

「いや実は特になにもないけど、写真に困ってるだろうからさ」

俺はみんなに聞こえないように耳打ちする。

ヨルカはわずかに目を見開いて、ふっと表情を緩《ゆる》めた。

「察してくれてありがとう」

「……それにしても、思ったより露出《ろしゅつ》が多いな。さすがアリアさんチョイス」

俺は間近であらためて観察してしまう。スリットから覗《のぞ》かせる脚線美《きゃくせんび》はずっと眺《なが》めてられるな。このままひとりで鑑賞会《かんしょうかい》をしたいくらいだな。

「あんまりジロジロ見ないでよ。恥《は》ずかしいから」

ヨルカは両手でセクシーな胸元《むなもと》やふとももを隠《かく》そうとする。

「その割に、さっきは堂々としたものだったじゃないか」

てっきり、みんなの前に出るのも躊躇《ちゅうちょ》すると思っていた。

「家で久しぶりに試着した時に、お姉ちゃんに散々写真を撮《と》られたから慣れた。ポーズとか、すごい注文された」

「いい情報を聞いたな。あとでアリアさんに写真を送ってもらおうっと」

「ダメ！　ダメだからね！　写真の流出は許さない！」

「ゴールデンウィークに水着写真を送ってもらったし」

「あれは完全な盗撮《とうさつ》！」

「今回は服を着てるんだから、むしろセーフでは？」

「お姉ちゃんは、人を乗せるのが上手《うま》いのよ。だから、その……」とヨルカはやたら言《い》い淀《よど》む。

「そんなすごいセクシーショットを撮《と》ったのかよ。ますます気になるぞ」

よからぬ妄想《もうそう》が俺の頭の中で広がり、ゴクリと喉《のど》を鳴らす。

「本人が目の前にいるんだからいいでしょう！　希墨《きすみ》のエッチ！」

「甘んじて受け入れよう。それが男というものだ」

「かつてないほど開き直ってるし」

ヨルカのジト目にも今や怯《ひる》んだりはしない。

「……だって合宿の夜の方がすごかったし」

俺がボソリと呟《つぶや》くと、ヨルカは「あ、あ、あれッ、は」と声なき声を漏《も》らしてよろめく。

「おい、大丈夫《だいじょうぶ》かよ」

思わずヨルカの細い腕《うで》を掴《つか》む。すごく熱い。

なにより顔を真っ赤にしたままこちらを見てくれない。

「ヨルカ？」

「だって、ずっと練習ばっかりでデートもできなくて……あの夜はライブ配信も上手《うま》くいったから、すごく浮《う》かれてて、その、わたしもふつうじゃなかったの！」

「俺は女王様のワガママにドキドキだったけど」

煽《あお》るように、仄《ほの》めかす。

我ながら教室でなんて話をしているんだ。

誰《だれ》かに聞かれたら、とんでもない誤解を招くような会話である。

だけど、俺にとってあの夜のヨルカはそれほどまでに鮮烈《せんれつ》で忘れがたいものだった。

「──忘れて、なんて言わないよ」

ヨルカは顔を逸《そ》らさず俺の目を見つめる。顔は真っ赤だ。

「そういうことに興味があるって希墨《きすみ》は最初から言ってたし、それはわかってるつもり」

「あ、うん……」

いくらヨルカにエッチなことに興味はあるかと質問されたからとは言え、己《おのれ》の返答はあまりに迷いがなさすぎた。『正直者ッ！』とヨルカのあのキレのある反応も実に早かった。

——だけど、そういうものだ。

ただの好意だけで満足できるほど子どもでもない。

好きな女の子をもっと深くまで知りたいのは、ごく自然なことだ。

合宿の夜、リビングでふたりきりになった俺達は叶《かのう》に見つかるかもしれないという緊張《きんちよう》から解放されて我に返ってしまった。獣《けもの》のように夢中で唇《くちびる》を求め合っていたのが嘘《うそ》みたいに、お互《たが》いに恥《は》ずかしくなり、逃《に》げるように部屋に戻《もど》ってしまった。

火照《ほて》った身体《からだ》は鎮《しず》まらず、結局寝《ね》ついたのは朝方だった。

「キスより先があるのも知ってる。別に、焦《じ》らしたいわけじゃない。希墨《きすみ》と触《ふ》れ合《あ》うのは大好きだよ。大好きだから、その、すごく大切なことだと思うの」

「あぁ、ふたりにとって特別がいい」

「うん。そういうこと」

俺は返事の代わりに、そっとヨルカの手を取る。

指の一本一本を確かめるように触《ふ》れながら、ゆっくりと握《にぎ》った。

言葉はいらない。

たとえば手を取り合うだけで、相手の気持ちを伝えられるくらいには俺達の両想《りようおも》いはさらに強くなった。

「なーんかエロイ会話してない？」

朝姫《あさき》さんがいつの間にか忍《しの》び寄《よ》ってきていた。

「ちょ、勝手に盗《ぬす》み聞《ぎ》きしないでよ！」

「あ、ほんとうにそういう内容だったんだ。ふたりの雰囲気《ふんいき》がピンクだから適当に言ったのに。

朝からお盛《さか》んね」

朝姫《あさき》さんの目がにやけていた。

「なにか用でもあるの？」

ヨルカは朝姫《あさき》さんの登場に露骨《ろこつ》に身構えていた。

「……、そんな警戒《けいかい》しないでよ。安心して。私、キッチリ希墨《きすみ》くんに振《ふ》られたから」

「え、いつ？」

ヨルカは大きな目をさらに見開く。

「合宿終わりに希墨《きすみ》くんが来てくれた時」

「助けに、行ったんじゃなくて……？」

「ええ、もう人の気持ちを散々引《ひ》っ掻《か》き回《まわ》してのお別れだったわ」

一体なにをしたのよ、とこちらを見るヨルカの目が言っている。

「ケジメだよ」

俺は硬《かた》い声で答える。

「有坂《ありさか》さんも、気をつけた方がいいよ。希墨《きすみ》くんの潔《いさぎよ》さは終わる時にも容赦《ようしゃ》ないから」

「待って！　急すぎてふたりにまだついていけない。なんで知らないところで決着してるの？」

ヨルカさん、頭を抱《かか》えて大混乱。

「だって私の一方的な片想《かたおも》いだったし。そんなわけだから旅行でした宣言は取り下げさせてもらうわ」

朝姫《あさき》さんは強がった様子もなく、さらりと告げる。

「え、えっと。どういう反応をしたら、いいのかな？」

ヨルカは感情の置き所を探しあぐねている様子で、はわわと混乱していた。

「ふたりは今まで通りで変わらないでしょう？」

「は、支倉《はせくら》さんはそれでいいの？」

パニくっているヨルカはよりにもよって、それを朝姫《あさき》さん本人に訊《き》いてしまう。

鬼《おに》か。

「傷口に塩を塗《ぬ》りたいわけ？　有坂《ありさか》さんも結構意地が悪いのね」

さすがの朝姫《あさき》さんも眉《まゆ》をひそめた。

「違《ちが》うってば！　あなたが本気なのはわたしなりにわかってた。だから、警戒《けいかい》してたわけだし」

「うーん。希墨《きすみ》くんとは最初から相性《あいしょう》がよすぎて勘違《かんちが》いしちゃってたのよ。その延長で恋愛《れんあい》の相手として考えやすくて、付き合った時のことをイメージしやすかったんだと思う。結局、私が求めているのはドキドキより安心感なのよ。だから略奪愛《りゃくだつあい》なんて精神的に疲《つか》れることはもうやってられない。それに、タイミングも悪かったのよ。いろいろとね」

朝姫《あさき》さんは少しだけ悲しそうな顔になる。

「どう、納得《なっとく》できた？」

「うん、一応は」

ヨルカも頷《うなず》く。

きちんと説得力のある言葉にできるのが支倉朝姫《はせくらあさき》のしたたかさだ。

それがどこまで本心に基《もと》づいているかについて、ケジメをつけた俺はもう決して考えてはいけなかった。

「まぁ、私を選ばなかったことを、希墨《きすみ》くんはいつか盛大《せいだい》に後悔《こうかい》するといいわ」

唇《くちびる》に微笑《ほほえ》みを、言葉には棘《とげ》を、視線には毒を。

この話題を切り上げるように朝姫《あさき》さんは、そんな意味ありげな表情を俺に向けてきた。

「そんな未来は、わたしが一緒《いっしょ》にいる限りありえないから！」

恋人《こいびと》のヨルカはその可能性を真っ向から否定した。

「だから、ふたりはずっと仲良しでいてよ。別れたら許さないから」

朝姫《あさき》さんはいつもの調子でからかうように挑発《ちょうはつ》する。

「おい、瀬名《せな》！　チャイナドレスの美人ふたりをはべらせてなにやってんだよ！　仕事しろ、仕事！」

脚立《きゃたつ》に乗って中華《ちゅうか》提灯《ちょうちん》の位置を直していた七村《ななむら》が大声を上げる。

「はーい、七村《ななむら》くん。私は教室の隅《すみ》でイチャイチャしてたふたりを注意してただけなので無実でーす」

朝姫《あさき》さんははしゃいだ声で、七村《ななむら》に密告する。

「なにぃー！　野郎《やろう》ども、瀬名《せな》をひっとらえろ！　最近のアイツはモテすぎだ！」

七村《ななむら》に同調した男子連中がこちらに殺到《さっとう》、いきなり俺を神輿《みこし》のごとく担《かつ》ぎ上《あ》げる。

「いや、なになに⁉」

俺の身体《からだ》を持ち上げるクラスの男子達は「瀬名《せな》のくせに羨《うらや》ましいぞ！」と嫉妬《しっと》と怨嗟《えんさ》の声を上げる。そのまま七村《ななむら》の合図で、なぜか胴上《どうあ》げ状態。

神崎《かんざき》先生に注意されるまで、俺は幾度《いくど》も宙を舞《ま》った。

天井《てんじょう》にぶつかりそうでマジで恐《こわ》かった。

文化祭テンション、ヤバい。

◇◇◇

午後は体育館のメインステージでリンクスの最終リハーサルに臨《のぞ》む。

音響《おんきょう》や照明、立ち位置の調整、本番での動きなどを再確認《さいかくにん》して一曲だけ演奏することになった。

リハーサルを終えた団体もそのまま残って、俺達の演奏を聞いていた。

昨年大好評だった叶《かのう》ミメイのバンドというだけでなく、先日の配信ライブ以降、その反響《はんきょう》は想像以上にあり、『ライブ楽しみにしています』と俺にも声をかけられることがよくあった。

気合い十分で臨《のぞ》んだリハーサルは、大きなミスもなく終了《しゅうりょう》。

俺達は確かな手応えを感じて舞台袖《ぶたいそで》へと退場した。

「いいね、いい感じだね！」

みやちーは合宿以降、ただ上手《うま》いだけでなく、より活《い》き活《い》きと歌えるようになった。

「うん。これならなんとかいけそう！」

ヨルカも観客がいる環境《かんきょう》でも俺の背中を見続けることで、緊張《きんちょう》せずに弾《ひ》けていた。

「引き受けた時はどうなるかと思ったけど、僕の心配は杞憂《きゆう》で終わりそうだね」

花菱《はなびし》は生徒会長として文化祭のフィナーレを思《おも》い描《えが》きつつ、演奏者としても力強いリズムでドラムを叩《たた》いていた。

「じゃあ本番に向けての抱負《ほうふ》を——セナキス、どうぞ！」

叶《かのう》は己《おのれ》を御《ぎょ》して、俺達を見守るようにどっしりとしたベースを爪弾《つまび》いていた。

「こういうのはリーダーがやるもんじゃないのか？」

「ウチ、挨拶《あいさつ》は苦手。それにこのバンドを結成できたのも、バンド名の由来もぜんぶセナキスじゃん。いっちょテンション上がるような挨拶《あいさつ》をヨロシク！」

リーダーの命令なら逆らえまい。

俺達は円陣《えんじん》を組む。

なにを言おうかと俺はぐるりとみんなを見回す。

俺のギターは正確で完璧《かんぺき》な演奏を目指しつつも、未《いま》だ小さなミスが絶えない。それでも以前より他の四人の音を聞くことにしっかり意識が向くようになった。配信ライブを経て、度胸も据《す》わったと思う。

俺ひとりの完璧《かんぺき》さより、たとえ不完全でも五人で合わせた時の音がどれだけよくなるか。

それこそが叶《かのう》の言うところのケミストリーというやつなのだろう。

正確さの足し算ではなく、それぞれの個性を掛《か》け算《ざん》のように合わせることで化学変化を起こすみたいにまったく違《ちが》うものとなって奏《かな》でられる——その一端《いったん》に触《ふ》れたような感覚を先ほども感じた。

「いいか。どうせギター歴三カ月ちょっとの初心者がいるバンドだ。本番のステージではミスもするだろう。だから、開き直って好き放題やろう。音楽を全力で楽しもうぜ！」

「どんな掛《か》け声《ごえ》よ」とヨルカは吹《ふ》き出《だ》す。

つられて、みんなも笑った。

いよいよ文化祭がはじまる。

第九話　そして祭りがはじまる

文化祭初日。

二年A組の飲茶《ヤムチヤ》カフェは開店直後からすぐに満席となり、廊下《ろうか》まで行列ができていた。

やはりチャイナドレスの効果は絶大である。

などと喜ぶ暇《ひま》もないほど裏方は、食べ物や飲み物の準備に忙《いそが》しい。

飲茶《ヤムチヤ》と言いつつも本式には拘《こだわ》らず、お客さんの回転率を上げるために冷たいドリンクに限定したのは大正解。温かい中国茶を出していたら、列は長くなる一方だっただろう。

注文の品を上げたそばから次の注文が入り、調理チームはフル稼働《かどう》。

「瀬名《せな》くん。肉まん、焦《こ》げてない？」と隣《となり》で同じく焼きを担当していた子から指摘《してき》される。

「……え、嘘《うそ》ッ⁉　あーやっちまった」

ホットプレートの蓋《ふた》を開けると焦《こ》げた匂《にお》い。

ひっくり返すと、真っ白い肉まんがカリカリのキツネ色を通《とお》り越《こ》して黒くなっていた。

これはもうお客さんに出せない。すぐに焦《こ》げてしまった肉まんをホットプレートから上げて、新しいものを焼き直す。

焦《こ》げた匂《にお》いを換気《かんき》するため、窓を大きく開ける。

「希墨《きすみ》、七村《ななむら》くん。ちょっと接客のヘルプ頼《たの》める？」

想定以上の盛況《せいきょう》ぶりに、チャイナドレス姿のヨルカが慌《あわ》てた様子で声をかけてきた。

「瀬名《せな》くん、こっちは大丈夫《だいじょうぶ》だから有坂《ありさか》さんを手伝ってきて」

「悪い。助かるよ」

エプロンを外して、パーテーションの向こうの客席スペースに出る。

「希墨《きすみ》は空いたテーブルの片づけをお願い。女の子は注文取りと料理出しにできるだけ専念させたいの」

「わかった」

廊下《ろうか》まで伸《の》びた列の整理に人手を割《さ》いてしまったため、接客するスタッフが足りない。列の整理に当たるチャイナドレスの女子が宣伝となって、さらに行列ができている状態らしい。

「七村《ななむら》くんは、食べ終わったのに帰らないお客さんに退席をお願いしてちょうだい。あと怪《あや》しい行動してる人の注意もよろしく」

「合点ッ！」

俺は空いた皿や紙コップを片づける。

「スミスミ、そこ終わったら奥の席もお願い」

注文を取ったみやちーがすれ違《ちが》いざまに、小さな声でお願いしてきた。

「了解《りようかい》。大繁盛《だいはんじよう》だな」

「嬉《うれ》しい悲鳴だね」

みやちーはニコリと笑って、調理チームにオーダーを伝えにいく。

七村《ななむら》はスマホをいじりながら居座っている大学生らしきグループの背後に立つ。

「恐《おそ》れ入《い》ります。他の方がお待ちなので、お食事が終わりましたらご退席いただきますようご協力ください。あと店内は、料理以外の撮影《さつえい》は禁止となっておりますので、もし誤ってお写真を撮《と》られているのであれば削除《さくじよ》をお願いします」

七村《ななむら》はにこやかかつ丁重に、しかし低い声でゆっくりと注意を促《うなが》す。

がたいのいいビッグマンの迫力《はくりよく》に長居していた彼らは「ごちそうさま！」と逃《に》げるように出ていった。

「もはや店員というよりガードマンだな。さすが」

「女を守るのは男の義務だ」

七村《ななむら》も俺と一緒《いつしよ》にテーブルの片づけをする。

「海でナンパしてたやつがよく言うよ」

「同意の上だからいいんだ。向こうも乗り気だっただろう」

「俺を巻きこんだ上に、見捨ててひとりで逃《に》げやがって」

「そりゃあれよ、神崎《かんざき》先生には逆らえん」

七村《ななむら》も神崎《かんざき》先生には頭が上がらない。

「おかげで俺は幼稚園児《ようちえんじ》みたいに先生に連行されたんだぞ」

「いいじゃねえか、神崎《かんざき》先生みたいな美人に構ってもらえたんだ。それはむしろ役得ってやつだ。第一おまえ、代理彼氏《だいりかれし》じゃねえか」

「元・代理彼氏《だいりかれし》だ」

からかう七村《ななむら》に、俺は真顔で訂正《ていせい》する。

「むしろ瀬名《せな》の方がナンパ目的の客を率先《そっせん》して注意すると思ってたんだぞ。おまえ、目端《めはし》が利くからそういうの見逃《みのが》さないだろう。また寝不足《ねぶそく》か？」

「まぁ、昨夜も遅《おそ》くまでギターの練習してたからな」

「ビビるなって。本番は調子に乗るくらいがちょうどいいぞ。プレイの創造性が増す」

「バスケ部のエースが言うと説得力があるな」

音楽とスポーツ、ジャンルは違《ちが》えども相通じるものを感じた。

バタバタと休む暇《ひま》もなく、客席と裏方を行ったり来たりしているうちに見慣れた顔が教室に現れた。

「きすみくん、来たよー！」

「映《えい》!?」

俺を見つけた映《えい》が元気よく声をかけてくる。

「げ、母さんに父さんまでッ!?」

当然、小学四年生の妹の背後には保護者であるうちの両親もいるのであった。

まさかの瀬名《せな》ファミリー、今年もご来店である。

「なにが、げ、よ」

母さんは俺の露骨《ろこつ》な反応に不満げだった。

「だって、ふたりとも仕事で今年は来れないって」

「私は、先方の都合で撮影《さつえい》が延期になったのよ。パパは希墨《きすみ》のところに顔を出したら、すぐに新幹線に乗るって。愛されているわね、息子《むすこ》」

母さんはそう言って俺の腕《うで》をバシンと叩《たた》く。

昔からなにかと俺に対して遠慮《えんりょ》がないこの母親には、まともに逆らえた例《ためし》がない。思えば俺が無茶《むちゃ》振《ぶ》りに嫌々《いやいや》ながらも取り組むようになったのは、このサバサバした母親のせいだ。さらに年の離《はな》れた妹の映《えい》が生まれて、兄の責任というものが嫌《いや》でも養われた。

「いや～俺は構わないけどさ、あっちの心構えができてないだろうし」

「？　あっちって誰《だれ》のことよ？」

俺が答えるより先に「ヨルカちゃん！」と映《えい》が早速《さっそく》発見して抱《だ》きついていく。

ヨルカが固まっているのは、もちろん映《えい》に飛びつかれたことだけではない。

俺の両親の存在に気づいたからである。

なにせ俺でさえも来ることを知らなかったのだから、ヨルカに事前に伝えられるわけもない。

「映《えい》、この子とお知り合いなの？」

映《えい》の懐《なつ》きぶりから、うちの母親は無防備に質問する。

「きすみくんの彼女」

そして小学生の妹は躊躇《ちゅうちょ》なくストレートに答えた。

「えぇ⁉」

母さんは人目があるにも拘《かか》わらず、とんでもない大声を出した。

「母さん、声が大きいから。みんな見てる」

家の外での親の反応って必要以上に気になるんだよなぁ。

「嘘《うそ》、ヤダ。あんた、こんな綺麗《きれい》なお嬢《じょう》さんとお付き合いしているの？」

ヨルカを見て興奮しているマイマザー。

そりゃね、俺だっていまだに自分の恋人《こいびと》の美しさに惚《ほ》れ惚《ぼ》れしますよ。

一方のヨルカは、過去最高に見たこともないくらい緊張《きんちょう》していた。

予期せぬ親への挨拶《あいさつ》イベントの発生に、きっとなんとか笑《え》みを浮《う》かべようとしているのだろうが、頰《ほお》の筋肉どころか全身カチコチだった。

俺は間を取り持つ意味で、先に紹介《しょうかい》する。

「俺が付き合っている彼女。名前は有坂《ありさか》ヨルカさん。ヨルカ、こっちはうちの両親」

「は、はじめまして！　希墨《きすみ》――、希墨《きすみ》さんとお付き合いしております有坂《ありさか》ヨルカと申します。よろしくお願いします」

「ご丁寧《ていねい》にありがとうございます。希墨《きすみ》の母です。息子《むすこ》がいつもお世話になっております」

母さんの態度は余所行《よそい》きの丁寧《ていねい》なものだが、その顔には息子《むすこ》の恋人《こいびと》への好奇心《こうきしん》を隠《かく》せていなかった。

「こんな綺麗《きれい》なお嬢《じょう》さんとお付き合いしてるなんて、希墨《きすみ》もやるなぁ」

父さんはのほほんとしたものだ。

「ねぇねぇ、有坂《ありさか》さん。うちの希墨《きすみ》のどこがいいと思ったの？」

母さんは遠慮《えんりょ》なくヨルカに質問する。

「後ろが詰《つ》まってるから、テーブルに座れ！」

このまま永遠に立ち話しそうな気配なので、会話を断《た》ち切《き》るように空いている席に案内しようとする。

「あんたじゃなくて、有坂《ありさか》さんに案内をお願いするわ」

「店員を指名するのはご遠慮《えんりょ》いただいております！」

「希墨《きすみ》、わたしが代わるから大丈夫《だいじょうぶ》」とヨルカはまだ強張《こわば》った面持《おもも》ちをしつつも、自分の務めを果たそうとする。

「失礼なこと訊《き》かれたら、マジで無視していいからな」

その後、我が家族が食事をしている間は気が気ではなかった。なにやら注文をとる間も、あれやこれやとヨルカに質問をしており、ヨルカも一生懸命《いっしょうけんめい》に答えている。あぁ、心臓に悪い。

「ぜひうちにお嫁《よめ》に来てね。歓迎《かんげい》するわ！」

「はい！」

席を立つ時には華麗《かれい》なる姑《しゅうとめ》ムーブをかまして、未来の嫁《よめ》にロックオンをかけていた。

それにしてもヨルカの返事に迷いがなかった。いや、すげえ嬉《うれ》しいけどさ！

「文化祭に来てなにを言ってるんだよ！」

浮《う》かれて先走る家族に俺の精神も限界だった。

クラスメイト達のいるところで、なんつーやりとりをしとるのか。

「希墨《きすみ》。まさか最後まで責任とる気もなく遊びの恋愛《れんあい》してるつもりなの？　お母さん、昔から言ってきたでしょう。女の子とはいつだって真剣《しんけん》に向き合いなさいって。第一こんな美人の子を逃《のが》したら、この先、一生これ以上の子なんて見つからないわよ！」

「そりゃ、ずっと付き合いたいに決まってる。けど、ここで言うことじゃないだろ」

「人前でも堂々と言えないの？　そんな弱気じゃ有坂《ありさか》さんに愛想《あいそ》尽《つ》かされるわよ」

「母さん、頼《たの》むからもう帰って！」

「本気なら早くても、うちはＯＫだから！」

うちの母親にかかると、あの映《えい》ですら大人しくなる。

そんな女性と結婚《けっこん》した父親はニコニコと家族を見守るだけで、口を挟《はさ》むことさえしない。

ようやく教室から家族が去ると、一気に虚脱感《きょだつかん》が押し寄せてくる。

ヨルカだけはなにやら嬉《うれ》しそうに照れ笑いを浮《う》かべていた。

◇◇◇

「おい、瀬名《せな》。ここはもういいから、有坂《ありさか》ちゃんと宣伝に回ってこい」

七村《ななむら》がいきなりそんなことを言う。

「俺はともかくヨルカを連れてって大丈夫《だいじょうぶ》か？」

だいぶ列は解消されてきたが、それでも客足は途切《とぎ》れることがない。

「バカだな。有坂《ありさか》ちゃんが練り歩くのが一番の宣伝だろう。そのついでにデートしてこいって言ってるんだよ。この後の休憩《きゅうけい》と合わせれば長めに時間とれるだろ。有坂《ありさか》ちゃんに元気にしてもらえ」

「……、助かる」

「瀬名《せな》。せめて、明日までは気張れ」

「わかってる。バスケ部の交流試合も遅《おく》れるけど観《み》に行くよ」

俺とヨルカは宣伝活動という名目で、教室を離《はな》れる。

「二年A組で飲茶《ヤムチャ》カフェやってまーす。カリっと焼いた中華《ちゅうか》まんが目玉です。冷たいお茶やタピオカミルクティーも併《あわ》せてどうぞ。チャイナドレスの女の子が接客してまーす」

俺はヨルカを連れて、呼びこみをし、チラシを配る。

廊下《ろうか》を歩くチャイナドレス姿のヨルカはすれ違《ちが》う人々の視線をすべてさらっていく。

「ねぇ、希墨《きすみ》。もっと人の少ないところにいかないよね？」

「そうしてあげたいのは山々だけど、宣伝になんないからな」

ヨルカの歩く広告塔《こうこくとう》効果は凄《すさ》まじく、多めに持ってきたチラシは次々に減っていく。

「せっかく希墨《きすみ》と一緒《いっしょ》に文化祭を回れてるんだもんね。我慢《がまん》する」

「けど、思ってたより平気そうだな」

「そりゃだって、希墨《きすみ》のご両親に挨拶《あいさつ》することに比べたらこっちの方がよっぽど楽よ」

「急にすまなかったな」

「びっくりしたけど、ご家族がやさしくて嬉《うれ》しかったよ」

「ヨルカなら大歓迎《だいかんげい》に決まってるだろう」

「働く女性って感じでカッコイイお母さんだね。お父さんはやさしそう」

「うちの両親が泣いて喜ぶ感想だな」

「おかげで明日のライブは緊張《きんちょう》しなくて済みそう」

「ならよかった」

さて、そうこうしているうちに持ってきたチラシはすべて配り終わった。そして、ちょうど休憩時間《きゅうけいじかん》だ。

「じゃあ、文化祭デートしますか。ほい」

俺は腰《こし》に巻いていたジャージを外して、ヨルカの肩《かた》にかける。

「ありがとう。いいの？」

「その格好だと廊下《ろうか》は冷えるだろう。それに少しは隠《かく》せるだろうし」

もう休憩時間《きゅうけいじかん》なのだから、広告塔《こうこくとう》の仕事をする必要もない。

ヨルカはおもむろにジャージに袖《そで》を通す。

「うわ、おっきい。袖《そで》もこんな余るんだ。それに、希墨《きすみ》の匂《にお》いがする」

彼シャツならぬ彼ジャージというところか。

ちょうどジャージの裾《すそ》がチャイナドレスをすっぽり隠《かく》すせいで、下は裸《はだか》じゃないかと誤解してしまう。裾《すそ》とニーソックスによるふとももの絶対領域は正直エロい。

自分の服を恋人《こいびと》が着ているのはなんというかグッとくるね。

ヨルカはそのまま俺に腕《うで》を絡《から》めてきた。

「いいのか？」

「だって、久しぶりのデートじゃない。しかも文化祭だよ」

ヨルカと一緒《いっしょ》に気の向くままに校内を練り歩いて、出し物を見ていく。

ゲーム機を持ちこんで○リオカート大会をやっているところに飛び入り参加。実はゲーマーのヨルカさんは連勝中の男子生徒をぶっちぎって圧勝、ギャラリーを驚《おどろ》かせていた。さすが美術準備室でこっそりゲームをやりこんでいただけのことはある。俺がボディータッチで妨害《ぼうがい》をしなければこんなに速いのね。ヨルカのドヤ顔も子どもっぽくてかわいい。

自主制作の短編映画を観《み》たり、占《うらな》いをやっているクラスに立ち寄ったり、目についたところはあらかた覗《のぞ》いたものの、唯一《ゆいいつ》、お化《ば》け屋敷《やしき》だけはヨルカのNGによりスルー。

夏休みに有坂《ありさか》家でホラー映画を見た時は、ずっとしがみつかれっぱなしだったもんな。

そうして時折模擬《もぎ》店《てん》で小腹を満たしつつ、ふたりで文化祭を満喫《まんきつ》した。

「希墨《きすみ》、他になにか食べなくていい？　まだ食べ足りないんじゃない？」

「焦《こ》がした肉まんとか適当に食べてたから、腹はそんなに空《す》いてないよ」

「ほんと？　いつもより食欲なさそうだから」

「明日はついにライブだぜ。そりゃ緊張《きんちょう》して食欲も落ちるさ。けど、ヨルカと文化祭デートできてるだけで、俺は元気になるから大丈夫《だいじょうぶ》。さぁ次はどこへ行く？」

堂々と手を繋《つな》ぎながら廊下《ろうか》を歩けるのも、文化祭のお祭り感ならではだ。

「茶道部《さどうぶ》は？　紗夕《さゆ》ちゃんもお茶を点《た》てるって言ってたよ」

「じゃあ抹茶《まっちゃ》でティーブレイクといきますか」

俺とヨルカは、珍《めずら》しく自らの足で茶道部《さどうぶ》の部室へ赴《おもむ》くことにした。

「きー先輩《せんぱい》、ヨル先輩《せんぱい》。ようこそいらっしゃいました」

紗夕《さゆ》が着物姿で出迎《でむか》えてくれた。

和服の落ち着いた雰囲気《ふんいき》に髪《かみ》をきっちりまとめており、紗夕《さゆ》がいつもより大人っぽく見えた。

「おふたりともどうぞ上がってください。ちょうど空《す》いたタイミングでよかったです」

「紗夕《さゆ》ちゃん、すごく似合ってるよ」

「ありがとうございます。ヨル先輩《せんぱい》のチャイナドレスもすごく素敵《すてき》です」

いつもと違《ちが》う装《よそお》いでキャーキャーと褒《ほ》め合《あ》うヨルカと紗夕《さゆ》。楽しそうでなによりである。

「しかも彼氏《かれし》ジャージを羽織るなんて、ヨル先輩《せんぱい》も意外と見せつけますねぇ。手もしっかり繋《つな》いで文化祭を満喫《まんきつ》しまくりじゃないですか！」

「これは、希墨《きすみ》が寒いだろうからって貸してくれて」

ストレートに指摘《してき》されて、ヨルカは照れつつも優越感《ゆうえつかん》を隠《かく》すことはなかった。

こういうことでもヨルカはちゃんと喜ぶタイプなのね。

「いいじゃないですか。恋人《こいびと》がいる人の特権ですよ！　きー先輩《せんぱい》も薄着《うすぎ》で寒いでしょうから、暖まっていってください」

紗夕《さゆ》に案内されて茶室に上がると、茶道部《さどうぶ》の顧問《こもん》でもある我が担任の神崎《かんざき》先生も同じく和服姿で姿勢正しく座っていた。

凛《りん》としたその姿に、先生のお見合い話を断るために代理《だいり》彼氏《かれし》を引き受けた時のことが思い出される。

神崎《かんざき》先生は和服がほんとうによく似合う。綺麗《きれい》だ。

思わず見惚《みと》れてしまう。

「瀬名《せな》さん？　固まっていないで、有坂《ありさか》さんとこちらへどうぞ」

「先生、こちらにいらしてたんですね」

名前を呼ばれて我に返る。

同時に、この茶室と神崎《かんざき》先生がセットになる景色に、俺は妙《みょう》にソワソワしてしまう。

毎度このシチュエーションで無理難題を命じられるのだ。

刷《す》り込《こ》みって恐《こわ》い。

反射的に身構えてしまっていた。俺は慎重《しんちょう》な動作で膝《ひざ》を折り、正座する。心なしか身体《からだ》が重い。

「希墨《きすみ》、なんかぎこちなくない？」

「気のせいだ」

先生はチラリと俺の方を見て、「瀬名《せな》さん。有坂《ありさか》さんの言う通りぎこちないですよ？」と小首を傾《かし》げる。

「いや、まぁ今日はどんな無茶振《むちゃぶ》りをされるのかと一瞬《いっしゅん》思いまして」

「――。そんなことはもうしません！」

神崎《かんざき》先生はムキになって否定する。

「先生、落ち着いてください」と紗夕《さゆ》がすかさず宥《なだ》めた。

あれだけ神崎《かんざき》先生に対して苦手意識をもっていた紗夕《さゆ》がいつの間にかふつうに声をかけられるようになっている。その変化を俺は嬉《うれ》しく思う。

「クラスの方は盛況《せいきょう》でなによりです」

神崎《かんざき》先生はわざとらしい咳払《せきばら》いをひとつして、仕切り直す。

「はい、ヨルカと七村《ななむら》ががんばってくれたおかげですよ」

俺はヨルカに目配せをし、胸を張って報告する。

「なによりです。引き続き、怪我《けが》や事故にはくれぐれも注意してください」

「では、お茶を点《た》てさせていただきますね」

紗夕《さゆ》がお釜《かま》の前に座る。

「美味《おい》しいやつを頼《たの》むよ」

「教えてくれたのが神崎《かんざき》先生なので大丈夫《だいじょうぶ》ですよ」

「幸波《ゆきなみ》さんは一生懸命《いっしょうけんめい》お稽古《けいこ》していたので心配ありません」

神崎《かんざき》先生は静かな声で太鼓判《たいこばん》を押す。

その言葉通り、紗夕《さゆ》の作法は初心者とは思えないほど堂に入ったものだった。丁寧《ていねい》で淀《よど》みがなく、ひとつひとつの動作に迷いがない。見ていて優美で気持ちがいい。

俺達はお菓子《かし》とお茶をしっかりと堪能《たんのう》する。

飲み終えた頃《ころ》には新しいお客さんが入ってきたので、俺達は茶室を後にした。

「じゃあ、悪い。これからメインステージの方の仕事をしてくるわ。七村《ななむら》の試合には後半戦からになるだろうけど、ちゃんと行くから」

「文化祭実行委員の方もがんばって。バスケ部の方はひなかちゃんと先に一緒《いっしょ》に行って席をとっておくから」

「助かる。ヨルカもクラスの方をがんばって」

「うん」

ヨルカは名残惜《なごりお》しそうに目を伏《ふ》せる。

楽しい時間ほどあっという間だ。

文化祭デートは今日はここまで。それぞれまた役目に戻《もど》らなければならない。

「あ、ジャージ返すね」

「俺はどうせ半被《はっぴ》を着るから、そのまま着てていいよ」

「そう。じゃあ、ありがたく」

ヨルカは嬉《うれ》しそうに顔を輝《かがや》かせてジャージを脱《ぬ》ぐ手をあっさり止めた。

「ただのジャージだぜ」

「彼氏《かれし》のジャージよ」

あんまりにも嬉《うれ》しそうに言うから、俺も釣《つ》られて笑ってしまう。

恋人《こいびと》の笑顔《えがお》はやはり特別だ。

見ているだけで幸せな気持ちになれる。

行く方向が反対なので、俺は茶室の前の廊下《ろうか》に立ったままヨルカを見送る。

廊下《ろうか》の角の向こうにヨルカの背中が消えていくまで手を振《ふ》った。俺があまりにも長く手を振《ふ》っているので、角を曲がる直前に振《ふ》り向《む》いて「希墨《きすみ》も早く行きなさいよ」と苦笑《くしょう》していた。

俺も行こうとしたら、ちょうど茶室から神崎《かんざき》先生が出てきた。

「先生の出番はおしまいですか？」

「ええ。幸波《ゆきなみ》さんに任せておけば安心です。彼女はとても呑《の》みこみが早いですね」

「紗夕《さゆ》のことありがとうございます」

「生徒を伸《の》ばすのは、教師の楽しみですよ」

「先生、明日のライブ見に来てくださいね。俺にとっては夏からがんばってきた集大成なので」

俺は二《に》の腕《うで》に力こぶを作ってみせた。

「……瀬名《せな》さん、体調に問題はありませんか？」

「え？ ヨルカとデートして元気を補充《ほじゅう》したばかりですよ」

「あなたになにかあれば、私の監督《かんとく》責任です。瀬名《せな》さんが忙《いそが》しいのは承知しています。それでも限界を超《こ》えては元も子もありませんよ」

俺の言葉を遮《さえぎ》るように、先生は忠告する。

「先生、そんな大げさなこと言わないでくださいよ」

「私は職責として教え子を守らなければなりません。たとえ嫌《いや》がられても、代わりにブレーキをかけます」

久しぶりに恐《こわ》い先生の顔を見せていた。ほんとうに容赦《ようしゃ》などなく、本気で俺に向き直っている。

冷たく突《つ》き放《はな》すように一方的で、こちらの懐柔《かいじゅう》を許さない。

「先生、俺まだ若いですし、一晩寝《ね》れば問題ありませんよ」

どうせ、あと一日。明日のライブでおしまいだ。

月曜日は振《ふ》り替《か》え休日だから、すべて終わってから十分に休息をとればいい。

「私は、あなたが心配なんです」

その言葉には、教師としての凛々《りり》しさや威厳《いげん》の中に、神崎紫鶴《かんざきしづる》というひとりの女性としての気遣《きづか》いが見《み》え隠《かく》れしており、俺はむずがゆい気持ちになった。こんな綺麗《きれい》な年上の女性にストレートに心配されて、嫌《いや》な気持ちになる男はいないだろう。

「……先生が一番がんばった瞬間《しゅんかん》っていつですか？」

長い沈黙《ちんもく》があった。どうも答えたくないようだ。

先生はいつも言葉少なであっても、答えないことは珍《めずら》しい。

「俺は、今なんですよ。この文化祭のライブを成功させれば、自分に自信を持てそうな気がするんです。やり遂《と》げれば、少しは自分を誇《ほこ》れるかなって」

「瀬名《せな》さんは十分に素晴《すば》らしいですよ」

「けど、俺の周りはすごいやつばかりじゃないですか。普段《ふだん》は気にしてないけど、ふとした瞬間《しゅんかん》に比べちゃって、俺って超《ちょう》ふつうだなって密《ひそ》かに凹《へこ》むんですよ」

包《つつ》み隠《かく》さず、本音をこぼす。

「瀬名《せな》さんの立派なところは自分の足りない部分に自ら気づき、逃《に》げることも誤魔化《ごまか》すこともせず、淡々《たんたん》と努力を続けられることとです。それは誰《だれ》にでもできることではありません」

「そこなんですよ、俺が嫌《いや》なのは。もちろん人柄《ひとがら》や日々の振《ふ》る舞《ま》いを褒《ほ》めてもらえるのはありがたいです。そういう目に見えづらいことを評価してくれる人間関係に恵《めぐ》まれて、感謝しています。だからこそ俺は――確かな結果が欲《ほ》しい」

「あなたも男の子ですね」

神崎《かんざき》先生はどこか眩《まぶ》しそうなものを見るみたいに慈愛《じあい》に満ちた表情で目を細めた。

俺の決意に満ちた言葉を聞いて、神崎《かんざき》先生は恥《は》ずかしそうに先ほどの俺の質問に答える。

「瀬名《せな》さんに代理彼氏《だいりかれし》をしていただいて、両親と会った時です。私が一番がんばったのは」

「そんなにしんどかったんですね」

「笑いますか？」

「苦手なものは人それぞれです。先生はたまたま、親だっただけです。そしてすごくがんばったじゃないですか」

「生徒に褒《ほ》められるなんて、奇妙《きみょう》な感じがしますね」

「嫌《いや》ですか？」

「いえ、瀬名《せな》さんに言われるからこその違和感《いわかん》なんでしょうね」

「俺もずいぶん嫌《きら》われたもんですね」

「嫌《きら》ってなどはッ」と神崎《かんざき》先生は慌《あわ》てて否定する。

その乱れは一瞬《いっしゅん》で、すぐに教師の顔に戻《もど》った。

「いえ、むしろその逆です。一緒《いっしょ》に乗り切った他ならぬあなたの言葉ですから。あの時ほど瀬《せ》名希墨《なきすみ》が頼《たよ》りになると思ったことはありませんよ」

「ライブ、楽しみにしててください。俺は最後までやりきりますよ」

「私も応援《おうえん》はしていますよ。しかし、なにかあれば教師として必ず止めます」

神崎《かんざき》先生はいつになく過保護な言い方をした。

◇◇◇

控《ひか》え室《しつ》で文化祭実行委員の半被《はっぴ》を羽織り、トランシーバーを装着。

耳元のイヤホンでは定期《ていき》連絡《れんらく》が飛《と》び交《か》っている。

舞台袖《ぶたいそで》に合流して、朝姫《あさき》さんと交代する。

「朝姫《あさき》さん、進捗《しんちょく》は？」

「希墨《きすみ》くんの読み、バッチリ。タイムテーブルを正確に組んでくれたから、つつがなく進行しているよ。手直ししてくれたマニュアルのおかげで、みんなもスムーズに対応できてる」

「あの進行マニュアル、アリアさんが生徒会長の時代からの流用だから古い気がしてさ。修正が役に立ってるならよかった」

マニュアルをじっくり読むと、なんとなく作った人の人柄《ひとがら》が見えてくる。

作成者の玄《げん》ちゃんこと花菱《はなびし》のお兄さんはかなりキッチリしたタイプのようで、スケジュール厳守を旨《むね》とするかなりタイトな進行だった。

俺は今回、もう少し融通《ゆうづう》の利《き》くスケジュールの組み方をした。

出し物の合間の転換《てんかんじ》時間《かん》に加えて、会場内に注意《ちゅうい》喚起《かんき》する時間を設けて、もし遅《おく》れが発生した際にそこで吸収できるようにした。ガッツリ遅《おく》れが出ていれば、その注意《ちゅうい》喚起《かんき》ごとカットして帳尻《ちょうじり》を合わせる。またマニュアルをちゃんと読んでもらえるように各ページの下に細かいヒントや経験談を仕込むなどの遊びも加えた。

一度読んでおけば、最低限の判断は自主的にできるようになっており、無駄《むだ》な問い合わせをせずに済む。

「躊躇《ちゅうちょ》なくメスを入れるなんて意外と大胆《だいたん》ね」

「伝説を作った本人に許可もとったから問題なし。それに去年の経験を基《もと》に、実情に合わせたくらいだよ」

「おかげでわかりやすいって一年生達、すごく喜んでいたよ」

「俺は本番で手を抜《ぬ》きたいだけだよ。咄嗟《とっさ》に判断しなきゃいけない状況《じょうきょう》なんて起きない方がいいわけだし」

「そういうのは手抜《てぬ》きと言わず、用意《ようい》周到《しゅうとう》って言うんだよ」

「スムーズなのが一番だからさ」

「明日のライブもスムーズに弾《ひ》けそう？」

朝姫《あさき》さんがこちらの顔を覗《のぞ》きこむ。

「やることはやった。あとは神のみぞ知る」

そうして会話は途切《とぎ》れる。

薄暗《うすぐら》い舞台袖《ぶたいそで》で朝姫《あさき》さんとふたりきりで沈黙《ちんもく》していると、少し緊張《きんちょう》した。

朝姫《あさき》さんの受け持ち時間は終わったから、もう上がって大丈夫《だいじょうぶ》なはずだが舞台袖《ぶたいそで》に留《とど》まったまま。

次の出し物は吹奏楽部《すいそうがくぶ》の演奏だ。定期演奏会や文化祭のステージに毎年立っているので、舞《ぶ》台上《たいじょう》での準備にも慣れたものだ。スタッフが補助する必要もない。

俺達は邪魔《じゃま》にならないように舞台袖《ぶたいそで》の隅《すみ》で、なにもせず見守るだけだ。

「そういえばさ、一応報告。希墨《きすみ》くんに聞いてもらったおかげで、お母さんの再婚《さいこん》をお祝いできた。ちゃんとお礼を言えなかったと思うから、あらためて言わせて。ありがとう」

「それは、おめでとうございます」

「お母さんも、希墨《きすみ》くんによろしくって」

「俺はなにもしてないよ」

「ううん。希墨《きすみ》くんがあの時来てくれたから前に進めたんだよ」

定刻となる。舞台《ぶたい》の幕が上がり、吹奏楽部《すいそうがくぶ》の指揮者が俺達の横を通ってステージに立った。

客席に一礼し、演奏がはじまる。

「……明日のリンクスのライブも、よろしく頼《たの》むね」

俺はステージで、朝姫《あさき》さんは舞台袖《ぶたいそで》で文化祭のフィナーレを盛り上げる。

「任せて」

これほど頼《たの》もしい言葉は他になかった。

◇◇◇

体育館は文化祭メインステージの会場となっているため、バスケ部の招待試合は第二体育館で行われる。

俺はメインステージの方の自分の受け持ち時間を終えて、ようやく試合会場に着いた。

顔を出した時には試合は第三クォーターに入っていた。

「きー先輩《せんぱい》、こっちです！」

俺を見つけた制服姿の紗夕《さゆ》が声をかけてくる。

コートを囲む即席《そくせき》の観客席には紗夕《さゆ》と一緒《いっしょ》に、ヨルカやみやちーもいた。

三人ともそれぞれの当番を終えて制服に着替《きが》えている。

会場は満員に近く、声援《せいえん》が飛び交《か》って大盛り上がりだった。

スコアを見れば、永聖《えいせい》が大差をつけて勝っている。

俺は観客の隙間《すきま》を縫《ぬ》って、ようやくみんなのところに辿《たど》り着《つ》いた。

「お疲《つか》れ様《さま》。遅《おそ》かったね」

「あぁ」

七村《ななむら》はスリーポイントシュートを打つと見せかけて、相手がジャンプした瞬間《しゅんかん》に一気にゴール下までドライブで切りこむ。そのまま止めにかかるディフェンスをこじ開けるように強引にダンクを叩《たた》きこむ。

もはや七村劇場《ななむらげきじょう》ともいうべき活躍《かつやく》に、会場が沸《わ》いた。

「はは、あいつすげぇな」

月並みな感想しか出てこない。

誰《だれ》が見ても驚《おどろ》くような高い身体能力と秀《ひい》でた技術、そして溢《あふ》れるガッツ。

そうして試合を眺《なが》めているうちに、俺は無言でヨルカに寄りかかった。

「希墨《きすみ》？」

「ちょっとだけ」

「みんなに見られるよ」

「俺達が恋人《こいびと》なのは公然の事実だ」

「希墨《きすみ》の恋人宣言《こいびとせんげん》のおかげでね」

「嫌《いや》だった？」

「結果的によかったと思う。あれがなければ、文化祭のステージに立つなんてありえなかっただろうし。私が成長できたのも希墨《きすみ》のおかげよ」

「褒《ほ》めても、ご褒美《ほうび》はすぐにはあげられないぞ」

「むしろ今は希墨《きすみ》が甘えているもんね」

からかわれても俺はヨルカに寄りかかったまま動かない。

「どうも昼間のデートだけでは足りなかったみたいだな」

ヨルカの体温に触《ふ》れていると、すぐに眠気《ねむけ》のようなものが押し寄せてくる。

「てめー瀬名《せな》！　俺の試合見ながらイチャついてんじゃねえよ！」

コートの七村《ななむら》が目敏《めざと》く気づいて、こちらを指差しながら喚《わめ》く。視野が広いね、意外とポイントガードとして司令塔《しれいとう》もできるのではないだろうか。

「うるせー。いいから試合に集中しろ」と俺はヨルカの肩《かた》を借りたまま言い返す。

「ほら、早速《さっそく》言われた」

「ヨルカが重いなら我慢《がまん》するけど？」

「いいよ、そのままで」

コート上では七村《ななむら》の活躍《かつやく》が続く。

このまま目を瞑《つぶ》っていても、試合の展開は想像がついた。

七村《ななむら》がシュートを入れるたび、歓声《かんせい》が上がる。

招待試合は、永聖《えいせい》高等学校バスケットボール部の圧勝だろう。

スター性のある選手の活躍《かつやく》はやはり目を引く。

観客は選ばれし者の活躍《かつやく》を望み、そして選ばれし者はその期待を超《こ》えるような結果を残す。

才能があり、それを発揮できる場所や環境《かんきょう》に恵《めぐ》まれるのは幸福だ。

七村《ななむら》のバスケは見ていて面白《おもしろ》い。

本人の高い身体能力を活《い》かした大胆《だいたん》なプレイが多いのはもちろんのこと、技術と一体となって創造性に富んだ驚《おどろ》くような得点を重ねていく。

もう何度目ともわからない大きな歓声《かんせい》が会場を包む。

七村《ななむら》は得意の鋭《するど》いドライブでゴール下に切りこんだのだろう。

相手ディフェンスの隙間《すきま》を縫《ぬ》うように、無理な体勢から強引《ごういん》にシュートをねじこんでいく。

あれだけ背が高い上にジャンプ力があり、滞空時間《たいくうじかん》も長い。空中を歩くみたいにボールをリングまで運んでしまう。

その上、アウトサイドからのスリーポイントシュートという飛び道具も身につけた。

今の七村《ななむら》を止められる相手なんてそうそう現れるはずもない。

今日は試合を見れてよかった。

いや、見なくてもわかる。

歓声《かんせい》が収まらない。

試合終了《しあいしゅうりょう》のホイッスルが鳴る。

会場が勝利に沸《わ》いている。熱戦を演じた選手達に温かな拍手《はくしゅ》が送られた。

俺もフワフワと浮《う》かれた気分になる。よっぽど嬉《うれ》しいのだろう。重かった身体《からだ》が急に軽くなった気がした。明日のライブでもこんな幸福感や達成感を味わえれば最高だろう。

そんな風に明日へ意識を向けた途端《とたん》、ふいに顔が柔《やわ》らかいすべり台の上に落ちたような感じがした。えらく気持ちいい。一体どんな素材だ。摩訶不思議《まかふしぎ》。しかし幸せだ。

やれやれ、本番前にここまで気が抜《ぬ》けてしまうのは問題だな。

永聖《えいせい》の圧勝に酔《よ》いしれて夢見心地《ゆめみごこち》にでもなっているのか。

ところで――俺はいつから試合を見ていないんだっけ？

「希墨《きすみ》、しっかりして！　希墨《きすみ》!!」

気づけば、ヨルカの顔が日の前にあった。

瞼《まぶた》がやけに重たくて、目を開けているのもしんどい。

おかしいな。体育館の天井《てんじょう》が見える。ふつう真上にあるはずなのに、どうしてだ。

「……あれ、膝枕《ひざまくら》してくれた？」

景色がいつの間にか横になっている。床《ゆか》と平行になっており、俺の身体《からだ》は倒《たお》れているみたいだった。

「ねぇ、どうしたの!?　希墨《きすみ》!!」

頭の上からヨルカの泣きそうな声が降ってくる。どうした、なんかあったのか？

大勢の人が俺を丸く取り囲んで、見下ろしていた。

ヨルカが必死に俺の名前を呼びかける。
答えてあげたかったが、上手《うま》く声が出せない。
そうしているうちにどんどん視界が狭《せま》くなり、景色が遠のきはじめた。
マズイ。そう思っても、俺は上手《うま》く身体《からだ》を動かすことができない。
そのまま電源が落とされるみたいに、俺の意識は強制的に途切《とぎ》れた。

第十話　ドーナツホールの存在意義

希墨《きすみ》が倒《たお》れた。

その信じがたい出来事に、わたしは激しく動揺《どうよう》した。みんなの前で散々泣いてそれでも心は糸の切れた凧《たこ》のように不安定となり、行き場を失《な》くす。

そして逃《に》げ出《だ》すみたいに、足は美術準備室に向いていた。

いつの間にか夜になり、昼間の賑《にぎ》やかさがすっかり消えた廊下《ろうか》を歩く。

電気もつけず、カーテンの隙間《すきま》から差しこむ外の光を頼《たよ》りにして椅子《いす》に座る。

この部屋はなにも変わらない。

手狭《てぜま》に感じるほど物が多くて、圧迫感《あっぱくかん》を覚える。以前はそれが心地《ここち》よかった。視界を遮《さえぎ》り、外から自分の存在を隠《かく》せるわたしだけの秘密基地。

なのに今はとてもさびしい。

いつしか、ふたりでいるのが当たり前になっていた場所。

彼の不在を浮《う》かび上《あ》がらせるような沈黙《ちんもく》とひやりとした空気に耐《た》え切《き》れず、わたしは思わずお姉ちゃんに電話をかけていた。

「どうしよう、お姉ちゃん。希墨《きすみ》が、大変なの……」

『──。ヨルちゃん落ち着いて』

電話から聞こえるお姉ちゃんの揺《ゆ》るぎない声に、わたしは少しだけ冷静さを取《と》り戻《もど》す。

『まずはゆっくり、深呼吸をしなさい』

言葉に促《うなが》されるままに、わたしは数回息を深く吸った。

『それで、スミくんになにがあったの？』

「希墨《きすみ》が倒《たお》れて、病院に運ばれた」

わたしは体育館で希墨《きすみ》が倒《たお》れてからの経緯《けいい》を説明する。

バスケの試合終了《しあいしゅうりょう》とほぼ同時に眠《ねむ》るように意識を失った。

希墨《きすみ》は神崎《かんざき》先生に付《つ》き添《そ》われて、救急車で近くの病院へ運ばれた。

わたしも同乗しようとしたが、『心配なのはわかりますが、この後は大人に任せてください』とみんなと学校に残された。

そのまま教室に帰され、代わりの先生が二年A組のホームルームをして下校時間になった。

本来なら文化祭の初日を終えてから明日のライブに向けた最後のリハーサルを行うはずだったが、それも急遽《きゅうきょ》中止。

リンクスとしては明日のステージをどうするか話し合うべきなのだろう。

頭ではわかっていても、わたしにはそんな余裕《よゆう》がなかった。

ひなかちゃんに断りを入れて、そうしてわたしは一度みんなから離《はな》れた。

ひとりになりたかったのだ。

周りを気にせず、千々に乱れた心を少しでもまともな状態まで落ち着けようと努力した。

だけど、希墨《きすみ》のことばかり気にかかってとても無理だった。

後悔《こうかい》ばかりが頭をもたげる。

忙《いそが》しいのはわかっていたが、心配はしても止めることはできなかった。

希墨《きすみ》が一生懸命《いっしょうけんめい》に練習をしていたのを邪魔《じゃま》したくなかったから。

あんなにがんばっていたのに、よりにもよって本番前に倒《たお》れるなんて。

「わたしの、せいで」

『やると決めたのはスミくん自身だよ。あの子がヨルちゃんを責めるわけないでしょう』

「それは、希墨《きすみ》がやさしいから」

『じゃあ、あなたはずっと甘えているだけでいいの？』

「――――ッ」

ナイフで一突《ひとつ》きにされたみたいに、わたしは息を詰《つ》まらせた。

図星だったわたしにとって、浮《う》かんでくる言葉のどれもが言い訳にしか感じられず、自《おの》ずと沈黙《ちんもく》するしかなかった。

『もうわかったみたいね』

「うん」

『あなたが泣いても状況《じょうきょう》は変わらない。泣いて楽になるのはあなただけよ。自分の感情を軽くするのも大切なことだけど、まだやれることもあるでしょう』

お姉ちゃんは冷たく突《つ》き放《はな》す。

『甘えた分だけ、強くなりなさい。ヨルカ』

お姉ちゃんはいつもみたいなちゃんづけではなく、ヨルカとわたしの名前を呼んだ。

妹に対する親愛を切《き》り離《はな》して、対等な存在として語りかける。

「うん。そのためにがんばってきたんだもの。最後まで諦《あきら》めない」

弱気だった自分を蹴《け》っ飛《と》ばし、再び心に火をつける。

まだ途中《とちゅう》だ。終わりは決まっていない。

『できることをしなさい。完璧《パーフェクト》でなくとも、最高の最善《シュプリーム・ベター》を尽《つ》くすのよ』

「お姉ちゃん、ありがとう」

『いいよ。悩《なや》んでいる時に相談してくれて、私も嬉《うれ》しかった』

「やっぱり、お姉ちゃんは頼《たよ》りになるよ」

『……私も、やっと昔の失敗を取り返せた気がする』

「お姉ちゃんにも失敗なんてあるの？」

『そりゃいっぱいあるよ。ただ私は反省して、切《き》り替《か》えるのが早いだけ』

「すごいなぁ。わたしは気にして引きずっちゃうから……」

『長引いていることはふたつくらいかな、それも、ひとつは解消されたし』

「じゃあ最後のひとつは？」

『秘密。私のことはいいから、今は自分のことだけ考えなさい』

お姉ちゃんとの電話を終えると、ちょうど部屋の扉《とびら》がノックされる。

「あ、やっぱりここにいた。ヨルヨル。大丈夫《だいじょうぶ》？」

そっと扉《とびら》を開けて、ひなかちゃんが来てくれた。

「探してくれてたの？」

「さっき神崎《かんざき》先生から連絡《れんらく》があったよ」

「希墨《きすみ》はどうなったの？」

わたしは思わず席から立ち上がる。

「倒《たお》れた原因は過労みたい。ずっと寝不足《ねぶそく》気味で無理をしてたしね。今は点滴《てんてき》を打って安静にしている。一晩は入院して様子を見るって」

「入院って……」

お互《たが》い、それ以上のことはなにも言わなかった。

もしも言葉にしたら、希墨《きすみ》の文化祭がほんとうに終わってしまう気がした。

◇◇◇

「瀬名《せな》ちゃんが倒《たお》れたんだって⁉」

生徒会長として仕事を終えて、花菱《はなびし》くんが最後に駆《か》けつけてきた。

文化祭初日は大盛況《だいせいきょう》のうちに幕を閉じたが、この教室の空気だけは重い。

二年A組の教室に集まったわたしを含《ふく》めたリンクスのメンバーに加えて文倉《はせくら》さんと七村《ななむら》くん、紗夕《さゆ》ちゃんも心配で駆《か》けつけてくれた。

話し合うべきことがある。

だけど、どうにも会話が進まない。

瀬名会《せなかい》の、みんなの中心である瀬名希墨《せなきすみ》がいないだけで、この集まりはぎこちないものになるのかと痛感させられる。

瀬名希墨《せなきすみ》の不在が、その存在の大きさを浮《う》き彫《ぼ》りにしていた。

「遅《おせ》えよ、花菱《はなびし》」

七村《ななむら》くんの声は硬《かた》いが、いつものような覇気《はき》に欠ける。

「すまない。それで、状況《じょうきょう》は？」

さしもの花菱《はなびし》くんでさえも顔から笑《え》みが消えていた。

「過労で入院。十分に休めば回復するだろうけど……明日の本番は絶望的でしょう」

支倉《はせくら》さんは誰《だれ》も言わないから、代表して嫌々《いやいや》ながら明日の可能性について触《ふ》れた。自分を抑《おさ》えつけるように腕《うで》を組みながらも、その苛立《いらだ》ちは隠《かく》せていない。

「入院⁉　ライブは、瀬名《せな》ちゃん抜《ぬ》きで行わざるをえないわけか……」

花菱《はなびし》くんは感情を交えずに客観的な結論を言葉にする。

場の停滞《ていたい》を察して、生徒会長らしく話を進めようとしてくれた。

「朝《あさ》――、支倉《はせくら》さん。メインステージの仕事は瀬名《せな》ちゃん抜《ぬ》きで回りそうかい？」

「そのあたりは希墨《きすみ》くんが抜《ぬ》かりなく準備してくれたから大丈夫《だいじょうぶ》。私もフォローに回るから。

七村《ななむら》くん、クラスの出し物はどう？」

「元々二日目はライブもあるから、瀬名《せな》ひとりが抜《ぬ》けても大きな問題はないぞ」

「なんか、そういうところってすごくきー先輩《せんぱい》っぽいですね」

紗夕《さゆ》ちゃんの率直《そっちょく》な感想には誰《だれ》もが同意するだろう。

「じゃあリンクス以外は大きな影響《えいきょう》は出なさそうだね」

花菱《はなびし》くんが取りまとめたところで、叶《かのう》さんは異論を挟《はさ》む。

「なんでセナキスが休む前提で話を進めているのさ！　セナキスも一晩寝《ね》ればケロリと元気になるかもしれないし！」

叶《かのう》さんはいつになく感情的になって、場の流れに待ったをかける。

楽観的な構えで前向きさこそ崩《くず》さないが、動揺《どうよう》は隠《かく》せていない。

「ミメイ。まだ瀬名《せな》に無茶させようって言うのかよ」

七村《ななむら》くんの声は冷たい。

「だってセナキス、むちゃくちゃ練習してきたんだよ！　それなのにステージに立てないなんて悲しすぎるから！」

「そんなもん有坂《ありさか》ちゃんも宮内《みやうち》も、ついでに花菱《はなびし》もみんな同じ気持ちだよ。瀬名《せな》はやると決めたらやる男だ。引き受けた以上は、手を抜《ぬ》かない。その結果がこれだ。がんばりすぎたんだよ」

「部外者の竜《りゅう》は黙《だま》っていてよ！」

「あぁ、俺はバンドの部外者だ。だから言ってやるよ。瀬名《せな》を休ませてやれ」

七村《ななむら》くんの発言は正しい。

「そうだけど、有坂《ありさか》さんがメッセージを送って励《はげ》ませば、恋人《こいびと》のお願いでもうひと踏《ふ》ん張《ば》りできるかもしれないじゃない！」

恋《こい》の魔法《まほう》なら疲《つか》れも吹《ふ》き飛《と》ばす。愛で奇跡《きせき》が起こるかもしれない。

そんな希望的観測に、わたしはもう同調できない。

「ダメだよ。そんなことしたら無理してでも来ちゃうよ。希墨《きすみ》の体調を最優先にしなきゃ」

希墨《きすみ》が倒《たお》れて、わたしは心底恐《こわ》かった。

好きな人に異変が起きると、こんなにも自分の心が揺《ゆ》らぐなんて知りもしなかった。

「誰《だれ》が欠けても、このバンドは成立しないんだよ。ウチはリンクスに今までにない特別なものを感じている。五人のケミストリーを文化祭で披露《ひろう》したい！」

誰《だれ》よりもリンクスに思い入れのある叶《かのう》さんは、あくまで五人での演奏にこだわる。

「ミメイ。気持ちは痛いほどわかる。僕も瀬名《せな》ちゃんと一緒《いっしょ》に、五人でステージに立ちたいよ」

「そうだよね！」

「だけど、今回ばかりは僕も七村《ななむら》と同意見だ」

花菱《はなびし》くんが、落ち着いた声でたしなめる。

「僕は医者を志す身として、瀬名《せな》ちゃんには無理させられない。いつもより元気がない、とはレベルが違《ちが》うんだ。彼はすでに倒《たお》れた。積み重ねた疲労《ひろう》が祟《たた》って、肉体が先に電源を落としたんだ。もう限界なんだ」

花菱《はなびし》くんの分析《ぶんせき》を聞いているうちに、わたしの気持ちは一層沈《しず》んでしまう。

「わたしが、忙《いそが》しい希墨《きすみ》に甘えていたから。文化祭実行委員の仕事だって大変なのに、ギターを一生懸命《いっしょうけんめい》練習してくれて。クラスのことで相談しても嫌《いや》な顔ひとつせずに答えてくれた。もっと、休ませてあげられてたら……」

湧《わ》き上《あ》がる罪悪感で、また涙《なみだ》が出そうになる。

こんなことを今さら言うのは卑怯《ひきょう》だ。わたしが原因で台無しにしたのに、泣くなんて間違《まちが》っている。一番悔《くや》しいのは希墨《きすみ》なのだ。

「私も個人的な問題で、希墨《きすみ》くんにずいぶん助けてもらってたよ……」

支倉《はせくら》さんも申し訳なさそうにこぼす。

「やめやめ、懺悔《ざんげ》大会なんて今はどうでもいい。ただキャパオーバーの瀬名《せな》がさらに無茶して、本番前に力尽《ちからつ》きただけだ。これだから凡人《ぼんじん》はッ」

「竜《りゅう》、その言い方は酷《こく》すぎるよ！」

叶《かのう》さんがムキになって反論する。

「じゃあ、おめーがバンドに引きこまなければこんなことにならなかったって認められるのか？　ただでさえ忙《いそが》しい瀬名《せな》に上乗せしたのは他ならぬミメイだろう。どの口が言うんだよ」

「ぐっ――――」

「ミメイが、瀬名に拘っている理由は聞かん。だが、そのワガママはぜんぶを台無しにするぞ！」

七村《ななむら》くんは釘《くぎ》を刺《さ》すように、元カノの叶《かのう》さんに忠告する。

その迫力《はくりょく》に気圧《けお》されたみたいに叶《かのう》さんは苦しそうな表情で、言葉を呑《の》みこんだ。

「ちょっと先輩方《せんぱいがた》、喧嘩《けんか》はやめましょう！　きー先輩《せんぱい》、そういうところめっちゃ気にするから」

紗夕《さゆ》ちゃんは険悪な流れを察して、必死に場を和《なご》まそうとする。

本番前にみんなの精神的支柱である希墨《きすみ》が倒《たお》れた影響《えいきょう》は、思っていた以上に深刻だった。

みんなそれぞれ個性が強いため、集まっただけでまとまるとは限らない。

わたし達はどれだけ希墨《きすみ》に甘えていたのだろう。

こんなにもあっさり足並みが乱れてしまう。

縁《えん》の下《した》の力持ちが倒《たお》れると、上に乗っていたものは総崩《そうくず》れを起こしかねない。

「それとな、有坂《ありさか》ちゃんはひとつ勘違《かんちが》いしているぜ。瀬名《せな》はさ、有坂《ありさか》ちゃんの横にいたおかげで倒《たお》れることができたんだ」

「え？」

「あいつは恋人《こいびと》の有坂《ありさか》ちゃんにひっついて、安心して気が緩《ゆる》んじまったんだよ。それだけ瀬名《せな》にとって有坂《ありさか》ちゃんが特別な証拠《しょうこ》だ。だから、あんま自分を責めるな」

「そうそう、瀬名《せな》ちゃんはしんどいとぼやいても、嫌《いや》だとか辞《や》めたいとかは一言も言っていないんだ。瀬名《せな》ちゃんは有言実行の男さ」

七村《ななむら》くんと花菱《はなびし》くんのフォローに、わたしは少しだけ認識《にんしき》をあらためる。

悪い癖《くせ》だ。思いこむと、すぐマイナスな方向に考えが転がりやすい。

「ありがとう、ふたりとも」

男子ふたりはお互《たが》いに一瞥《いちべつ》して、すぐに顔を背《そむ》けた。

「じゃあ、どうする？　セナキスがいないなら、リンクスで出るのは止《や》める？」

叶《かのう》さんが投げやりに言う。

「文化祭のフィナーレを欠くなんて、それは生徒会長として看過できない。みんなが最後に盛り上がるためにミメイの演奏は絶対だ」

「じゃあ他のバンドにミメイに頼《たの》もうよ。出たい子達は、他にもいくらでもいるし」

叶《かのう》さんは視線を落としたままだ。

「ミメイ！　リーダーのおまえがヘソを曲げてどうする！」

「七村先輩《ななむらせんぱい》、声大きい！　女の子が恐《こわ》がりますよ」と紗夕《さゆ》ちゃんが必死になだめる。


「――あたし達だけでもやろう」


ずっと黙《だま》っていたままだったひなかちゃんが、はじめて声を上げた。

全員の視線がひなかちゃんに集まる。

「あたし達がステージに立つことを止《や》めたら、それこそスミスミが後悔《こうかい》しちゃうよ。友達想《おも》いのスミスミは絶対に気にする。一生気にするかも。せっかくの高校二年の文化祭を悲しい気持ちで終わらせたくない。あたしはそんなの嫌《いや》だ。なにがあってもリンクスはステージに立たなきゃいけないんだよ。ショウ・マスト・ゴー・オンだよ！」

ひなかちゃんは小さい身体《からだ》で精一杯《せいいっぱい》訴《うった》えかけた。

「それって最悪セナキス抜《ぬ》きでも演奏するってこと？」

リーダーの叶《かのう》さんが確認《かくにん》する。

「もちろん。それにさ、みんなも、もしかしたら、って実は思っているんじゃないの。そんな時に、あたし達がいなかったらどうするの？」

ひなかちゃんはいたずらっ子のように目を細める。

ハッキリ言わずとも、誰《だれ》もがそのもしを察した。

その一言で、場の雰囲気《ふんいき》が変わった。

誰《だれ》もがみな言葉にせずとも、どこかでその可能性を信じていたかったのだと思う。

信じようと諦《あきら》めようと、まだ起こってもいない未来は常に等価値だ。

その瞬間《しゅんかん》が訪《おとず》れるまでわからない。

倒《たお》れて、入院した人間が翌日ステージに立つなんて儚《はかな》い希望だ。

可能性は限りなく低いだろう。

それでも、希墨《きすみ》不在のリンクスをもう一度奮い立たせるには十分だった。

「メイメイ、あたし達はリンクスだもの。どんな形であれ、スミスミは明日一緒《いっしょ》にステージに立つよ」

「どういう意味？」と叶《かのう》さんは首を傾《かし》げる。

「――、あ」

わたしはすぐにひなかちゃんの言葉の意図を理解する。

気づいた途端《とたん》、自分の弱気を恥《は》じた。

いつだってわたしは希墨《きすみ》と繋《つな》がっている。

そんな風に名づけたのは他ならぬわたし達自身なのだ。

「うん。リンクスの由来はスミスミの名前でしょう。そして繋《つな》がりのリンク。あたし達はどうあっても瀬名希墨《せなきすみ》と結びついているんだよ」

その説明に、みんなの目に光が戻《もど》る。

彼の名を冠したバンド。たとえ本人がこの場にいなくても、その名前だけでバラバラになりかけたわたし達を再び繋ぎ合わせてくれた。

ただの言葉遊びで、思いこみにすぎないのかもしれない。

だけど、それで構わない。

ひなかちゃんの言う通り、リンクスが出演を辞退したら希墨《きすみ》は自分の責任だと感じる。

わたしもそれは嫌《いや》だ。

ひなかちゃんは顔を隠《かく》していた前髪《まえがみ》をかき上げ、あらためて宣言する。

「リンクスはメインステージに立つ！　それがあたし達がスミスミのためにできること！　そして間に合ったなら、予定通り五人で演奏する！　以上、決定！」

確認《かくにん》するまでもない。

全員の意見は一致《いっち》していた。

「私は希墨《きすみ》くんの相棒として、文化祭のフィナーレをきちんと終わらせるだけだし」

「ここにいなくても、みんなをまとめるんだから瀬名《せな》ちゃんには敵《かな》わないや。やっぱり生徒会に入ってくれないかな」

「瀬名《せな》もそろそろ自分の過小評価を卒業すべきなんだよ」

「ウチは鬼教官《おにきょうかん》として、弟子《でし》の成長を最後まで見届けないとだね！」

「ほんと、きー先輩《せんぱい》のすごさが認められる場所があってよかった」

特に紗夕《さゆ》ちゃんは感極《かんきわ》まった様子で目を潤《うる》ませた。

中学からの希墨《きすみ》を知る彼女にとって、この場における瀬名希墨《せなきすみ》の受け入れられ方はそんなにも感激すべきことのようだ。

「ななむーと紗夕《さゆ》ちゃん、明日も力を貸してくれるかな？」

ひなかちゃんのお願いに、指名されたふたりは断るはずもなかった。

波乱の文化祭初日がこうして終わっていく。

そしてわたしは、なおも試《ため》される。

◇◇◇

文化祭、二日目。

朝のホームルームで、神崎《かんざき》先生が出欠をとる。

教室に希墨《きすみ》の姿はない。

連絡事項《れんらくじこう》を告げて「昨日、倒《たお》れた生徒がいました。体調が思わしくない方は無理せず休むように。どうか最後まで事故や怪我《けが》だけはないように注意してください」と言《い》い添《そ》えた。

「有坂《ありさか》さん、支倉《はせくら》さん、宮内《みやうち》さん、七村《ななむら》さん。こちらに」

ホームルーム後、わたし達四人だけが神崎《かんざき》先生に呼ばれる。

「あなた達には報告しておきます。今朝、瀬名《せな》さんのご家族から連絡《れんらく》がありました」

「希墨《きすみ》はどうなんですか⁉」

急《せ》くわたしに対して、神崎《かんざき》先生はいつも通り静かに答える。

「容体は落ち着いていますが、昨夜からずっと眠《ねむ》ったままだそうです。今日はこのままお休みということになります」

「先生、なんで私達だけを呼んだんですか？」

支倉《はせくら》さんが問う。

「親しいあなた達だからこそ、彼に無茶をさせないためです。いいですか、間違《まちが》っても彼を病室から連れ出すような真似《まね》は絶対にしないように。ライブの件はほんとうに残念ですが、彼の体調が最優先です」

神崎《かんざき》先生は白い顔に、憂《うれ》いの色を浮《う》かべる。

悲しげに目を伏《ふ》せて、それでもハッキリと告げる。

「瀬名《せな》さんの文化祭はもう終わったんです」


飲茶《ヤムチャ》カフェは今日も大盛況《だいせいきょう》だった。

二日目となり、みんなもそれぞれの作業に慣れてスムーズに進んだ。

七村《ななむら》くんはいつも以上に陽気な態度でクラス中に声をかける。

なにも問題はない。

文化祭の賑《にぎ》やかな雰囲気《ふんいき》が校内に満ちている。

希墨《きすみ》がいないだけで、昨日となにも変わらない。

なのに別の場所に来てしまったみたいに、今日はとても虚《むな》しく感じてしまう。

「有坂《ありさか》さん、もう休憩《きゅうけい》に入って大丈夫だよ。どうぞ行ってきて」

わたしは言われるがままに教室を出た。

昨日から希墨《きすみ》に借りたままのジャージを着て、あてもなく校内を歩く。

窓の外を見れば、たくさんの来場者が行き来をする。

こんなに人が集まっているのに、どうして彼だけがいないのか。

まだ眠《ねむ》っているの？

寝坊《ねぼう》しているなら起こしてあげようか、とスマホに表示される彼の名前をタップしそうになる。昨夜からその繰《く》り返《かえ》しだ。病院に駆《か》けつけることもずっと我慢《がまん》していた。

休んでほしいという気持ちと来てほしいという気持ちの板挟《いたばさ》みは一夜明けても変わらない。

「希墨《きすみ》」

名前を呼んでも、答えてくれる人はここにはいない。

◇◇◇

深海から浮《う》かび上《あ》がるようなゆっくりとした意識の覚醒《かくせい》だった。

それから浅瀬《あさせ》を漂《ただよ》うような長い思考の空白の後、五感の機能が戻《もど》ってくる。

消毒液の匂《にお》い、清潔なシーツの感触《かんしょく》、喉《のど》が渇《かわ》いていた。

ぼんやりとした視界がはっきりしてくると、知らない天井《てんじょう》であることに気づく。

「……ここは、病院？」

ベッドを囲うように遮《さえぎ》るカーテンの向こう側にある人の気配。首を巡《めぐ》らせてベッド周りの設備、なにより自分の腕《うで》に点滴《てんてき》が刺《さ》さっていたことから、保健室ではないと判断する。

まとわりつくような眠気《ねむけ》で周囲の音がまだ遠い。

窓から入る外光から今が昼間であることはわかった。

昼間？

不思議なことに夜が明けていた。

俺はヨルカの隣《となり》に座って、バスケの試合を見ていたことまでは覚えている。

あれは夕方だ。それから、どうなった？

記憶《きおく》がすっぽりと抜《ぬ》け落《お》ちている。学校にいたはずの俺が、なぜ自宅ではなく病院のベッドで寝《ね》ているのか。そもそも下校した覚えもない。

そこで、ライブのことがようやく頭に浮《う》かんだ。

「今は、何時なんだ？」

気持ちに反して身体《からだ》の反応が鈍《にぶ》い。それだけで自分の状態はある程度察しがついた。

枕元《まくらもと》に手を彷徨《さまよ》わせて、充電器《じゅうでんき》に繋《つな》がれた自分のスマホを摑《つか》んだ。

日付と時間を確認《かくにん》する。すでにライブまで一時間を切っていた。

「……、終わったな」

自分でも驚《おどろ》くほど素直《すなお》に、そんな言葉がこぼれた。

試合を見ながら、俺は倒《たお》れたらしい。

しかもヨルカの目の前でだ。

最悪すぎる。

恋人《こいびと》を心配させるなんて言語道断だ。

よりにもよって本番前にダウンするとは己《おのれ》の間の悪さに頭にくる。

が、腹を立てようとしても怒《おこ》る気力さえも湧《わ》かないのが実情だ。

昨日より体調はマシになったが、それでも身体《からだ》が重い。完全回復には程遠《ほどとお》かった。

今すぐ飛び起きるどころか、ベッドの上から起き上がることさえ厳しい。

スマホには大量のメッセージと着信が入っていた。

これだけの数が溜《た》まっていたのに目を覚まさないとは、自分の疲労困憊《ひろうこんぱい》ぶりにぞっとする。

ただ、それだけの数があるにも拘《かか》わらず有坂《ありさか》ヨルカの名前だけはなかった。

「――ったく、本心バレバレだよ。ヨルカ」

ヨルカの考えていることくらいお見通しである。

下手になにかを送れば、俺が無理をすると思ったのだろう。

ようやく動き出した頭は、自分の状態を把握《はあく》した。

しんどい。

嘘偽《うそいつわ》りなく、正直キツイ。

このままもう一度目を閉じて、思う存分眠《ねむ》り続《つづ》けたい。

腕《うで》に刺《さ》さった点滴《てんてき》の管《くだ》は重たい鎖《くさり》のように、自分の動きを封《ふう》じているみたいだ。

もういいじゃないか。

俺はできることを精一杯《せいいっぱい》がんばった。

昨日、飲茶《ヤムチャ》カフェは大盛況《だいせいきょう》だ。文化祭のメインステージも用意したマニュアルのおかげで滞《とどこお》りなく進行した。リンクスは、元々俺だけが足手まといだ。むしろ俺がいなくても、四人で上手《うま》くやれるだろう。

本番のステージに立てないのは残念だけど、ここで終わりだ。

我ながらよくやったと思う。もう満足しておけ。これ以上は恥《はじ》を晒《さら》すだけだ。無理にライブに出たところでヘロヘロのギターを笑われるに決まっている。さすがにフィナーレを飾《かざ》るには、しょぼすぎる。

諦《あきら》める理由は揃《そろ》っている。

仕方がない。

ここが凡人《ぼんじん》・瀬名希墨《せなきすみ》の限界だ。

そうやって必死に自分を説得しようとした。

なのに、どうあっても俺の心は納得《なっとく》しないのだ。

「……こんな結末、いいわけあるかよ」

気づいたら涙《なみだ》があふれていた。
嫌《いや》だ。どれだけ準備したところで本番に挑《いど》まなければ意味がない。
「終わりを決めるのは俺だ。他人じゃないッ」
有坂《ありさか》ヨルカは言った。強くなりたいと。
文倉朝姫《はせくらあさき》は決めた。現実の変化を認めた。
宮内《みやうち》ひなかは選んだ。自分の意志でステージに立つと。
七村竜《ななむらりゅう》は応えた。俺の分までバスケをがんばってくれた。
幸波紗夕《ゆきなみさゆ》は進んだ。次の一歩を踏《ふ》み出《だ》した。
叶《かのう》ミメイは貫《つらぬ》いた。自分のやりたいことを徹底的《てっていてき》にやると。
花菱清虎《はなびしきよとら》は晒《さら》した。傷ついた気持ちを武器にしてやると。
みんなが、とてもすごいと感じていた。
自分と勝手に比較《ひかく》して、劣等感《れっとうかん》を覚えていた。
彼ら彼女らから感じる信頼《しんらい》や親しみを疑うつもりはない。
俺はそれに助けられているし、救われている。
だからこそ、俺も正直になろう。
認められるだけでは足りない。
俺は、俺に胸を張りたいのだ。

自分自身の成果でみんなと肩《かた》を並べたい。

もっと自信をもちたい。そして気後《きおく》れしたくない。

平凡《へいぼん》だとか、ふつうとか器用貧乏《きようびんぼう》で逃《に》げていた自分が嫌《きら》いだ。

他人に合わせて、縁《えん》の下《した》として支えるだけの自分では満足できない。

このまま平凡《へいぼん》なまま可能性を見限って、諦《あきら》めることだけはまっぴらごめんだ。

——瀬名希墨《せなきすみ》という存在が、ここにいると証明したい。

もはや結果さえどうでもいい。

責任感や義務感とも違《ちが》う。

男の意地であり、欲だった。

ここまでがんばったなら最後までぶつけてみたい。

自分自身が演奏したい。

それだけなのだ。

だから、俺はもう一度立ち上がろうとする。

片手を回して、点滴《てんてき》の針を強引《ごういん》に抜《ぬ》く。その痛みがいい気つけになった。

「——、痛ッ」

ようやく血も巡《めぐ》り、手足の感覚は問題ない。疲《つか》れは回復していないが、俺はまだ動ける。

「きすみくんは寝《ね》ているの！　入っちゃダメ！　メンカイシャゼツなの！」

拙《つたな》い言葉で誰《だれ》かを遮《さえぎ》っている。この声は、映《えい》のものだ。

そのまま上半身を起こしたところで、カーテンが引かれた。

「よう、ひっどい顔してんな」

「きー先輩《せんぱい》⁉　起きて大丈夫《だいじょうぶ》なんですか？」

そこに立っていたのは、制服姿の七村《ななむら》と紗夕《さゆ》だった。

「ふたりとも、どうして」

「見舞《みま》いだよ。俺の華麗《かれい》なるゴールの数々を見届けず、有坂《ありさか》ちゃんに膝枕《ひざまくら》されやがって」

「いいだろう、恋人《こいびと》がいる特権だ」

「へぇ軽口を叩《たた》けるか。瀬《せ》名、体調はどうだ？」

七村《ななむら》が直球で問う。

「ぶっちゃけ最悪。自分の身体《からだ》じゃないみたい。このまま明日の朝まで余裕《よゆう》で寝《ね》られそう」

「ステージでひと暴れしてスッキリ寝《ね》るのも遅《おそ》くはないぞ」

「……きー先輩《せんぱい》、本気ですか？」

紗夕《さゆ》の顔つきを見れば、自分がどんな風に見えているかは明らかだ。

「幸波《ゆきなみ》ちゃん、今なら瀬名《せな》の着替《きが》えを手伝いたい放題だぞ」

「七村先輩《ななむらせんぱい》ッ！　こんな時までからかわないでくださいよ！　そんなことヨル先輩《せんぱい》に知られたら殺されちゃいますから！」

「俺の制服は……クソ、学校か。七村《ななむら》、俺のギターは？」

「学校だ。準備はミメイがしている。あと足りないのはおまえだけだ」

「じゃあ、行こう」

倒《たお》れたまま運ばれたなら荷物一式は学校に置きっぱなしだろう。まぁこのまま患者衣でステージに立つのも、それはそれでロックスターっぽいか。

時間がない以上、このまま学校に直行するしかあるまい。

「行っちゃダメ！」

俺達の前に立ちはだかったのは映《えい》だった。

怒《おこ》っている妹は、両腕《りょううで》を広げて通せんぼうをしてくる。

「このまま寝《ね》てて！　きすみくん、ヨルカちゃんのことになると変だもん！　ふつうじゃなくなる！」

妹の聞いたこともないような強い口調に、俺は驚《おどろ》かされる。

それはいつものワガママではなく、純粋《じゅんすい》に俺を気遣《きづか》っての制止だった。

「映《えい》」

「ヨルカちゃんが好きなのは知っているよ。だけど、今はダメだよ」

映《えい》はいつもの能天気さはなく、泣きそうな顔で心配してくれた。

「それだけじゃないさ」

俺は妹の頭に手をポンと乗せる。

「映《えい》、俺のライブ見たいって言っただろう？」

「ライブよりきすみくんが元気になる方がいい」

「ありがとう。だけどな、お兄ちゃんは、おまえにがんばるところを見せてやりたいんだ」

「ほら、ママの言う通りになったでしょう」

後ろから現れた俺の母親はすべてを見透《みす》かしたような顔をしていた。

「母さん。あれ、今日って仕事……？」

「大事な息子《むすこ》が倒《たお》れたら後回しに決まっているでしょう！　まだ寝《ね》ぼけているの？　着替《きか》えるなら、制服はそこのロッカーに入っているわよ。神崎《かんざき》先生が一緒《いっしょ》に持ってきてくれたから」

紗夕《さゆ》がすぐにベッド脇《わき》のロッカーを開けると、制服一式があった。

「母さん、心配させてごめん」

俺は今のうちに謝っておく。

そして、これからの無茶についても。

「あれだけ毎日夜遅《よるおそ》くまでギターの練習をしていれば、体調を崩《くず》すかもくらいは母親なら察するよ。それに、自力で目を覚ましたら希墨《きすみ》は行くだろうってこともね」

「親ならふつうは止めるもんじゃないの？」

「そりゃだって、あんなかわいい恋人《こいびと》のためならがんばっちゃうでしょう」

「──、うちの親もたいがいだな」

息子《むすこ》の無茶に背中を押してくれる親に感謝だ。

「バカ言いなさいよ。うちの息子《むすこ》が本気を出せば、結構すごい結果を出せるってことは知っているもの。映《えい》だって、お兄ちゃんが近所の永聖《えいせい》高校に合格してすごく喜んでいたもんね」

拗《す》ねる映《えい》は、母さんの後ろに隠《かく》れる。

「映《えい》ちゃん、約束だったよね。一緒《いっしょ》にきー先輩《せんぱい》のステージを見に行こう」

紗夕《さゆ》は腰《こし》をかがめて、映《えい》に話しかける。

「きすみくん、ほんとに大丈夫《だいじょうぶ》なの？」

「映《えい》。お兄ちゃんがおまえに嘘《うそ》をついたことあるか？」

「ない」

「じゃあ一緒《いっしょ》に来《こ》い」

「うん！」

後のことを母さんに任せて、着替《きか》えた俺は急いで病室を出た。

四人で病院を出ると、一台のクルマがクラクションを鳴らした。

「スミくん、こっち！」

運転席から顔を出してきたのは、有坂《ありさか》アリアだった。

「アリアさん⁉　なんで？」

「いいから、みんな早く乗って！　学校まで送るよ！」

体力を温存しておけ、と七村《ななむら》に担《かつ》がれていた俺はそのままアリアさんのクルマに放りこまれるように乗せられた。映《えい》と紗夕《さゆ》が俺を左右から挟《はさ》むように座る。

七村《ななむら》も助手席に滑《すべ》りこみ、全員のシートベルト着用を確認《かくにん》してクルマはすぐに動き出す。

「今日はタクシーじゃないんですね。アリアさん」

「そりゃスミくんがピンチなら一肌脱《ひとはだぬ》ぐくらいはしてあげるよ。特別だからね」

「アリアさんが魔王《まおう》じゃなくて、マジで女神《めがみ》に見えます」

最高のタイミングで現れたアリアさんには感謝しかない。

「今頃《いまごろ》気づくなんて、スミくんはほんとうに鈍《にぶ》いなぁ」

「アリアさんはつくづく俺の恩人ですよ。ありがとうございます」

俺が礼を述べると、バックミラー越《ご》しに見えたアリアさんの顔はどこか切なげに見えた。

「きー先輩《せんぱい》、少しでもエネルギー補給してください」

紗夕《さゆ》が自分のカバンから取り出したのは、俺の好きなゼリー飲料だった。

「さすが、紗夕《さゆ》。よくわかっているな」

「伊達《だて》にきー先輩《せんぱい》の後輩《こうはい》は長くやってませんから」

ゼリー飲料のパックを握《にぎ》りつぶして体内に押し流す。大丈夫《だいじょうぶ》、握力《あくりょく》もきちんとある。

気分的にも上向きになり、食欲も甦《よみがえ》ってきた。

映《えい》も面白《おもしろ》がって真似《まね》して、チョコレートを俺の口に放りこんだりする。

空っぽだった腹に食べられるものを入れて、水分補給をすると少しはマシになった。

七村《ななむら》は助手席で電話をかける。

『瀬名《せな》をピックアップして、今クルマで学校に向かっている。え、有坂《ありさか》ちゃんのお姉さんが来てくれたんだよ！　とにかく急いで届けるから、そっちは瀬名《せな》が準備する時間を稼《かせ》いでおけ』

その通話から、時間の余裕《よゆう》はあまりなさそうだ。

「スミくん。指のストレッチもして、動くようにしておきなさい」

アリアさんのアドバイスに従い、俺は手を温めるように揉《も》みほぐす。

そのうちに永聖《えいせい》高等学校の校舎が見えてきた。

正門前は派手な文化祭の入場ゲートもあり、クルマが入ることができない。

駐車《ちゆうしや》もできないため、その手前のところでクルマは一度止められた。

「映《えい》ちゃんは私と一緒《いつしよ》に客席でライブを見ようか」

クルマから降りた俺達についてこようとする映《えい》に対して、アリアさんが残るように言った。

「けど、きすみくんが心配！」

「みんながいるから大丈夫《だいじょうぶ》。それにスミくんの活躍《かつやく》は、客席で見た方が面白《おもしろ》いよ」

わかったと、映《えい》はあっさりアリアさんの言葉に従う。

「きすみくん、がんばってね。応援《おうえん》している！」

映《えい》はもう本番を楽しみにしている顔で、手を振《ふ》る。

「アリアさん。映《えい》のことよろしくお願いします」

「妹の扱《あつか》いには慣れているから任せて」

「ちょっと前までずーっと悩《なや》んでいたくせに」

「それだけ減らず口を叩《たた》けるなら大丈夫《だいじょうぶ》そうね」

「ありがとうございます、アリアさん。最後にもうひとつだけお願いしていいですか？」

俺は運転席に顔を寄せて、アリアさんに耳打ちした。

「ま、できるのは私しかいないだろうね。了解《りょうかい》、そっちも任せて」

さすがに今の状態ではアリアさんの綺麗《きれい》な顔が間近にあったところで緊張《きんちょう》する余裕《よゆう》もない。

「ほんと、アリアさんがいるだけで大概《たいがい》のことはなんとかなる気がしますよ」

心底この人がいてくれるだけで、なんでも上手《うま》くいきそうに思える。

「――じゃあ、これは最後に私からのサービス」

ほんの一瞬《いっしゅん》、アリアさんの唇《くちびる》が俺の頬《ほお》に触《ふ》れた。

「はい、気合い入ったでしょう」

俺が反応するまでに、わずかなタイムラグがあった。

慌《あわ》てて運転席から身を離《はな》す。

うん？　今、キスされたのか？

「え、ええ⁉」

気のせいか。あれ、どうなんだ。俺の勘違《かんちが》いなのか？

「ほら、さっさと行った！　演奏、がんばって！」

俺が動揺《どうよう》するのをよそに、アリアさんは笑顔《えがお》で送り出す。

「瀬名《せな》！　まだか！」「きー先輩《せんぱい》、早く！」

ふたりに急《せ》かされ、俺は振《ふ》り切《き》るように学校へ向かった。


「……ヨルカちゃんのお姉ちゃんも、きすみくんが好きなの？」

車内にいた映《えい》だけは、アリアのキスを目撃《もくげき》していた。

「うん」

「ヨルカちゃんの恋人《こいびと》だよ？」

「あなたのお兄ちゃんって、実はカッコイイでしょう」

「ヨルカちゃんと喧嘩《けんか》にならないの？」

「私は一回負けちゃったからさ」

アリアは静かに頬《ほお》を拭《ぬぐ》う。

「だから、さっきのことは私達だけの内緒《ないしょ》ね」

「特別だよ」

「ありがとう、映《えい》ちゃん」

第十一話 ○

「スミスミ、こっちに向かっている！　ヨルヨルのお姉さんがクルマで迎《むか》えにきてくれたんだって！」

七村《ななむら》くんからの電話を切り、ひなかちゃんが興奮気味に伝える。

舞台袖《ぶたいそで》で次の出番を待機していたリンクスの面々は沸《わ》いた。

「お姉ちゃん、希墨《きすみ》を連れてきてくれたんだ」

「え、ヨルヨルがお願いしたんじゃないの？」

わたしの反応に、ひなかちゃんが逆に戸惑《とまど》う。

「あぁ、でもセナキスが来るって言っても、もうすぐウチらの番が来るよ！」

前のバンドはもう最後の曲の演奏に入っていた。

わたしを含《ふく》めて四人はいつでもステージに立てる。

最悪、四人だけでも演奏できるように叶《かのう》さんはギターの音源を録音したものも準備していた。

その出番は幸運にもなさそうだ。

だが前の曲を終えて、ステージ転換《てんかん》にギリギリまで時間をつかったとしてもリンクスが五人揃《そろ》って登場するのは厳しいと思う。

到着《とうちゃく》した希墨《きすみ》が準備を終えるまでには、最低あと一曲分は引き延ばしたい。

「支倉《はせくら》さん、時間ってあとどれくらい残っている？」

「ここまでの進行はかなりスムーズだったから十分はまだ余裕《よゆう》がある。最悪MCをカットすれば予定通り三曲とも演奏できるだろうけど、希墨《きすみ》くんが来るまでどう持たせる気？」

「なら、わたし達が曲を弾《ひ》いて時間を稼《かせ》ぐ」

自然とそんな言葉が口から出ていた。

「ヨルヨル、本気？」

ひなかちゃんの目が心配をしている。

他人の視線で緊張《きんちょう》してきた人間が、いきなり無茶なことを言い出したのだ。

そうでなくても希墨《きすみ》を見つめることで辛《かろ》うじて乗り切ったわたしである。

その希墨《きすみ》がいないのに大丈夫《だいじょうぶ》なのかと、叶《かのう》さんや花菱《はなびし》くんも似たような反応だ。

「希墨《きすみ》が来る。リンクスは予定通りライブを五人でやる。だから、前座に付き合って」

わたしは叶《かのう》さんと花菱《はなびし》くんを見る。

「キーボード、ベース、ドラムなら――いえ、わたし達ならできる」

「断ると言うと思うかい？」

「望むところ！　テンション上がってきた！」

ふたりは了解《りょうかい》する。

「ヨルヨル、あたしも！」

「ひなかちゃんは希墨《きすみ》と一緒《いっしょ》に出てきて。リンクスのボーカルは最後まで温存しておかないと」

「わかった。うん、その方が演出っぽくてギャップも引き立つね」

「あ、でもなんの曲やる？　ウチ達、三曲しか練習してないよ」

本番直前での変更《へんこう》にも、花菱《はなびし》くんと叶《かのう》さんは笑っていた。

「叶《かのう》さんがわたしを選んだ時みたいにすればいいじゃない」

「──ジャムセッションといきますか！　この三人の編成ならジャズっぽいナンバーもいいね」

叶《かのう》さんはアドリブ大歓迎《だいかんげい》とばかりにウズウズしていた。

「おっと、それは僕が大変そうだな」

「興味のない女の子を喜ばせるのは得意でしょう、花菱くん」

支倉《はせくら》さんが生徒会長に流し目を送る。

「朝姫に頼《たの》まれたらNOとは言えないね」

花菱《はなびし》くんは顔をくしゃくしゃにして笑う。嬉《うれ》しそうだった。

「プランは固まったわね？」

支倉《はせくら》さんの問いに、わたしは答える。

「わたし達三人のセッションで繋《つな》ぐ。希墨《きすみ》の準備ができたら合図を出して。演奏をすぐに切り上げて、ふたりを入れてから本来の曲をやるから」

「有坂《ありさか》さん。もしも、希墨《きすみ》くんがギリギリのところでダメだったら？」

この場の責任者である支倉《はせくら》さんが念を押すように、最悪の事態について問う。

「「「それだけはない！」」」

示し合わせたようにリンクスの四人が同じ答えを返す。

「私もそう思う」

支倉《はせくら》さんもそれ以上は言わなかった。

「どうする、三人一緒《いっしょ》に出る？」

叶《かのう》さんは確認《かくにん》してくる。

「せっかくだから会場を焦《じ》らそうか」と花菱《はなびし》くんがアイディアを述べる。

「順番にひとりずつ現れてソロで演奏、タイミングを見て次の人が出てきて音を重ねていく。ドラムの僕、ベースのミメイ、有坂《ありさか》さんのキーボード。曲はアドリブ、これでいいかな？」

わたしと叶《かのう》さんが頷《うなず》く。花菱《はなびし》くんは支倉《はせくら》さんに照明などのリクエストを伝えた。

支倉《はせくら》さんは即座《そくざ》にトランシーバーで指示を飛ばす。

「全員聞いて。ステージ演出の変更《へんこう》！　悪いけど、ここからぶっつけ本番の一発勝負に付き合ってもらうから覚悟《かくご》して。最後のフィナーレ、つまらないミスで水を差さないように絶対聞《き》き逃《のが》さないでよ！　この後は――」

前のバンドの曲が終わる。

こちらの緊張感《きんちょうかん》は最高潮に達していた。

ついに本番が来てしまったというのに、わたしは自分でも意外なほど落ち着いていた。

主《あるじ》の帰還《きかん》を待っているギターは静かにスタンドの上で鎮座《ちんざ》する。

「さぁ、リンクス。行こうか」

叶《かのう》さんの高揚《こうよう》した声に、わたしも前を向く。

「三人とも、任せたよ。必ずふたりで追いつくから！」

ひなかちゃんの声が背中を押す。

舞台上《ぶたいじょう》の照明が落ち、体育館が暗闇《くらやみ》に包まれる。

突然《とつぜん》の暗転に会場全体がざわめく。

なんだか暗い海に漕《こ》ぎ出《だ》すみたいな気分だった。恐《こわ》いけど、このドキドキは嫌《いや》じゃない。

「じゃあ、お先に」

先陣《せんじん》を切って、花菱《はなびし》くんがステージに進んだ。

同時にスポットライトが彼の姿を浮《う》かび上《あ》がらせる。

女子の黄色い声がいくつも上がった。彼は笑顔《えがお》で手を振《ふ》り返《かえ》す。ドラムセットに座る。そして沈黙《ちんもく》を打ち破るように男らしい力強いドラムプレイ。おぉという驚《おどろ》きが会場から上がる。

「ウチも行くね」

続いて叶《かのう》さんがステージに現れる。

軽音楽部の面々や、彼女目当てでやってきた人々が期待に満ちた歓声《かんせい》を上げた。

今度はスポットライトが彼女だけに注がれる。

後ろでドラムが小さくリズムを刻む中、叶《かのう》さんのベースが暴れ出す。会場全体を揺《ゆ》さぶるみたいにスピーディーな指づかいで重低音を響《ひび》かせる。その超絶技巧《ちょうぜつぎこう》のテクニックに誰《だれ》もが圧《あっ》倒《とう》されていく。

ベースとドラムのリズム隊は最初の主導権を取り合うように、演奏の激しさを増していく。

重く、低く、激しく、音と音がぶつかり合う。

まるでヘビー級ボクサー同士の殴《なぐ》り合《あ》いだ。

ヒートアップしていく会場は、次に誰《だれ》が登場するのかに期待が高まっているのがわかった。

「有坂《ありさか》さん。なんで希墨《きすみ》くんに連絡《れんらく》しなかったの？」

支倉《はせくら》さんがわたしの隣《となり》に並ぶ。

「わたしが連絡《れんらく》したら、ほんとうに無理でも来ちゃうもの」

「その方がいいのに？」

「無理なら無理で構わないの。キツイなら絶対に休むべきだし、そうでなきゃいけないと思う。

最後は希墨《きすみ》に選んでほしい。わたしはただ、希墨《きすみ》の立つステージの上で待っていればいい。だから、そのステージが用意されていないなんて絶対許さない」

わたしが今やるべきことは泣いたり、拗《す》ねたり、塞《ふさ》ぎこむことじゃない。

ずっと応援《おうえん》してくれた希墨《きすみ》に報《むく》いるために、わたしがまずステージに立たなければならない。

そこに彼が来なくてもだ。

「──私とは真逆か。そこまで言われたら確かに敵《かな》わないな。相性《あいしょう》は悪くなかったけど、やっぱりタイミングかぁ……」

支倉《はせくら》さんはどこか清々《すがすが》しい声だった。

「なんのこと？」

わたしは思わず横を見た。

「四月のことを思い出しちゃって。私が希墨《きすみ》くんに告白していた最中に、有坂《ありさか》さんは突然《とつぜん》現れて邪魔《じゃま》してきたじゃない」

なんの遠慮《えんりょ》もなく、支倉《はせくら》さんはいきなり本音を吐露《とろ》してきた。

「あれはわたしが仲直りしようとしたら、あなたが手を出そうとして」

「うん。特別って結局そういうことなんだよ。呼んだら来てくれる希墨《きすみ》くんはすごくやさしい男の子だと思う。だけど、呼ばなくても来れちゃうのが本物の愛なのかも。それを信じられる有坂《ありさか》さんも」

「夢を見すぎ」
「女の子だもの。恋愛に夢を見てもいいじゃない」
支倉《はせくら》さんは目にうっすらと涙《なみだ》を浮《う》かべ、下唇《したくちびる》を薄《うす》く噛《か》む。
ステージからこぼれる光に、涙《なみだ》が宝石のように煌《きら》めく。
あぁ、こんなにかわいくて賢《かしこ》くて、気の利《き》く女の子なら誰《だれ》でも好きになるだろう。
彼女に好かれようと思って、やさしくする人も大勢いるはずだ。
逆にこんな魅力《みりょく》的《てき》な子に言い寄られたら、簡単に心を奪《うば》われるに違《ちが》いない。
支倉朝姫《はせくらあさき》に告白をされたら大抵《たいてい》の男の子はＯＫするに決まっている。
だけど、わたしの恋人《こいびと》は断った。
「うん。確かに、わたしは恋《こい》をして魔法《まほう》にかけられたみたいに強くなれた」
合宿が終わった直後、支倉《はせくら》さんの電話で希墨《きすみ》は飛び出していった。
わたしも本音では決して気分のいいものじゃなかった。
強がることと強いのは違《ちが》う。
少なくとも、あの瞬間《しゅんかん》のわたしは承服しきれなかった。
やさしいのは希墨《きすみ》の魅力《みりょく》だ。そこにわたし自身が惹《ひ》かれたのは間違《まちが》いない。
わたしは、そのやさしさを独占《どくせん》したいと思っていたから苦しかった。
だってわたしはそうやって彼と恋《こい》に落ちた。

どれだけ冷たく追い返しても、彼は何事もなかったようにわたしだけの美術準備室に来てくれた。わたしの不機嫌《ふきげん》で棚《たな》から絵が落ちてきた時も、身を挺《てい》して守ってくれた。すごく動転して嫌《きら》われてもおかしくないことばかり言ったのに、希墨《きすみ》は律儀《りちぎ》に散らばった絵を片づけにやってきた。最初はクラス委員としての義務感か、下心か、どちらにしても鬱陶《うっとう》しいだけだった。

だけど、そうした打算は微塵《みじん》もなく、コミュニケーションに難ありの自覚があるわたしと根気強く話を続けた。

多分、彼はおかしいのだ。

あんな愛想《あいそ》がなくて冷たくて厳しかったわたしと毎日話したがるなんて、よっぽどの変人なのだろうと疑っていた。

いつの間にか、わたしは彼の入室を当たり前に受け入れ、コーヒーやお菓子《かし》を出したりして、このふたりだけの時間を楽しんでいる自分に気づく。

去年の文化祭の時期に忙《いそが》しい彼が美術準備室に来なくなり、ひとりきりの時間がすごく退屈《たいくつ》でさびしいと自覚する。

久しぶりに顔を出してくれた時、飛び上がるほど嬉《うれ》しかった。

そんな自分を自覚したら、もう止まれない。

今度は感情をコントロールするのが大変だった。

彼に会えないだけで、短い冬休みがあんなにも長く感じるなんて知らなかった。

早く学校に行きたいなんて思ったのは人生ではじめての経験だ。

ヴァレンタインには柄《がら》にもなく、チョコレートを贈《おく》った。

ホワイトデーにお返しでくれたクッキーはもったいなくて、すぐには食べられなかった。

三学期の終わりが近づく頃《ころ》には、二年生でクラスが変わったら彼と話す機会がなくなるんじゃないかとやきもきした。

終業式後、神崎《かんざき》先生に『同じクラスにしなければ学校を辞《や》める』と直訴《じきそ》してしまった。

要するに有坂《ありさか》ヨルカも瀬名《せな》希墨《きすみ》に心底惚《ほ》れていたのだ。

だから、桜の木の下で希墨《きすみ》に告白された時は夢かと思った。

同じように彼のやさしさの延長に愛情があり、わたし以外とも両想《りようおも》いになられたらどうしようかとずっと恐《こわ》かった。

ただ、それはわたしの独占欲《どくせんよく》と嫉妬《しつと》から来る勘違《かんちが》いなのだ。

彼のやさしさは他人の気持ちに寄《よ》り添《そ》うための、誰《だれ》にも負けない才能である。

しかも損得なく誰彼《だれかれ》構わず発揮できる、すごい人だ。

同時に希墨《きすみ》のやさしさと愛情は別物なのだ。

瀬名《せな》希墨《きすみ》の気持ちはいつだって有坂《ありさか》ヨルカだけに向いている。

その愛情は最初からわたしだけのものだ。

決して揺《ゆ》らぐことはない。

今ならそう信じられる。

四月に弱かったわたしが衝動的《しょうどうてき》に別れかけた時、もう一度ふたり結び合うために駆《か》けつけたように、希墨《きすみ》もここに来る。

ステージが、わたしを呼んでいた。

「私はここまでよ。あとは有坂《ありさか》さん、がんばって」

支倉《はせくら》さんの声に背中を押され、わたしは一足先にステージへ立った。

わたしの名前を呼ぶ声がした。それは二年A組のみんなだ。今日の飲茶《ヤムチャ》カフェを無事に終えて、見に来てくれている。純粋《じゅんすい》な応援《おうえん》が嬉《うれ》しい。

たったひとりのスポットライトは眩《まぶ》しい。

光の外側は暗くてよく見えないけど、自分に注がれるたくさんの視線は肌《はだ》で感じる。

前はすべてが恐《こわ》くて、不快だった。

いや、今もそれ自体は変わらない。

ただ、割とどうでもいいとは思えるくらいには今は無視できた。

希墨《きすみ》のことさえ考えていればいいってほんとだ。

わたしは彼のためにだけ弾《ひ》けばいい。

彼のことだけを想《おも》えば、勇気が湧《わ》いてくる。

他の人になにを思われ言われようとも、彼から好かれているならばわたしはわたしのままでいられる。

たとえこの場にいなくて、どこでも彼のことを想《おも》える。

頭の中をぜんぶ瀬名希墨《せなきすみ》で埋《う》めてしまえばいいという、あまりにも恋愛脳《れんあいのう》な解決法。

我ながら浮《う》かれているにも程《ほど》がある。

だけど、わたしはそれでいいのだ。それがいいのだ。

——恋《こい》する女は無敵なんだ！

心でそう叫《さけ》ぶようにキーボードを鳴らす。

解き放たれたみたいに鍵盤《けんばん》の上を指が滑《すべ》っていく。自分でもびっくりするくらい楽しんでしまっている。自然とテンポアップして音が跳《は》ねていた。

歌うように、踊《おど》るように、心のままに。

キーボードのソロが終わると、客席から思いもよらぬ歓声《かんせい》が返ってきた。

女王のようなわたしのワガママな演奏に、リズム隊は忠実に従っていく。

ふたりとも驚《おどろ》きながらも、上手に合わせてくれた。

散々練習をしたおかげでお互《たが》いの癖《くせ》や好みがわかるようになり、気持ちよく音を重ねていくことができる。

わたし達のトリオは、残りのふたりに呼びかけるように高まっていく。

◇◇◇

「ほい。ギタリストのお届けだ！」「お待たせしました！」

舞台袖《ぶたいそで》に三人で飛びこむと、朝姫《あさき》さんとみやちーが待っていた。

「いける？」

朝姫《あさき》さんは俺の顔を見た途端《とたん》、前置きもなく問うた。

「もち。そのために来た」

「安心して。今ならMC抜《ぬ》きで全曲演奏できるわ。希墨くんの、ス、ケ、ジ、ュ、ー、ル、通、り、に、ね」

「最後までノンストップで全力疾走《ぜんりょくしっそう》か。痺《しび》れるねぇ」

俺は軽口を叩《たた》いて、自分の中の怯《ひる》みを追い出そうとする。

朝姫《あさき》さんは「あと一分で、ボーカルとギターが出るってカンペ出して」とトランシーバーで舞台下《ぶたいした》にいる生徒に指示を出す。

「ありがとう、朝姫《あさき》さん」

「今回は希墨《きすみ》くんに助けられてばかりだもの。少しは活躍《かつやく》の場を私にもちょうだい」

「最高の相棒がいてくれて、こんなに心強いことはないよ」

朝姫《あさき》さんはぎこちなく笑った。

俺はステージを見つめる。

ステージから聞こえてくる音が俺を勇気づける。

ヨルカ、叶《かのう》、花菱《はなびし》があそこで待っている。

あの光の下に、俺も早く立ちたい。

もはや力むだけの余裕《よゆう》もないので、緊張《きんちょう》しなくて済んだのは幸いだ。

「スミスミ、ギターだよ」

みやちーが持ってきてくれたギターを俺は受け取る。

ストラップがずっしりと肩《かた》に食いこみ、ギターがいつも以上に重く感じた。

「七村《ななむら》、紗夕《さゆ》。ここまでありがとう」

「当たって砕《くだ》けてこい。骨なら拾ってやる」

「ここまで来たら盛大《せいだい》にやっちゃってください！」

ふたりの励《はげ》ましに、自然と笑《え》みがこぼれる。

「みやちー。最後の最後で心配させた」

首を横に振《ふ》るみやちー。

「スミスミ、言いっこなしだよ。ちゃんと本番にリンクスは全員揃《そろ》ったんだもん。もう最後まで楽しめればそれでいいと思う。だから、あたし達も行こう！」

ステージでは三人のセッションが終わった。

アドリブであれだけ聞かせるなんて大したもんだ。

会場が余韻《よいん》を引きずる中、みやちーと俺もステージに現れた。

「悪い。待たせた」

それぞれと一瞬《いっしゅん》だけ視線を交《か》わす。

みやちーがステージの中心に置かれたマイクの前に立つ。

俺も自分の立ち位置で、ギターの準備をする。

そこにヨルカがキーボードの前から俺に近づいてきた。

「舞台袖《ぶたいそで》で聞いてたよ。ぜんぜん緊張《きんちょう》してなかったじゃん。強くなったな、ヨルカ」

「希墨《きすみ》はしんどそうね」

ヨルカはそう言って、俺の首元におもむろに手を伸《の》ばす。

「キスでもしてくれるの？」

「ネクタイ、結べてない。だらしない人は嫌《きら》いって告白をOKした時に言ったはずよ」

ヨルカは俺の首から垂れ下がったままのネクタイを、慣れた手つきで結ぶ。

いつもよりかなり緩《ゆる》めで結び目の位置も下がっている。俺の体調を気遣《きづか》って、苦しくならないように最低限の体裁《ていさい》だけを整えてくれた。

「ありがとう、ヨルカ」

自然な気配りが身に染《し》みる。この細やかさこそがヨルカなのだと思う。

「いくらでも直してあげるわ。彼女だし……」

その台詞《せりふ》は、俺の告白に対してヨルカから返事をもらった高校二年の初日を思い起こさせた。

「希墨《きすみ》、来てくれて――」

「まだ来ただけだ。ぜんぶ終わった後に聞かせてくれ」

俺は意識的に口角を吊《つ》り上《あ》げて、大きな笑顔《えがお》をヨルカに向ける。

「うん。わかった」

ヨルカは、キーボードの前に戻《もど》った。

俺も用意ができたことを目で合図する。

ようやくリンクスの五人が集まった。

みやちーがマイクを握《にぎ》る。

「今年の永聖《えいせい》高等学校文化祭もついにフィナーレです！　みんな盛り上がっているか！」

満員の客席が津波《つなみ》のような声援《せいえん》で応える。

「お待たせしました、あたし達のバンド名はリンクスです！　どうかあたし達と繋《つな》がって最後の時間を、最高の思い出にしてください！」

ドラムのカウントと共に、曲がはじまる。

◇◇◇

ステージ上に瀬名希墨《せなきすみ》が現れた瞬間《しゅんかん》、神崎紫鶴《かんざきしづる》は血相を変えた。

遠目に見ても、彼が本調子でないのは明らかだ。

「バカな子ッ」

体育館の端《はし》で見ていた紫鶴《しづる》はすぐに舞台袖《ぶたいそで》へ向かおうとする。

「はい、紫鶴《しづる》ちゃんストップ。ライブの邪魔《じゃま》はさせないよ」

「アリア、それに瀬名《せな》さんの妹さんまで。あなたですかッ、彼を連れ出したのは⁉」

「ごめんね、紫鶴《しづる》ちゃん。かわいい教え子のお願いだから、つい応援《おうえん》したくなっちゃって」

「無責任なことをしないでください。彼は倒《たお》れたんですよ」

映《えい》がいること、そしてライブ中のために紫鶴《しづる》も怒《おこ》りづらい。

爆音《ばくおん》の中、映《えい》は早くもステージの希墨《きすみ》達に夢中になっており、ふたりの揉《も》めていることには気づいていない。

「責任はとれなくても、信じることはできるよ」

「アリアッ」

紫鶴《しづる》はかつてないほどの怒《いか》りを浮《う》かべて、アリアを睨《にら》む。

声を潜《ひそ》めた、ふたりの喧嘩《けんか》。

「過保護すぎるよ、紫鶴《しづる》ちゃん」

「教師として生徒の無茶を止めるのは当然です」

「紫鶴《しづる》ちゃん個人が、でしょう？」

「付き合いきれません。どいてください」

「大丈夫《だいじょうぶ》、あの子達は成功するよ」

アリアは、無視しようとする紫鶴《しづる》の手を掴《つか》む。

「そうやって、なんでもかんでもあなたの都合で上手《うま》くいくとは思わないでください」

「ねぇ紫鶴《しづる》ちゃん。私達って教師と生徒で出会ったけど、今は友達だよね」

「……なんですか、急に」

「答えて」

「私はあなたを人間的に好きですし、卒業後では対等な関係と思っています。今はとても腹立たしいですが」

「じゃあ、マウントとるね。紫鶴《しづる》ちゃんより先にスミくんを教えたのは私」

「はい？」

「スミくんはやさしいから競争とか苦手で器用ではないけど、やらせればできる子なの。もう平凡《へいぼん》だって思いこみを捨てて、自信をもたせていい時なんだよ。だからさ、紫鶴《しづる》ちゃん。スミくんが羽化《うか》する瞬間《しゅんかん》をなにもせず見守ろうよ」

「どうして、そうあなたは彼に甘いんですか？」

「たぶん、紫鶴《しづる》ちゃんと同じ理由かな」

「意味がわかりません」

「そう？　好きな人ががんばっていたら、応援《おうえん》したくなるでしょう」

「…………アリア」

手を離《はな》しても、紫鶴《しづる》が足を止めたまま動くことはなかった。

ステージ上で、彼はギターを見事に奏《かな》でている。

「スミくん──いや、希墨《きすみ》。がんばれ」

アリアは涙《なみだ》を流しながらステージを見つめた。

◇◇◇

あーマジで死にそう。

重力がうざったい。立っているだけでしんどかった。

──だけど最後までやり遂《と》げたい。

ギターがいつもより重い。今すぐ放り出して横になりたい。

──だけど今までにないくらいに最高のパフォーマンスができている。
スポットライトが眩《まぶ》しい。もう目を閉じたい。
──だけど会場の様子とリンクスの演奏している姿を見ていたかった。
音が大きい。聞いているだけで疲《つか》れてしまう。
──だけどこの刹那《せつな》にしか味わえない音に溺《おぼ》れていたかった。
我ながら驚《おどろ》くほどがんばっている。
身体《からだ》はとっくに音を上げているのに、気持ちはステージに立つ前よりもずっと楽だ。
限界を超《こ》えているはずなのに、今までの倦怠《けんたい》感が嘘《うそ》のように軽い。
まともな道理や常識で判断するならすぐにでも中止すべきなのだろう。
そんなものは知るか。
今の俺は、俺の想《おも》いのままに感情を音に乗せて解き放つ。
どれだけ拙《つたな》い音に聞こえていようが、俺にとっては最高の演奏だった。
自己陶酔《じことうすい》もいいところだ。
もしかしたら観客は雑音を聞かされていると感じるのかもしれない。
だが、限りなく俺は自由だ。
叶《かのう》が言っていた『衝動《しょうどう》をそのまま音にする』ってのは、まさに今の状態だろう。
音楽に没頭《ぼっとう》して、自分と音楽しかない不思議な気分。

なのに自分から発せられるものがみんなの音と融合《ゆうごう》し、会場の空気と混ざって特別なものに昇華《しょうか》されていくのがわかる。

違《ちが》う楽器が奏《かな》でる音が見事に嚙《か》み合《あ》い、絡《から》み合《あ》い、溶《と》け合《あ》い、ひとつの曲となっていく。

お互《たが》いの発する音が有機的に呼応し、大きなダイナミズムを生み出している。

技術や理屈《りくつ》を超《こ》えたグルーヴがあり、新しい調和をもたらす。

なんて夢見心地《ゆめみごこち》な時間だろう。

俺達リンクスは、音で確かに繫《つな》がり合《あ》っている。

このケミストリーにずっと浸《ひた》っていたい。

たとえ一時の幻《まぼろし》であっても、この瞬間《しゅんかん》があれば満たされる。

そんな至高の心地《ここち》。

音楽をリアルタイムで創造する快楽。

注目を浴びる高揚感《こうようかん》。

なによりも最前列の客席よりもさらに間近で、みんなの生の音が聞ける興奮。

特別な瞬間《しゅんかん》の誕生に立ち会っている喜びに胸が震《ふる》える。

あぁ、ヤバい。

脳内麻薬《のうないまやく》みたいなものが迸《ほとばし》っているのだろう。

ほんとうにおかしくなってしまいそうだ。

どんどん麻痺《まひ》していくのがわかる。
しんどいのに楽しい。
爆音《ばくおん》が心地《ここち》よい。会場の熱気が愛《いと》おしい。歓声《かんせい》が気持ちいい。
もっと騒《さわ》げ。もっと上がれ。もっと喜べ。
ついに最後の曲だ。
MCもなく、残り時間を惜《お》しむように俺達はひたすら演奏に没頭《ぼっとう》する。
こんなものは楽しませたもん勝ちだ。
俺のギターは鋭《するど》さを増すように激しくなる。
叶《かのう》のベースが縦横無尽《じゅうおうむじん》に跳《は》ねるように弾《はじ》けていた。
花菱《はなびし》のドラムが会場全体を震《ふる》わすように力強く叩《たた》かれる。
ヨルカのキーボードが幻惑《げんわく》するように七色の美しい音色を紡《つむ》ぐ。
そして、みやちーのボーカルは情感たっぷりに歌い上げる。
曲が最後の瞬間《しゅんかん》に近づいていく。
お願いだ、このまま終わらないでくれ。
この時間が永遠に続いてくれ。
人生の最高潮だ。
余計なことを考えなくていい。

まさに忘我《ぼうが》の境地。

真っ白な意識に包まれる。

世界が遠ざかっていく。

感情だけが彼方《かなた》まで疾走《しっそう》していった。

みんな、待っていてくれてありがとう。

花菱《はなびし》、立ち直ってくれてありがとう。

叶《かのう》、音楽を教えてくれてありがとう。

みやちー、最高の歌声をありがとう。

ヨルカ、俺を支えてくれてありがとう。

万感《ばんかん》の想《おも》いを乗せて、ピックが弦《げん》の上に下ろされる。

そして、最後の一音が解き放たれた。

同時に燃《も》え尽《つ》きたように、俺はその場でただ立《た》ち尽《つ》くす。

一瞬《いっしゅん》の無音。

残響《ざんきょう》さえも空気に溶《と》けて、ついに消える。

沈黙《ちんもく》。

直後、雪崩《なだれ》のように会場から押し寄せてきた熱狂《ねっきょう》する声の塊《かたまり》を浴びて、俺はライブが終わったことに気づく。

いつの間にか手からピックが落ちていた。

熱気に包まれたまま、世界がまだ遠い。

魔法《まほう》が解けたみたいに、あんなにも一体となっていた感覚は嘘《うそ》のように消えてしまった。

でも、この声援《せいえん》が温かいものだというのはわかる。

瀬名希墨《せなきすみ》はどこまでもスター性が皆無《かいむ》の平凡《へいぼん》な男だ。

他人をすぐに惹《ひ》きつけるわかりやすい魅力《みりょく》はないし、唯一無二《ゆいいつむに》の武器もない。

もっと欲張らず、人並みで満足できればよかった。周りに嫉妬《しっと》せず、程々《ほどほど》に無関心で大人しく自分の分《ぶ》を弁《わきま》えた生き方ができれば楽なのだろう。

効率よく、無理なく、必要以上に上を見なければ心も無闇《むやみ》に乱されることもないはずだ。

だけど努力して、求めて、足掻《あが》くことを俺は選んだ。

決して最短距離《さいたんきょり》ではない。きっと余計な遠回りもたくさんしてきただろう。

その苦難の道が俺を強くした。

それだけは誇《ほこ》っていいと思える。

興奮の収まらぬ会場に反して、俺の焼けついていた意識が急速に冷えていく。

日常の感覚が戻《もど》り、また自分を冷静に客観視してしまう。

こんなの、十回に一回の成功がたまたま最初に来たにすぎない。

ビギナーズラックもいいところだ。

その一回をここで披露《ひろう》できてよかった。

平時の手を抜《ぬ》くのが苦手な性格のおかげで努力は裏切らないとばかりに、この三カ月の必死の練習で養った演奏技術は本番できちんと発揮されていたようだ。

俺のやってきたことは間違《まちが》いではない。

瀬名希墨《せなきすみ》のがんばりは報《むく》われた。

そう、実感する。

「はは」

俺の口から軽く笑いがこぼれた。

さすがに感極《かんきわ》まるものがある。

俺は、俺達は最後まで演奏をやり切った。その実感と引《ひ》き換《か》えに、押し寄せてくる心地《ここち》よい疲労感《ひろうかん》。全身が汗《あせ》だくだが悪い気はしない。

万雷《ばんらい》の拍手《はくしゅ》が鳴りやまず、会場を包む。

俺はぐるりとバンドメンバーの顔を見る。

みんなが同じような顔をしていた。

秋なのに会場の熱気と興奮で全身が熱い。

舞台袖《ぶたいそで》では紗夕《さゆ》と七村《ななむら》が親指を立てて笑っていた。

観客席に映《えい》が飛《と》び跳《は》ねて喜んでいる姿を見つける。

その後ろで神崎《かんざき》先生とアリアさんも拍手《はくしゅ》をしてくれていた。

「スミスミ、なにか一言」

みやちーがマイクを手渡《てわた》してくる。

俺でいいの？　と自分を指差すと、みんなが頷《うなず》く。

朝姫《あさき》さんを見れば、しょうがないとばかりに、指でOKを出す。

「えーっと、実を言うと昨日ぶっ倒《たお》れました。それで本番の一時間前まで寝《ね》てました。だから寝起《ねお》きの演奏です。その割に、めっちゃくちゃ盛り上がってましたね」

俺が冗談《じょうだん》っぽくいじると、会場全体が笑った。

「みんなが楽しんでくれたおかげで、最後まで演奏することができました。ほんと、感謝してます。俺にとっても高校生活で、最高の思い出になりました。ありがとう」

会場のあちらこちらから労《ねぎら》いの掛《か》け声《ごえ》が飛んでくる。

「ここにいる全員にお礼を言いたいけど、それをやっていると後片づけが終わらなくなるので我慢《がまん》します。俺も文化祭実行委員ですし、生徒会長も後ろにいるので」

俺が振《ふ》り返《かえ》ると、花菱《はなびし》がシンバルを鳴らす。

「ダメだそうです。だからひとりだけ、大切な人だけお礼を言わせてください。──ヨルカ」

俺がキーボードに向き直ると、スポットライトが俺とヨルカにだけ絞《しぼ》られる。

「自慢《じまん》じゃないけど、俺の恋人《こいびと》です。すげえ美人でいい子です」

ヨルカはもう慌《あわ》てなかった。演奏に熱が入りすぎて、そんな余裕《よゆう》すらないだけなのかもしれない。ただ、黙《だま》って俺を見つめていた。

「俺が最後までがんばれたのは、ヨルカがいてくれたからだ。君が強くなりたいって言ったように、俺も君に相応《ふさわ》しい男になりたいんだ」

一番身近にいる女の子。大切な存在。大好きな人。誰《だれ》よりも認められたい相手。

彼女が必死にがんばっているから、俺も負けていられないと思った。

俺達ふたりは平等であり、尊敬がある。

だけど客観的に見ればどうだろうか？

最初からわかりきったことだ。

瀬名希墨《せなきすみ》は凡人《ぼんじん》で、有坂《ありさか》ヨルカは手の届かない高嶺《たかね》の花。

不釣《ふつ》り合《あ》いなカップルであるのは誰《だれ》の目に見ても明らか。

それでも俺自身の想《おも》いは揺《ゆ》るぎなく、ヨルカの愛情にも疑いがない。

ヨルカとの差を心のどこかで常に気にしていたのは、俺に自信がないからだ。

他人への愛情と自分に対する自信は別問題なのだ。

今の関係に不満はひとつもない。

だけど、このまま現状維持《いじ》で済むのは高校生の間だけだと思う。

人生には容赦《ようしゃ》なく変化が押し寄せる。

環境《かんきょう》の変化はどうしようもなく、それが否応《いやおう》なく感情の変化を促《うなが》す。
あらゆる物事は残酷《ざんこく》なまでに移り変わる。
十七歳の確信なんてあまりにも脆《もろ》くて弱い。
俺はヨルカのいなくなった瞬間《しゅんかん》を想像して、ふいに怯《おび》えてしまうのだ。
そんなことなど杞憂《きゆう》と無視して、目の前の楽しさに全力を傾《かたむ》けることで逃《に》げればいい。
でも、それだけじゃダメだ。
ヨルカを守れるように、俺自身がもっと強くなりたかったのだ。
この恋《こい》は青春時代の思い出で終わらせたくなかった。
人生の最後まで君と一緒《いっしょ》に生きていきたい。
だから、一番言いたかった言葉が自然と出た。
「ヨルカ！　大好きだ！　愛している！　俺と結婚《けっこん》してくれ――――ッ!!」
気づいたら大声でプロポーズしていた。
見届け人である会場を満員で埋《う》め尽《つ》くす生徒達が興奮の声を上げる。
ヨルカにとって過去最高の視線が自分に集中しているのだろう。
四月の教室での恋人宣言《こいびとせんげん》の比ではない。

なんという羞恥《しゅうち》プレイ。ほとんど拷問《ごうもん》の域だろう。

会場はヨルカの答えを、固唾《かたず》を呑《の》んで見守っていた。

熱気と沈黙《ちんもく》が同居する張《は》り詰《つ》めた奇妙《きみょう》な時間。

人生で一番時の流れが遅いと感じる。

だけど俺はもう取り乱さない。


両想《りょうおも》いの恋人《こいびと》は震《ふる》える両手を上げ、胸の前でドーナツを抱《かか》えるみたいに小さな丸を作った。


その答えに、祝福の声が爆発《ばくはつ》する。

鳴りやまない拍手《はくしゅ》と歓声《かんせい》はやがて一体となってリズムとなる。

会場から溢《あふ》れるアンコール。

何度も何度も演奏を求める声が繰《く》り返《かえ》される。

「瀬名《せな》ちゃん、ここが漢《おとこ》の見せ所だね」

「スミスミ、もうひと踏《ふ》ん張《ば》りだよ」

「セナキス、まだいけるでしょう」

「希墨《きすみ》！　ほんと、最後まで責任とりなさいよ！」

ヨルカはかつてないほど赤面していた。

四人から向けられる視線に対して、俺は予備のピックを摑《つか》む。

「おめーら心配しすぎなんだよ。何曲でもやってやるよ！」

俺は再びギターをかき鳴らす。


こうして永聖《えいせい》高等学校の歴史に新たな伝説を残して、文化祭は幕を閉じた。

幕間三

アンコールの曲を弾《ひ》き終《お》えて、ステージの幕が下りた。

ライブの成功を喜ぶ五人を労《ねぎら》うように舞台袖《ぶたいそで》からみんなが集まってきた。

朝姫《あさき》ちゃんに紗夕《さゆ》ちゃんとななむー、神崎《かんざき》先生やヨルヨルのお姉さん、映《えい》ちゃんも駆《か》けつけてきた。

「せっかくなので記念撮影《きねんさつえい》をしましょう！」

紗夕《さゆ》ちゃんの一声に、全員の集合写真を撮《と》る。

そして写真を撮《と》り終《お》えると、燃《も》え尽《つ》きたスミスミはその場で崩《くず》れ落《お》ちるように倒《たお》れた。

スミスミはとっくに限界を超《こ》えていた。

それをわかっていたようにヨルヨルが受け止める。

あたしは、抱《だ》きしめ合《あ》うふたりがとても尊いものに見えた。

動けなくなったスミスミに、ヨルヨルはそのまま付《つ》き添《そ》って体育館を出ていく。

そのふたりの後ろ姿に、春の球技大会を思い起こす。

だけど、あの時よりももっと確かな繋《つな》がりをふたりから感じ取れた。

「お疲《つか》れ様《さま》。すごいライブだったね」

朝姫《あさき》ちゃんが隣《となり》にやってきた。

「楽しかった。あたしにとっても一生の思い出」

「ほんと、忘れられそうにない」

「ヨルヨルにとっても、かなりのサプライズだったみたいだけどね」

「まさかプロポーズまでするなんて」

「しかも、あんな大勢の前でね」

朝姫《あさき》ちゃんとふたり、思い出して笑ってしまう。

「ふつう、高校生でそこまで言う？」

「文化祭マジックだよ。テンションが上がって、本心が出ちゃった的な」

「高校生で結婚《けっこん》とか現実味がないや。私は私のことで手いっぱいなのに」

「──夢を叶《かな》えるって、あんな風にふつうや常識を飛《と》び越《こ》すことなんだよ、きっと」

「ひなかちゃんは賛成派なの？」

「応援《おうえん》派《は》かな。……朝姫《あさき》ちゃんは？」

「唖《あ》然《ぜん》って感じ。こっちが足踏《あしぶ》みしているうちに、あっちはもっと先へ行っちゃうんだもの。もう背中も見えなくなっちゃって、少しだけさびしい。まぁでも、今回は百点満点かな」

朝姫《あさき》ちゃんの目は赤いけど、その表情はスッキリしているみたいだった。

「スミスミはあんなヘロヘロな状態でステージに立って、よくギターを弾《ひ》けたよね」

「有坂《ありさか》さんもまさか自分から時間を稼《かせ》ぐなんて言い出すとは思わなかった」

「ふたり、清々《すがすが》しいくらいに両想《りょうおも》いだもんね」

「愛の力って偉大《いだい》」

朝姫《あさき》ちゃんはしみじみと呟《つぶや》いた。

「――スミスミ、できるかな？」

「希墨《きすみ》くんならできるよ。今日みたいに、この先もずっと」

第十二話　俺のがんばった結果

「プロポーズ先輩《せんぱい》、おはようございます！」

「プロポーズ先輩《せんぱい》、ライブもかっこよかったです！」

「プロポーズ先輩《せんぱい》、男らしかったですよ！」

「プロポーズ先輩《せんぱい》、末長くお幸せに！」

「プロポーズ先輩《せんぱい》、新婚《しんこん》旅行はどこへ？」

「プロポーズ先輩《せんぱい》、子どもは何人くらいの予定ですか？」

文化祭の振《ふ》り替《か》え休日だった月曜日が明けて、火曜日。

朝の通学途中《とちゅう》から、やたらと声をかけられる。

どうやら俺の発言はすでに全校生徒に知《し》れ渡《わた》っているようだった。

プロポーズ先輩《せんぱい》というあだ名が知らぬ間に定着しており、俺は行く先々で顔見知りの子から知らない相手まで関係なく祝福という名のからかいを浴びせられる。

そりゃメインステージの上であんなことを叫《さけ》べば当然だ。

屋上から愛の告白なんて比じゃない。

恋人《こいびと》を通《とお》り越《こ》して、夫婦《ふうふ》になって欲しいということだ。

永聖《えいせい》高等学校は進学校であり、多くの者にとって結婚《けっこん》はまだまだ先のイベントである。

誰《だれ》もが文化祭でハイテンションになった結果、盛り上げるためのリップサービスだと思って聞いているのだろう。

周囲の認識《にんしき》と一番の違《ちが》いがあるとすれば、俺が本気だということだ。

あの場で自分が一番言いたかったこと。

すでに俺とヨルカは両想《りょうおも》いの恋人《こいびと》である。

じゃあ、その先はどうなる？

俺は高校生の恋愛《れんあい》の限界を乗《の》り越《こ》えたい。

卒業して振《ふ》り返《かえ》って、思春期の思い出で終わらせたくなかった。

今感じている特別を、一生大切にしたい。

成長して、大人になって、年老いて、死ぬ最期《さいご》の瞬間《しゅんかん》まで隣《となり》にいて欲しい相手。

現実味はないし、予想もつかないし、保証なんてない。

だけど、不思議と迷いはなかった。

ヨルカがいるから、俺は強くなれる。

それだけは自信をもって言えた。

自分の発言には一切《いっさい》の後悔《こうかい》はないが、この周りの過剰《かじょう》な反応には正直困った。

それはヨルカも同様だった。

「今すぐ家に帰りたい」

ヨルカは死にそうな顔で教室に現れた。

俺と似たような状況《じょうきょう》だったらしく、案の定ヨルカの方が憔悴《しょうすい》は激しい。

「よぉ、プロポーズ瀬名《せな》！」

「プロプロ、じゃなかったスミスミ。おはよう」

「ふたりまでからかってくるなよ！」

七村《ななむら》とみやちーは露骨《ろこつ》にニヤニヤ笑って、俺達のところにやってくる。

「今や有坂《ありさか》さんの存在は、縁結《えんむす》びの神様みたいな状態だからねぇ」

朝姫《あさき》さんが笑いを堪《こら》え切《き》れない様子だった。

「なんなのよ、それ⁉」

ヨルカは聞き捨てならないとばかりに説明を求める。

「そりゃ文化祭のフィナーレで、あんな盛大《せいだい》な公開プロポーズをしてOKを出したら誰《だれ》だってネタにするわよ。有坂《ありさか》さんが胸元《むなもと》で小さく○を作った写真をスマホの壁紙《かべがみ》にすると恋愛運《れんあいうん》が上がるって噂《うわさ》がまことしやかに流れているくらいだし」

「肖像権《しょうぞうけん》の侵害《しんがい》！　そんなの盗撮《とうさつ》じゃない！」

「じゃあ全校生徒ひとりひとりのスマホをチェックする？」

「う〜〜〜」とヨルカは悔《くや》しそうに唸《うな》る。

「女王様どころか、縁結《えんむす》びの神様かよ」

俺は思わず笑ってしまう。

すでに校内一の美少女としても有名ではあったが、さすがに信奉《しんぽう》されて拝まれる対象まで昇格《しょうかく》するとは思うまい。

「希墨《きすみ》、笑いごとじゃないから！」

「じゃあ撤回《てっかい》した方がいいか？」

「そ、そういうわけじゃないけど……」

ヨルカはごにょごにょと言《い》い淀《よど》む。

「まーたイチャついているよ」

「ふたりとも仲良しだ」

「ふたりだけの時にしなさいよ。ご利益《りやく》を披露《ひろう》しているだけだから」

俺とヨルカのやりとりを、すかさず三人がコメントしてくる。

特に朝姫《あさき》さんの的確な指摘《してき》には、俺はまいったなぁという苦笑《くしょう》が浮《う》かぶ。

これは、しばらくいじられ続けるのを覚悟《かくご》するしかなさそうだ。

「まずは希墨《きすみ》くん回復おめでとう。元気になってよかった」

「ライブから帰ってから、昨日は丸一日寝《ね》ていたよ。こんなに爆睡《ばくすい》するとは」

「希墨《きすみ》くんもダウンしてたから、クラス全員での打ち上げも延期しているんだよ。日程を調整しないとね」

「そりゃ楽しみだ。飲茶《ヤムチャ》カフェもずっと盛況《せいきょう》でよかったよ」

俺はクラスの方に初日の半分くらいしか携《たずさ》わることもできなかったが、二日目も開店の直後から行列ができていたことを聞いて安心した。

「希墨《きすみ》くんのアイディア勝ちね。それに有坂《ありさか》さんや七村《ななむら》くんがしっかりみんなを引っ張ってくれたおかげ。バニーガールになってたら一体どうなっていたことやら」

朝姫《あさき》さんの一言に、みんなで笑う。

「セナキス、リンクスでの打ち上げもやるからね！」

隣《となり》のクラスからやって来たのは、叶《かのう》ミメイと花菱清虎《はなびしきよとら》のふたりだった。

「ふたりともお疲《つか》れ様《さま》。最後まで悪かったな」

「瀬名《せな》ちゃん、水臭《みずくさ》いことはなしだよ。むしろ生徒会長としてはあれだけ盛り上がった文化祭にできて鼻が高いんだから」

「最高のケミストリーを感じられて気持ちよかったよ、セナキス！」

「鬼教官《おにきょうかん》に褒《ほ》められて光栄だ。これでリンクスもめでたく解散だな」

元々バンドを組む相手がいなかった叶《かのう》のために一時的に結成された期間限定バンドである。

文化祭が終われば解散するものだと俺は思っていた。

ただ、いざ解散となると少し名残惜《なごりお》しい。

燃《も》え尽《つ》き症候群《しょうこうぐん》ははなはだしい俺がもう一度ステージに立つのは難しいだろう。

達成感と虚脱感《きょだつかん》がないまぜになった俺が、こんなにしんみりするとは自分でも意外だった。

「え、リンクスは解散しないよ」

叶《かのう》はあっさりと前提を無視した。

「リンクスは永久に不滅《ふめつ》。無期限活動休止なだけ。リンクスだけは、ウチの人生で唯一《ゆいいつ》解散しなかったバンドにしたい。それぐらい特別なライブだった。だから、これからもリンクスでいさせてよ。駄目《だめ》かな、セナキス？」

いつになくしおらしい態度で叶《かのう》に問われる。

「まぁ、いいんじゃねえ。腐《くさ》れ縁《えん》っていう繋《つな》がりも悪くないだろう」

「うん！　そうだよね」

せっかく覚えたギターだ。これからも趣味《しゅみ》で続けるくらいはしていきたい。

「ところでバンドの方の打ち上げは俺や幸波《ゆきなみ》ちゃんも当然参加できるよな？　最後に瀬名《せな》を連れてきたのは俺らだぜ」

イベント大好き七村《ななむら》は、紗夕《さゆ》を含《ふく》めて参加を主張した。

当然、紗夕《さゆ》も来るに決まっている。

「そしたら、私も行きたいな。ライブの裏方としてはかなり貢献《こうけん》したと思うし」

朝姫《あさき》さんも手を挙げた。

実は彼女がアンコールの時間を削らないで済むように俺の遅れを最大限に見越した上で、俺の作ったスケジュールよりさらに巻きの進行で指示していた。隠れたファインプレーだ。

「ちょ、ちょっと！　みんなが参加するのは構わないけど、最初にわたしとのデートが最優先なんだからね！　夏からずーっと我慢《がまん》してたんだから！」

ヨルカがムキになって割りこんできた。

その発言に全員が黙《だま》りこむ。

「ヨルカ、おまえ……」

さすがの俺も恥《は》ずかしい。

人のことを怒《おこ》れないぞ。朝から飛ばしすぎだ。

文化祭デートだけでは埋《う》め合《あ》わせできるものではない。

確かにリンクスに入ることに決めてから、俺達はろくにデートできなかった。ずっと我慢《がまん》してきたのは知っていたけど、まさかそこまでなんて。

あぁ、もう、みんながなにを言うかわかってしまう。

それを言われたら、ヨルカはいつものように赤面して大慌《おおあわ》てするのだろう。

同時にこうして教室の真ん中で、堂々と、公認《こうにん》で、恋人《こいびと》でいられるのが正直嬉《うれ》しい。

俺とヨルカが恋人《こいびと》として歩んできた日々は未来へと続いていた。

有坂《ありさか》ヨルカの大真面目な発言に、俺以外のみんなが同じ台詞《せりふ》を返す。

「希墨《きすみ》くんのこと」

「スミスミのこと」

「瀬名《せな》のこと」

「セナキスのこと」

「瀬名《せな》ちゃんのこと」


「「「「「好きすぎ！！！！」」」」」


五人が綺麗《きれい》に声を揃《そろ》えて、指摘《してき》した。

だが、俺の予想は外れる。

ヨルカは赤面していたが、その口から紡《つむ》がれた言葉に今度はみんなが驚《おどろ》かされる番だった。

「もちろん、わたしは希墨《きすみ》が大好き！　ずっと両想《りょうおも》いだからね！」

大勢の人前でも構わず、ヨルカは最高の笑顔《えがお》で答えた。

了

あとがき

はじめまして、またはお久しぶりです。羽場楽人《はばらくと》です。

このたびは『わたし以外とのラブコメは許さないんだからね』五巻をお読みいただきありがとうございます。

両想《おも》いラブコメは秋を迎《むか》えて、愛と青春に燃える文化祭編でした。

希墨《きすみ》は男の意地と達成を、ヨルカは新しい挑戦《ちょうせん》を、朝姫《あさき》は自らの気持ちに決着を。

今回はみんな、がんばりました。特に希墨《きすみ》と朝姫《あさき》。

ラブコメ作品では、読者が感情移入しやすいように主人公はできるだけ無個性な方がいいという説もあります。

羽場個人としては主人公こそ個性を際立《きわだ》たせた方がいいと思う派です。

その結果、瀬名希墨《せなきすみ》という主人公は他人想《おも》いで真《ま》っ直《す》ぐだけど、普通《ふつう》で平凡《へいぼん》で無個性だと自分で思いこんでいる、少し自信の足りない少年になりました。

一巻発売当時から読んでくれた人達の感想で大変嬉《うれ》しかったのは、ヒロイン達のかわいさを褒《ほ》めていただくと共に、希墨《きすみ》の隠れた優秀《ゆうしゅう》さにも気づいていただけたことでした。

いつも他人のためにがんばる主人公が、自らの殻《から》を破った文化祭。

希墨《きすみ》の成長を書けて良かったです。

また支倉朝姫《はせくらあさき》も作者にとって特別なキャラクターです。

実は企画《きかく》書の時点では、一巻のクライマックスで朝姫《あさき》が希墨《きすみ》に告白する展開はありませんでした。あくまでヨルカとは対照的にコミュニケーション能力が高く、希墨《きすみ》と同じくクラス委員の相棒で身近にいる美少女。それ以上でもそれ以下でもありませんでした。

ところがいざ執筆《しっぴつ》の段階になって「ちょっと待った！　私も希墨《きすみ》くんが好きなんですけど！」と朝姫《あさき》は、作者の出番を求めてきました。これは実に不思議な体験でした。いわゆるキャラクターが勝手に動くという経験は何度もありますが、これほどまで作品全体の底上げを実感できたのは朝姫《あさき》が初めてです。

彼女が経験した切ない片想《かたおも》いと失恋《しつれん》もまた共感を呼んだのでしょう。

おかげ様で、本作は羽場にとって現在もっとも長いシリーズとなっております。

物語は積み重さなり、感情は深まり、キャラクターは成長していきます。

長く続けられるありがたみを実感するばかりです。

気づけば羽場もプロデビューして五年、今回は特に感慨深《かんがいぶか》い一冊になりました。

ここからは謝辞とお知らせを。

担当編集の阿南《あなん》様。いつの間にか知り合って、長い時間が経《た》ったことに驚《おどろ》きが隠《かく》せません。これからも引き続きよろしくお願いします。

イラストのイコモチ様。毎回こちらのイメージを深く汲《く》み取《と》り、しかも期待以上の仕上がりで返していただき感謝しかありません。シリーズを通して、ヒロイン達の様々な衣装《いしょう》を見るたびに嬉《うれ》しい悲鳴を上げております。今回もありがとうございました。

本作の出版にお力《ちから》添《ぞ》えいただいた関係者様、音楽関係で取材させていただいた皆様《みなさま》、家族友人知人、いつもありがとうございます。

お知らせは三点。

①屋上での希墨《きすみ》と花菱《はなびし》の会話でチラリと触《ふ》れられたビヨンド・ジ・アイドル。

彼女らにまつわる物語が、GA文庫から『みんなのアイドルが俺にガチ恋《こい》するわけがない』(略称《りゃくしょう》は、みんドル)として発売されます。

女子の本音はかわいくて厄介《やっかい》⁉

夜に虹《にじ》のかかる島を舞台《ぶたい》に繰《く》り広《ひろ》げられる、ちょっと不思議なギャップラブコメです。

みんドルの方でも、わたラブについて触《ふ》れているのでお楽しみに。

作品同士を跨《また》いだクロスオーバーって昔から大好きなんです。

みんドルも是非《ぜひ》読んでいただけると嬉《うれ》しいです！

②電撃《でんげき》ノベコミにて『わたし以外とのラブコメは許さないんだからね』の新たなに書き下ろしエピソードの連載《れんさい》を予定しています！

気になる物語の内容は、本編に繋《つな》がる過去編です。

わたラブ・エピソード0とも言うべき、希墨《きすみ》とヨルカが付き合うに至るまでの昔の出来事がついに語られます。本編が一層面白《おもしろ》くなること請《う》け合《あ》いです。どうぞお見逃《みのが》しなく。

詳細《しょうさい》は、羽場のツイッターなどで随時《ずいじ》告知しますのでフォローをよろしくお願いします。

③次ページから六巻の予告です。

五巻の終わり方がまるで最終回のようでしたが、続きます。

文化祭を経て、希墨《きすみ》とヨルカの両想《おも》いはより強く確かなものになりました。

ふたりの愛を阻《はば》むものなんて、もう何もない――はず？

それでは羽場楽人でした。またお会いしましょう。

BGM：リンクス『永聖高等学校文化祭スペシャルライブ（アンコール）』

文化祭のクラス打ち上げは、ほんとうに楽しかった。

家に帰ると、玄関にはお姉ちゃん以外の革靴《かわぐつ》とヒールが並んでいた。

「もしかして⁉」

わたしは足早にリビングへ直行する。

「お。ヨルカも帰ってきたな」

「おかえりなさい、ヨルカちゃん」

ソファーで寛《くつろ》いでいたのは、わたしのパパとママだった。

「え、いつアメリカから帰ってきたの？　ビックリ！」

「お母さんと話して、ふたりを驚《おどろ》かせようと思ってね。サプライズってやつだ」

「先に言ってくれれば、ご飯を作って待っていたのに」

わたしの両親は仕事の関係で北米を拠点《きょてん》としており、世界中を飛び回っている。一年のほとんどを海外で過ごし、こうして日本に帰ってくることは数えるほどしかない。

最後に会ったのは、今年のゴールデンウィークに家族で行った海外旅行先の南の島だ。

「ヨルカちゃん、もうお母さんよりお料理が上手なんじゃないの？」

「えーそんなことないよ。久しぶりにお母さんの手料理も食べたいな」

「いいわよ。今回はちょっと長い滞在《たいざい》になるからね」

「え、ほんとうに⁉　楽しみ」

それを聞いて、わたしは無邪気《むじゃき》に喜んだ。

「ヨルカも半年会わないうちに、ずいぶん大人っぽくなったんじゃないか」

「ほんとね。あら、そのネックレスははじめて見るわ？　自分で買ったの？」

パパはしみじみと娘《むすめ》の成長を感じ、ママはわたしが希墨《きすみ》からもらったネックレスに気づく。

「恋人《こいびと》からのプレゼント。今、ヨルちゃんにはお付き合いしている彼氏《かれし》がいるもんねぇ」

恥《は》ずかしがるわたしに代わって答えたのは、アリアお姉ちゃんだった。

お姉ちゃんはなぜか不機嫌《ふきげん》そうに、離《はな》れたところでワイングラスを傾《かたむ》けていた。

「なに⁉　ヨルカに彼氏《かれし》ができたのか？」

「アリアちゃん、先に教えてくれてもいいじゃない。お母さん、ビックリよ」

「そっちが黙《だま》って帰国してきたんだから、こっちもサプライズよ」

お姉ちゃんの声には険がある。すごく虫の居所が悪そうだった。

「……どうしたの、お姉ちゃん？　なんか怒《おこ》っている？」

「理由なら、パパとママから聞いて」

両親の口から信じられない提案が伝えられ、心臓が止まるかと思った。

「ヨルカ、一緒《いっしょ》にアメリカで暮らさないか？」

世界の終わりを知らされた気分で、わたしは今にも壊《こわ》れてしまいそうだった。

わたし以外とのラブコメは許さないんだからね

切ない別れはいらない
泣き顔より笑顔の君が好きだから

予想もつかない人生で
流されてしまわないように
重ねてきた日々が俺を強くしてくれた

すべてが変わった未来でも
君はもう笑っていられるから

次巻、「わたラブ」最終

◉羽場楽人著作リスト

「わたしの魔術コンサルタント」（電撃文庫）
「わたしの魔術コンサルタント② 虹のはじまり」（同）
「スカルアトラス 楽園を継ぐ者〈1〉」（同）
「スカルアトラス 楽園を継ぐ者〈2〉」（同）
「わたし以外とのラブコメは許さないんだからね①〜⑤」（同）

本書に対するご意見、ご感想をお寄せください。

ファンレターあて先
〒 102-8177　東京都千代田区富士見 2-13-3
電撃文庫編集部
「羽場楽人先生」係
「イコモチ先生」係

本書は書き下ろしです。

電撃文庫

わたし以外《いがい》とのラブコメは許《ゆる》さないんだからね⑤

羽場楽人《はばらくと》

2022年1月10日　初版発行

発行者　青柳昌行
発行　株式会社KADOKAWA
〒102-8177　東京都千代田区富士見2-13-3
0570-002-301（ナビダイヤル）
装丁者　荻窪裕司（META＋MANIERA）
印刷　株式会社暁印刷
製本　株式会社暁印刷

ISBN978-4-04-914139-9　C0193　Printed in Japan

電撃文庫　https://dengekibunko.jp/

電撃文庫創刊に際して

文庫は、我が国にとどまらず、世界の書籍の流れのなかで〝小さな巨人〟としての地位を築いてきた。古今東西の名著を、廉価で手に入りやすい形で提供してきたからこそ、人は文庫を自分の師として、また青春の想い出として、語りついできたのである。

その源を、文化的にはドイツのレクラム文庫に求めるにせよ、規模の上でイギリスのペンギンブックスに求めるにせよ、いま文庫は知識人の層の多様化に従って、ますますその意義を大きくしていると言ってよい。

文庫出版の意味するものは、激動の現代のみならず将来にわたって、大きくなることはあっても、小さくなることはないだろう。

「電撃文庫」は、そのように多様化した対象に応え、歴史に耐えうる作品を収録するのはもちろん、新しい世紀を迎えるにあたって、既成の枠をこえる新鮮で強烈なアイ・オープナーたりたい。

その特異さ故に、この存在は、かつて文庫がはじめて出版世界に登場したときと、同じ戸惑いを読書人に与えるかもしれない。

しかし、〈Changing Times,Changing Publishing〉時代は変わって、出版も変わる。時を重ねるなかで、精神の糧として、心の一隅を占めるものとして、次なる文化の担い手の若者たちに確かな評価を得られると信じて、ここに「電撃文庫」を出版する。

1993年6月10日
角川歴彦

電撃文庫DIGEST　1月の新刊

発売日2022年1月8日

錆喰いビスコ8
神子煌誕!うなれ斉天大菌姫

【著】瘤久保慎司　【イラスト】赤岸K
【世界観イラスト】mocha

ビスコとミロの前に立ちはだかる箱舟大統領・メア。窮地に立たされた二人を救ったのは——ミロが出産した第一子「赤星シュガー」だった！　箱舟に保存された生命を取り戻すため、親子の絆で立ち向かう！

俺を好きなのはお前だけかよ⑰

【著】駱駝　【イラスト】ブリキ

パンジー、ひまわり、コスモス、サザンカ、サンちゃんを始め多くの仲間達とラブコメを繰り広げたジョーロの青春も今度こそ本当にエンディング。アニメ『俺好き』BD/DVDの特典SSも厳選・加筆掲載されたシリーズ最終巻！

恋は双子で割り切れない3

【著】髙村資本　【イラスト】あるみっく

相変わらず楽しくはやっているけれども、どこかこじれたままの純と琉実と那織。自ら部活を創設して、純を囲って独占を図ろうとする那織。一方の琉実は、バスケ部員の男友達に告白されて困惑中で……？

わたし、二番目の彼女でいいから。2

【著】西 条陽　【イラスト】Re岳

俺と早坂さんは、互いに一番好きな人がいながら「二番目」同士付き合っている。そして、本命だったはずの橘さんまでが「二番目」となったとき、危険で不純で不健全なこの恋は、もう落としどころを見つけられない。

わたし以外とのラブコメは許さないんだからね⑤

【著】羽場楽人　【イラスト】イコモチ

夏も過ぎ、2学期へ突入。いよいよ文化祭が近づいてきた。イベントの運営に、クラスの出し物の準備と慌ただしく時間が過ぎていく。ヨルカとのラブラブは深まっていくが、肝心のバンド練習は問題が山積みで……？

ひだまりで彼女はたまに笑う。2

【著】高橋 徹　【イラスト】椎名くろ

ネコのストラップをふたりで見つけたことで、以前より楓と仲良くなれたと伊織は実感する。もっと楓の笑顔を見たい、あわよくば恋仲になりたい、そんな思いを募らせる伊織。そんなふたりの、初めての夏が今、始まる。

新作 天使は炭酸しか飲まない

【著】丸深まろやか　【イラスト】Nagu

恋に悩みはつきものだ。学校内で噂の恋を導く天使——明石伊緒は同級生の柚月湊に正体を見抜かれてしまう。一方で湊も悩みを抱えていて……。記憶と恋がしゅわりと弾ける、すこし不思議な青春物語。

新作 私の初恋相手がキスしてた

【著】入間人間　【イラスト】フライ

ある日うちに居候を始めた、隣のクラスの女子。部屋は狭いし、考えてること分からんし、そのくせ顔はやたら良くてなんかこう……気に食わん。お互い不干渉で、とは思うけどさ。あんた、たまに夜どこに出かけてんの？

新作 美少女エルフ（大嘘）が救う！弱小領地 ～万有引力だけだと思った？前世の知識で経済無双～

【著】長田信織　【イラスト】にゅむ

ハッタリをかまして資金調達、公営ギャンブルで好景気に!?　手段を選ばない経済改革を、（見かけは）清楚なエルフの麒麟児・アイシアは連発する！　造幣局長だった前世——ニュートンの経済知識を使って。

新作 その勇者はニセモノだと、鑑定士は言った

【著】囲 恭之介　【イラスト】桑島黎音

有能な鑑定士でありながらも根無し草の旅をしていたダウトが受けた奇妙な依頼、それは「勇者を鑑定してほしい」というもので……？　巷を騒がす勇者の正体は本物？　それとも詐欺師？　嘘と誠を暴く鑑定ファンタジー！

新作 魔女学園最強のボクが、実は男だと思うまい

【著】坂石遊作　【イラスト】トモゼロ

最強の騎士・ユートは任務を与えられる。それは、魔女学園に女装して入学し、ある噂の真相を解明しろというもの。バレたら即終了の状況で、ユートは一癖も二癖もある魔女たちと学園生活を送ることに——。

二月 公
イラスト／さばみぞれ
声優ラジオのウラオモテ
#01 夕陽とやすみは隠しきれない？
オモテは元気&清楚なアイドル声優／
ウラはギャル&根暗地味子な女子高生!?
プロ根性で世界をダマせ！
バレたらアウトの声優ラジオ
Now On Air!!
第26回
電撃小説大賞
大賞
受賞
電撃文庫

豚になった俺が、異世界で美少女といちゃラブ(!?)するファンタジー
逆井卓馬
Author: TAKUMA SAKAI
[イラスト]遠坂あさぎ
illustrator: ASAGI TOHSAKA
純真な美少女にお世話される生活。う～ん豚でいるのも悪くないな。だがどうやら彼女は常に命を狙われる危険な宿命を負っているらしい。
よろしい、魔法もスキルもないけれど、俺がジェスを救ってやる。運命を共にする俺たちのブヒブヒな大冒険が始まる！
豚のレバーは加熱しろ
Heat the pig liver
the story of a man turned into a pig.
電撃文庫

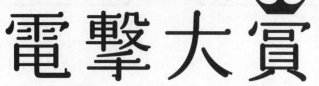